On ne sait rien de toi

Fabrice Tassel

On ne sait rien de toi

la manufacture de livres

Si vous souhaitez recevoir notre catalogue
et être tenu informé de nos publications,
envoyez vos coordonnées en citant ce livre à :

La Manufacture de livres, 101 rue de Sèvres, 75006 Paris
ou
contact@lamanufacturedelivres.com

ISBN 978-2-38553-168-3

www.lamanufacturedelivres.com

Ciao, papa. À demain.

PREMIÈRE PARTIE

1.

Aline, serrée dans une robe verte qui la contraint à multiplier de petits pas bruyants sur le parquet, apporte le gâteau lorsqu'une fourmi apparaît sur le couteau de Charles. L'insecte s'immobilise près d'une trace de sauce à la viande, avant de descendre vers le bas du couvert puis de remonter, ses pattes invisibles travaillant sans relâche tandis que Charles se demande si elle a la moindre idée de la direction qu'elle souhaite prendre. La fourmi se fige à nouveau près du jus sombre alors qu'un « Joyeux anniversaire ! » est lancé par la voix rauque de Virgile, vingt et un ans, comme étonné de son audace, suivi par Aline, qui commence à couper la génoise, la pelle à la tarte déjà prête dans la main droite, puis par Anouk dont la jeunesse des dix-sept ans la rend capable d'entonner le chant à pleins poumons. Alexandra, les mains en coupelles sous le menton, reste silencieuse, se contentant d'un « merci » soufflé lorsque sa mère dépose avec une infinie précaution une part dans son assiette.

« Alors, cinquante ans, qu'est-ce qu'on peut te souhaiter ? » interroge Aline en ajustant de son pouce droit la bretelle de son soutien-gorge noir. Charles, l'index posé sur le bouchon de la bouteille de champagne, sourit. Il pense à la confidence d'un ami de promotion qui, le jour de ses trente ans, assis sur le canapé de sa confortable maison, alors qu'il observait ses enfants jouer dans le jardin tandis que sa jeune épouse bronzait sur un transat au bord de leur piscine, avait compris qu'il allait devoir tout faire exploser. « J'avais coché toutes les cases, à trente ans, tu comprends ? Je n'avais qu'une envie : me tirer une balle. » Il avait quitté le foyer une semaine plus tard. Charles ne l'a jamais revu, et songe que ce serait amusant de savoir si cet homme a regretté sa décision. S'il est encore en vie.

Le bouchon finit par céder, et il commence à remplir les flûtes, « Pas trop pour moi, je suis claquée », lâche Aline qui a passé la matinée au marché puis en cuisine, n'ayant pu, *in extremis*, trouver que dix minutes pour se maquiller et enfiler à la va-vite cette robe verte qui la moule trop, au fond cela ne lui déplaît pas, à cinquante et un ans elle aime ses formes, surtout son décolleté qui aimante souvent le regard des garçons de sa classe de terminale. Anouk revient de sa chambre les bras remplis de paquets colorés. Charles, dont le téléphone, posé près de son assiette, bourdonne, embrasse sa fille avant de commencer à détacher les rubans. « De continuer ainsi… », répond-il en léchant sur son doigt une goutte de champagne qui menaçait de couler sur l'épaisse nappe en lin. « Ça veut dire quoi ? » lance Virgile. « Euh… vivre avec vous, le plus longtemps possible, garder mon boulot, rester en bonne santé, allez, tchin ! » Alexandra lève les yeux au ciel, Aline s'en aperçoit et lance un regard paniqué à Charles qui enserre avec puissance le pied de sa coupe pour interrompre le tremblement de ses mains. Pour s'empêcher de parler, il avale une longue gorgée puis s'attaque aux paquets en veillant à ne pas déchirer le papier cadeau. Il déteste le gaspillage.

Dans la première boîte, en carton crème, rectangulaire, il découvre un pyjama bleu, sa couleur préférée, orné de fines rayures rouges. Le tissu est de très bonne qualité, un coton épais et doux. « Ça te changera de ton ensemble T-shirt et caleçon ! » rit Aline, la main devant la bouche. « C'est de toi ? » « Ben oui ! » « Mes chers enfants, voici donc mon nouvel uniforme, bleu et rouge, il ne manque qu'un petit liseré blanc, mes gars vont adorer ! » lance Charles avant de retourner son téléphone qui vient encore de vibrer, « Tiens, c'est peut-être eux », mais il ne décroche pas. L'année précédente, la famille a couplé la célébration de ses quarante-neuf ans avec sa nomination au poste de directeur de l'IGPN, « la police des polices ». Elle est habituée aux sonneries régulières du portable paternel, « une urgence chasse l'autre », réagit-il le plus souvent avec son sang-froid habituel.

Le deuxième paquet, un cadeau commun de Virgile et Anouk, contient une casquette en velours gris chiné. Devant le silence de son père, qui observe le couvre-chef sous toutes ses coutures, Anouk s'inquiète : « Ça va ? Ça ne te met pas un coup de vieux ? » « Comment ça ? Bien sûr que non, ma chérie, viens ici que je t'embrasse encore ! » Il enfile la casquette, qui, par chance, va très bien avec sa chemise blanche, avant de la rabattre sur les yeux, mimant un acteur italien des années 60. « *Ma…* » Tous rient. Sauf

Alexandra qui sort de son sac à dos accroché à sa chaise un petit paquet, le passe à Virgile qui le remet à leur père.

Au-delà de cette limite, votre ticket n'est plus valable. « En poche, en plus ! Oh, comme tu y vas », s'écrie Aline, qui malgré la tension ne peut empêcher un rire de monter, à deux doigts de se précipiter en cuisine pour exploser. Virgile et Anouk ne comprennent pas, scrutent avec inquiétude la réaction de leur père. Il parcourt la quatrième de couverture, l'air concentré, alors que l'ouvrage repose depuis deux semaines sur la pile de livres qui, invariablement, orne sa table de nuit. « C'est un livre sur le temps qui passe… », souffle-t-il en souriant, provoquant le soulagement de ses deux plus jeunes enfants, « … et sur celui qu'il ne faut pas perdre », ajoute-t-il, la voix plus lourde, en fixant Alexandra. Peine perdue, elle s'est abandonnée dans la contemplation des nuages de plus en plus menaçants, comme à portée de main par la vitre grande ouverte. « Allez, fin de la récréation, la finale de Roland-Garros a commencé, plutôt Kuerten ou Bruguera ? Les enfants, vous donnez un coup de main pour ranger ? » lance Charles en repoussant sa chaise, brutalement impatient d'en finir. Avant de se diriger vers le canapé, il observe son couteau, le retourne et écrase la fourmi d'un geste sec et brutal. Une chance, Anouk ne l'a pas vu.

La finale, interrompue à plusieurs reprises par de violents orages, s'achève vers 22 heures. Les enfants sont couchés, ainsi qu'Aline. Alexandra a claqué la porte en partant, Charles a cru entendre un vague « À bientôt », il n'en est pas certain. Il ferme l'entrée principale et la porte qui donne sur le jardin, se sert de l'eau. En rangeant le verre dans le lave-vaisselle, un accès de fureur le saisit lorsqu'il se pique les doigts sur une fourchette placée les dents vers le haut, jamais elles ne doivent être disposées ainsi, il faudra qu'il le répète une fois de plus à Aline. Il se calme vite, tout de même ces bouffées de colère sont de plus en plus fréquentes. Dans la salle de bains, il enfile un caleçon et un T-shirt, il fait bien trop chaud pour essayer son nouveau pyjama, qu'il vaut de toute façon mieux laver. Il le dépose dans le bac à linge, par-dessus le string noir d'Aline, ce qui lui provoque un début d'érection. De ce côté-là, au moins, tout va encore bien. Charles s'allonge en soupirant, un courant d'air frais entre dans la pièce. Aline dort sur le dos, les bras en l'air, l'ombre de ses aisselles visible dans la lumière mourante de cette nuit d'été.

Ce soir, encore, il ne lui dira rien.

2.

L'orage a fait fuir les clients. Alexandra reste seule sur la petite terrasse de l'Open Café, sa préférée du Marais, à l'intérieur un couple s'engueule. Devant elle reposent sa troisième bière, qui commence à tiédir, et un paquet de Marlboro rouges dont l'ouverture est déchirée. Elle boit et fume depuis deux bonnes heures, elle redoute le moment où elle devra se lever.

Alexandra se sent à sa place. Elle n'a pas mis longtemps à comprendre pourquoi elle a choisi ce quartier à son retour de Londres, il y a trois semaines. Partout, à portée de regard, les filles qui aiment les filles et les garçons qui aiment les garçons, les rues saturées, les terrasses remplies, les groupes debout sur les trottoirs le soir, la musique jaillissant partout, les drapeaux arc-en-ciel aux fenêtres, une boulangerie et une pharmacie gay viennent d'ouvrir leurs portes. Et, surtout, la forte probabilité de ne pas apercevoir un homme hétérosexuel d'une cinquantaine d'années pendant de longues minutes.

Ses mâchoires se desserrent, la pluie diminue en intensité, devient une sorte de gros crachin silencieux qui strie la lumière des lampadaires. Il a fait chaud toute la journée, du bitume remonte une odeur forte, entre réglisse et caramel. Elle rallume une cigarette avec sa dernière allumette.

Elle n'a pas décroché dix phrases de toute la journée. Elle a même réussi à ne pas rire en le voyant déballer ce grotesque pyjama. Elle n'est pas mécontente de sa tête en découvrant le livre, ce rapide froncement des sourcils. Il l'a déjà lu, en tout cas elle l'a vu posé sur sa table de nuit. Est-ce qu'il a peur de ne plus bander un jour, lui ?

Dix phrases après un an de silence, c'est conforme à sa promesse. Elle est venue pour sa mère, qui l'a suppliée, « Tu étais là pour mes cinquante ans, tu ne peux pas lui faire ça ». « Je peux lui faire ce que je veux, mais pour toi je viendrai. » Sa mère ne comprend pas pourquoi la colère d'Alexandra est si tenace, « Tu as réussi, tu fais ce que tu voulais, non ? ». Elle n'a rien répondu, l'a juste enlacée dans la cuisine, « T'es jolie dans cette robe, le vert te va bien, je te refais signe ». Ne rien dater, surtout, ne rien promettre, laisser le souvenir d'un passage en coup de vent, violent et incertain. Une pomme piquée, un bisou imaginaire soufflé depuis sa paume, la porte claquée d'un geste ample et brutal pour qu'une hésitation plane sur son « À bientôt » qui, son père l'a bien compris, n'a de toute façon aucun sens.

Une année de mutisme, après deux ans du bout des lèvres, scandés par un coup de fil toutes les six semaines, et encore. Deux ans en pointillé pour sanctionner ce rictus, mélange de mépris, de méconnaissance, d'autoritarisme, de peur, peut-être : « Tu te démerdes, tu m'entends ? Tu veux continuer à Londres, tu assumes, tu vas voir ton banquier. Point final. » Elle le revoit s'avancer, démarche de flic, l'allure du mec qui va t'apprendre la vie, en bras de chemise, la cravate dénouée, l'index dressé, puis le silence après « C'est ça que tu veux, c'est bien ça ? » parce que les mots lui restaient en travers de la gorge, rouge, enflée. Elle aurait pu finir ses phrases : « Tu veux vivre ta vie ? », « Être libre ? », « Tu veux tout foutre en l'air avec ta mode ? Ta centrale Saint-Martin ? ». « Central, sans E, Saint-MartinS », il oublie toujours le « s ».

Elle n'a pas laissé passer. Elle savait depuis longtemps que son père ne serait pas son allié, qu'ils n'habitaient pas sur la même planète. Qu'il s'érige en obstacle n'était qu'une vague hypothèse. Ce soir-là, c'était devenu la réalité, alors la rage s'est ancrée sous sa peau.

Cette fois, elle est vraiment la dernière cliente. Le serveur commence à empiler les chaises, la fatigue ne vient pas, il paraît qu'une nouvelle boîte vient de s'ouvrir à deux pas, le Tango. Elle a appris à peu dormir à Londres. Deux jobs en plus des cours, pour compléter l'emprunt à la banque et survivre pendant cette troisième année. La plonge, serveuse, livreuse, baby-sitter, hôtesse d'accueil, elle connaît toute la gamme. Elle s'est habituée à ne pas céder à la tentation du sommeil une fois enfermée dans le silence de son atelier, concentrée sur ses tissus, ses croquis, ses collages, ses découpages. Elle est diplômée depuis un mois, elle ne le leur a même pas annoncé. Dans son premier sourire de la journée, elle regarde la rue qui démarre au coin de la terrasse, où se trouvent les locaux de Zadig et Voltaire, la petite marque qui monte, le « French spirit of freedom ». Pas encore embauchée, mais un CDD à vingt-cinq ans, c'est déjà bien. Elle peut se payer un petit loyer.

Cinquante ans, ça veut dire quoi ? Son père lui semble si vieux, depuis si longtemps. Ou usé. Elle a le souvenir de ses gestes, les mêmes chaque matin. Il boit son café seul, debout, déjà en costume, dans leur grande cuisine, le regard perdu dans les arbres du jardin, marmonnant un « bonjour » lorsqu'elle fait irruption dans la pièce, son sac d'écolière, de collégienne, puis de lycéenne sur le dos. Puis cette lourde parka noire qu'il enfile en grimaçant, le dos et les épaules contractés. Ce « À tout à l'heure » lâché pendant que les gonds de la lourde porte d'entrée grincent. Le soir, elle ne le croisait pas souvent, en raison de réunions tardives qui le retenaient au bureau. Il ne prenait pas toujours les vacances d'hiver et de printemps avec eux, donnant tout à son travail de flic. Sa mission. « Flic, si tu veux, mais qui contrôle le travail des autres flics, sans des types comme moi tout partirait en sucette », répétait-il. À Londres, elle avait un père « dans l'administration », et une mère « professeur. Une super prof ».

Que sait-on de ses parents ? Quand la colère s'évanouit, pendant quelques heures ou quelques jours, une vague indulgence la guide vers cette question. Elle mesure, en tout cas elle pressent sa propre ignorance. Elle connaît des habitudes, des gestes, des odeurs, des manières de sourire, des intonations. Leur enveloppe n'a plus aucun secret, elle connaît leurs rituels à la minute près. Mais les rêves, les déceptions, les espoirs ? En ont-ils même encore ? À son adolescence, les grands-parents déjà affaiblis, ou malades, l'ont privée de confidences secrètes en cachette. Si elle n'a pas parlé, ce midi, elle a écouté. Chaque jour leur vie se répète, intacte, figée, le mouvement semble les avoir abandonnés. Les mêmes récits de boulot, les anecdotes sur les mêmes amis. Elle ignore si elle est juste ou injuste. Elle ne sait pas si elle peut leur en vouloir, et de quoi. Lui reste cette impression poisseuse d'une vie d'ennui. Son père, en particulier, lui est apparu irritable, ses petites blagues n'ont trompé personne, surtout impatient de retrouver la solitude de son canapé. Depuis son départ, Virgile et Anouk sont devenus les pivots, les centres d'attention qui protègent les intimités verrouillées de leurs parents, leur épargnant de se projeter vers un avenir trop connu.

Pendant ces trois ans, ils ne lui ont pas manqué. Sa mère parfois, le temps fugace d'un souvenir, d'une image. « Il veut te protéger, s'assurer que tu prends le bon chemin », lui a-t-elle si souvent répété au plus fort des affrontements, quand elle leur a annoncé son envie de rejoindre cette école à Londres, puis lorsqu'elle s'est accrochée malgré des résultats d'abord difficiles et un coût de la vie effarant s'ajoutant aux 10 000 livres annuelles pour la scolarité. C'est là qu'il a arrêté de la financer. Alexandra revoit Aline, madone aux mains tordues, en larmes, la suppliant de l'écouter. Alexandra ne croyait pas une seconde à cette théorie de la protection paternelle, cependant son cœur battait pour cette mère, et cette épouse qui voulait réconcilier sa fille et son mari. Cette femme courageuse qui, à elle seule, souhaitait incarner une famille unie et heureuse, ce qu'ils avaient d'ailleurs été jusque-là. Lui en revanche, qui avait osé décréter les contours de sa vie, lui prédestinant des études de droit et rêvant, elle en est certaine, d'un poste dans la police, jamais il ne lui a manqué. Les journées ont filé, puis les semaines, les mois, et ce silence est devenu si léger, un souffle. Parfois, elle oubliait totalement leur existence, concentrée sur ses expériences aux antipodes de leur routine. Toute à sa rage et à ses combats. Il fallait un détail, ce paquet de café au supermarché, la marque préférée de sa mère, pour que le réel la rattrape. Et qu'elle lutte aussitôt pour le repousser, le ranger aux limites de sa vie. Même Virgile et Anouk ont été embarqués dans cette tempête de l'oubli. Renouer sera compliqué, elle le sait.

Pourrait-elle rompre définitivement ? Tout à l'heure, elle n'a pas cessé de se poser la question dans la longue pente qui l'emmenait vers le RER de Sèvres, en attendant le moment de fumer et boire. Elle aime cette vue plongeante, majestueuse, sur Paris. Mille, dix mille fois, elle a emprunté ce chemin pour s'arrêter un peu plus bas, chez Élisa, sa meilleure copine du quartier. De la fenêtre de sa chambre, elles rêvaient de ce jour où elles quitteraient enfin ce gros pâté de maisons bourgeois dont elles connaissaient par cœur les privilèges, cette chance collante et étouffante. Bien sûr, elles sillonnaient Paris le week-end, allaient voir *L'été en pente douce* ou *Good Morning Vietnam* sur les Champs-Élysées. Elles pouvaient même s'aventurer dans les boutiques du 6e arrondissement, rêver des heures devant les vitrines des grands couturiers, parfois acheter le T-shirt d'une marque à la mode. Mais y vivre un jour leur semblait le bout du monde. Ce soir, ces souvenirs l'écœurent. Elle a fini par courir dans la pente, le vent tiède dans le visage.

Elle lit dans des magazines que chaque année des milliers de personnes s'évaporent dans la nature, s'exilent loin des leurs, ou se murent dans un silence définitif. Cela la fascine : parvient-on vraiment à se cacher des siens ?

3.

Aline traîne au lit. Par la fenêtre, restée ouverte toute la nuit, le soleil baigne la chambre, faisant danser de minuscules poussières. Charles doit être parti depuis longtemps, il se lève tôt, dort de moins en moins, par courtes séquences, « l'âge », plaide-t-il. Elle saisit son T-shirt et le renifle. Elle a toujours aimé son odeur, forte, pas invasive, poivrée. Une amie lui a raconté souffrir d'anosmie, qui la prive de désir sexuel, « C'est dingue, j'ai découvert que, pour moi, le sexe et les odeurs allaient de pair ».

Mais Alexandra occupe déjà toutes ses pensées. Quel bonheur insupportable de la revoir. C'était si fort et si peu, des miettes du temps. Elle vit à Paris désormais, c'est déjà ça, elle a glissé son adresse griffonnée sous le plateau à fruits. Elle comprend la colère de sa fille. Elle l'a toujours comprise, défendue contre son mari, sans aller toutefois jusqu'à financer sa troisième année en cachette, cela heurtait trop sa conception de la loyauté dans le couple. Lorsque Alexandra avait décroché le concours d'entrée à la Central Saint-Martins, signant le début d'une guerre sourde, elles avaient bu une coupe de champagne en regardant une fine pluie d'été arroser le jardin. Aline, heureuse et triste à la fois, lui avait expliqué son combat, sa position intenable entre son mari et sa fille. « C'est difficile de changer ton homme après vingt-cinq ans de vie commune, tu comprends ? » Alexandra avait hoché la tête, mais Aline revoit son regard affligé, presque méprisant, cet air de dire « Tu aurais dû le convaincre que je faisais le bon choix. Tu aurais dû être plus forte ». Elle a toujours admiré leur fille aînée. Solitaire, presque sauvage. Déterminée, radicale, parfois trop. Très jeune, elle a commencé à découper dans de vieilles chutes de tissus, comme ses robes usées, puis à dessiner, coller, assembler, s'énerver, tout jeter par terre puis recommencer. Dix ans plus tard, c'est son métier. Elle est si belle, avec son teint pâle, ses grands yeux verts, même ses cheveux rouges ne la gênent plus, cela décuple encore cette énergie brute qui se dégage d'elle.

Comment leurs enfants peuvent-ils être si différents ? Virgile, naïf, transparent comme l'eau claire, tout à ses études d'ingénieur et à ses potes, elle connaît tout de sa vie puisqu'il n'a rien à cacher, enfin, si peu. Anouk, solaire, joyeuse, bien plus mystérieuse, mais lorsque le sujet devient sérieux, elle emmène Aline sur leur petit banc, au fond du jardin, lui raconte son envie d'être utile, son ambition de devenir médecin, toujours avide d'un conseil. Alexandra, elle, n'a jamais partagé ses doutes et ses craintes. Elle avançait.

Malgré les silences provocateurs d'Alexandra, Charles a été heureux de sa présence. Il n'en a rien dit, Aline en est pourtant persuadée, elle connaît son sourire dans ces moments-là, les lèvres rentrées, c'est très fugace, si intense. Cela fait longtemps qu'elle ne l'a pas vu ainsi. Pourquoi, depuis plusieurs mois, est-il devenu si différent ? Plus cassant, plus sec le plus souvent, totalement inaccessible à d'autres moments. Alexandra n'est pas la seule raison. Charles est tourmenté, furieux contre ce temps qui lui « échappe, cette course permanente ». Avant, ce manque était son carburant. Désormais, c'est une source de tension quotidienne, comme s'il ne connaissait plus son objectif, ou embrassait trop de directions, alors qu'Aline n'a pas changé de cap : le bonheur de sa famille, sa propre cohérence, se sentir à sa place. Pourquoi autant d'hommes sont-ils en colère, comme toujours en manque, mais de quoi : de pouvoir, de temps, de sexe ? Et les femmes, alors, devraient se satisfaire de tout ? Elle aurait sans doute pu faire mieux qu'enseignante en histoire-géo, avocate l'a tenté à une époque, mais elle aime transmettre, elle ne se contente pas de faire le même cours chaque année, cela la maintient en éveil. Elle se sent utile, c'est déjà énorme, cela l'apaise. Les périodes où Charles s'énerve trop souvent, Aline surveille sa consommation d'alcool. Il reste mesuré, un verre de vin parfois quand il rentre, et encore pas tous les soirs, pour elle ce n'est que le week-end. Son ascension à l'IGPN a certes accru son rythme de travail, mais au fil des années il a appris à faire face à la pression. Elle essaye de lui en parler, il se referme, « Cesse de t'inquiéter, c'est le boulot, je croule sous les problèmes, mais tout va bien ». Départ à 7 h 30, retour vers 21 h 30, les vacances qui s'annulent ou se rétrécissent, même des bouts de week-ends sont occupés par de nouvelles réunions, des coups de fil incessants qu'il passe ou « traite » le plus souvent dans le jardin, « Je ne veux pas vous embêter avec ça ».

Le jeune homme brun, svelte, qui l'a abordée trente ans plus tôt à la terrasse d'un café, semble parfois si loin. Gentil, patient, cultivé, aimant la lecture, elle avait craqué assez vite, qu'il fut étudiant en droit, avec pour objectif d'intégrer la police, n'avait même pas été un souci pour la jeune future prof résolument à gauche. Jusqu'à la naissance d'Alexandra, ils avaient tellement profité de la vie. Des escapades en fin de semaine, un joli appartement que Charles possédait déjà dans le XIVe arrondissement grâce à l'aide de ses parents, très aisés, ce qui facilitait aussi leur vie quotidienne. Ils se passaient presque de leurs amis, même s'ils en avaient beaucoup, Aline davantage que Charles qui lui présentait de temps à autre un collègue, parfois avec son épouse. La vie était évidente, simple, confortable. Elle aurait pu ne jamais changer.

Elle quitte enfin son lit, chiffonnée d'être dès le matin assaillie par tant de pensées, d'autant qu'elle n'est en vacances d'été que depuis deux jours. Elle se douche longuement, se satisfait encore de l'observation de son corps, hésite à se caresser, renonce sans trop savoir pourquoi, avant de se préparer un thé qu'elle emporte dans le jardin. Elle regarde les trois étages de la maison, les fenêtres ouvertes dans les chambres des cadets, celle, fermée, de l'ancien repaire d'Alexandra. Virgile part à Berlin pour sa troisième année d'études, Charles s'en est félicité, et Anouk intègre avec un an d'avance l'internat d'une classe préparatoire à médecine située à l'autre bout de Paris. Charles ne s'est pas opposé à ces départs, il les a même encouragés. Les études d'ingénieur, la médecine et la mode n'ont rien à voir, a-t-il décrété. Aline s'angoisse de la réaction d'Alexandra quand elle va apprendre cela.

À la fin de l'été, ils seront seuls, plus ou moins prêts pour les dernières étapes. Cette pensée inquiète Aline, mais elle se convainc qu'ils ont bien fait leur boulot de parents. La distance mise par Alexandra est certes une ombre gigantesque au tableau, mais c'est peut-être de l'histoire ancienne, Aline va essayer d'organiser des déjeuners réguliers pour rabibocher Alexandra avec son père. Cependant la réalité est là : aux enfants de bâtir leur vie. À elle de profiter des trente et quelques années qu'elle espère bien avoir encore devant elle. Elle a mille idées de voyage, une santé de fer, ils ont de l'argent. La chaleur du soleil achève de la rasséréner. À force d'écoute et de présence, elle va bien finir par retrouver pleinement « son » Charles. Elle le connaît par cœur, il n'y a pas de raison qu'elle n'y arrive pas. Elle va se battre pour ne pas laisser leur bonheur filer, ils n'ont pas construit tout ça pour rien. Elle repense à l'odeur de son T-shirt, s'abandonne dans quelques images avant de repenser aux vacances, trois semaines en Espagne puis au Portugal avec Virgile et Anouk. Et si elle proposait à Alexandra de les rejoindre pendant une semaine ?

Sa mère avait adoré l'Espagne, il y a une trentaine d'années. Ils avaient arpenté l'Andalousie en famille, avec son frère et sa sœur. Aline se souvient d'un été idyllique, jamais elle n'avait vu ses parents aussi rayonnants. Ils avaient à peu près son âge actuel mais, malgré cette évocation heureuse, un souvenir la frappe : sa mère s'occupait de tout. Les repas dans les appartements qu'ils avaient loués, ou les pique-niques à la plage, le choix des restaurants, l'organisation des balades, la réservation dans les musées. Son père conduisait, c'était tout. Cette année encore, Aline a fait de même, au cœur de l'hiver elle a passé de longues soirées, ou des week-ends entiers, à gérer de A à Z le circuit, les réservations. Elle seule sait où ils seront le 3 août à 18 heures, le 12 à 9 heures. Tout est prêt. La similitude avec sa mère et son rôle pivot dans la famille la trouble, l'angoisse un peu. Elle peine à y trouver une signification, préfère y voir l'évolution trop lente de la société plutôt qu'une responsabilité individuelle, ou une quelconque faute qu'elle aurait commise. Charles travaille beaucoup, ses enfants sont portés par leurs rêves, quelqu'un doit se dévouer, cela ne peut être qu'elle. Aline a conquis son autonomie, c'est déjà beaucoup. Elle finit son thé et s'étire, elle a la journée entière devant elle, elle hésite à sortir un transat et à prendre son livre.

Une légère culpabilité l'envahit, elle va plutôt profiter de son temps pour décorer la maison avec des photos des enfants, de toute façon elle doit faire le tri depuis si longtemps. Elle rentre, ragaillardie par ce projet.

4.

C'est la quatrième fois de la nuit. Ou la cinquième, il ne sait plus. Il est 5 h 56 et Charles contracte ses muscles pour extraire quelques gouttes de son sexe. Lorsqu'elles font ploc dans l'eau, il s'assure que son urine est jaune, qu'aucune trace de sang n'apparaît. Il a déjà connu une alerte de ce genre, aux alentours de la soixantaine, « Petit dérèglement de la prostate, c'est réversible », avait conclu, économe de mots, un urologue chauve en lui prescrivant un traitement. Mais à soixante-dix-huit ans, bientôt soixante-dix-neuf, ça ne sera sans doute plus la même histoire. Déjà, pisser une quinzaine de fois par jour n'est pas agréable, toujours cette sensation d'une légère brûlure ou de démangeaison qui, une fois au-dessus de la cuvette, ne donne rien. Finis les jets en arc qui chutent bruyamment dans l'eau, désormais c'est « pisse trois gouttes ». Il compte, ça l'occupe, vingt-deux passages en une journée est son record. Il se sent parfois incapable de rentrer dans un musée ou même un cinéma, l'autre jour il est tombé dans l'allée en se rendant aux toilettes en plein milieu du film, deux jeunes cons ont râlé. Il rigole parfois en songeant qu'avoir

Alzheimer le priverait de cette pathétique comptabilité, ce serait le comble de la vieillesse.

Face à lui, des photos d'Aline, Alexandra, Virgile et Anouk, aux Seychelles, à Florence, à New York. Depuis des années, il demande à Aline de les enlever (« Ce n'est pas un endroit pour contempler sa famille, enfin, en plus toi, tu ne peux même pas ! »), elle refuse, arguant qu'elle aime qu'ils soient présents aux quatre coins de leur foyer. Charles soupire, range son membre dans son pyjama bleu, les rayures rouges ont blanchi, puis noue le lacet qui ferme le vêtement. C'est le seul défaut qu'il a, en vingt-huit ans, trouvé à ce vêtement. Il ne pouvait pas savoir, à cinquante ans, qu'il lui faudrait faire ce nœud aussi souvent chaque nuit. « Mais enfin, Charles, il y a des années tu as décrété que tu détestais les pyjamas avec plusieurs boutons ? » se moque Aline lorsqu'il se plaint. Non, il ne se souvient pas avoir affirmé cela. Chaque nuit, il se retrouve devant les toilettes, à attendre en fouillant sa mémoire, mais ce combat contre les pyjamas à boutons lui reste inconnu. Il n'oublie pas de rabaisser la lunette des toilettes, un réflexe beaucoup trop rare au goût d'Aline.

Inutile de se recoucher pour arracher un peu de sommeil qui ne viendra peut-être pas. Charles passe devant la chambre d'Aline, s'engage dans le long couloir sombre qui mène à la cuisine. Il déteste ce couloir, cette latte, la huitième, juste devant sa porte, qui craque. Il n'aime à peu près rien dans cet appartement qu'ils ont acheté il y a une dizaine d'années. La décision a été difficile à prendre, tant ils étaient attachés à leur maison de Sèvres, son jardin, ses hautes vitres qui permettaient au soleil de baigner chaque pièce d'une belle lumière. Seulement il y avait ces trois étages qu'Aline ne supportait plus, « et ça va aller de pire en pire, Charles, tu le sais bien, et rien ne nous retient par ici, on n'est pas obligés de passer notre vie dans l'ouest de Paris ! ». Des enfants, il ne restait que des photos. Alors ils ont basculé avenue de Suffren, dans le 15e arrondissement, sur lequel Aline lorgnait depuis des années. Elle aime se promener dans ce quartier bourgeois, elle y a trouvé ses commerces de proximité, des cinémas, des librairies où elle traque inlassablement les nouveautés, des magasins de vêtements même si elle n'achète plus grand-chose, parfois un foulard ou un chemisier. Elle ne joue pas à la bourgeoise, elle aime juste profiter de la vie. Charles, lui, ne trouve aucun charme à ce quartier avec ces agences immobilières trop nombreuses, ces sociétés fiduciaires dont les plaques scintillent à l'entrée des immeubles, ces salles de fitness sans charme. Parfois, il déambule en râlant à haute voix, il va jusqu'à insulter des passants qui croisent son chemin, des gens le regardent avec inquiétude, il jubile alors. L'autre jour, il a engueulé une femme qui occupait toute la largeur du trottoir avec ses deux enfants, elle l'a traité de « vieux con », il s'est retenu de répliquer devant le regard apeuré des petits. S'il supporte quelques petites rues, c'est un quartier qui lui donne envie de fuir, c'est comme s'il en cherchait en permanence la sortie. Au moins, il est revenu dans Paris, cela simplifie les choses.

Seul le Mi-Chemin a trouvé grâce à ses yeux. C'est un bistrot situé juste en face de leur immeuble. Charles y aime particulièrement la terrasse, meublé de tables en marbre, de fauteuils en osier factice crème et vert, située à l'angle d'un carrefour animé. Charles est chaque matin le premier client. À 7 heures, il a déjà pris son petit-déjeuner, mais il déguste deux ou trois expressos, toujours à la même table, qui l'emmènent jusqu'à 9 heures. Les toilettes sont très propres, garnies de serviettes moelleuses pour les mains, il apprécie d'en trouver à chacun de ses nombreux passages. Il lit lentement la presse, *L'Équipe*, *Le Monde* et les pages faits divers du *Parisien*, le boulot de flic lui semble toujours plus compliqué, même si ses anciens collègues multiplient les conneries, « à recruter des mecs qui ont à peine le niveau brevet, il ne faut pas s'étonner non plus ». Il a toujours détesté voir ses propres parents scruter la page obsèques du journal local, maintenant il ne peut pas s'empêcher de relever les décès dans sa tranche d'âge. Hier, c'était Mick Jagger, déjà un miracle qu'il ait tenu jusqu'à quatre-vingt-deux ans. Charles aurait aimé être Keith Richard, électriser 80 000 personnes en délire d'un seul geste, ça a longtemps fait rire Aline.

Ce matin, Charles n'a pas le temps et se contente d'un café debout dans la cuisine, trop petite. Il regrette sa belle terrasse, ils n'ont qu'un bout de balcon étroit sur lequel Aline aime prendre le soleil, lire ou boire l'apéritif, pas Charles, toujours embarrassé par ses longues jambes, qui préfère rester dans le grand canapé du salon, devant la télé. Par la fenêtre, il regarde le ciel quitter sa teinte rose pour se rapprocher d'un bleu déjà pur. Il passe sa main dans ses cheveux, cette tignasse blanche toujours fidèle. Elle est, avec ses yeux bleus et son large front, un motif de fierté quand il croise tous les crânes lisses de ses congénères.

Il redresse alors ses épaules, encore larges même si elles s'affaissent, et a envie de glisser une main sur « leurs têtes de petits vieux ». Charles mesure 1,82 mètre, il a pris un très léger embonpoint, son torse reste puissant. Il a des jambes maigres mais cela ne regarde plus personne.

Charles n'aime pas cette boule qui lui noue le ventre, ou ces accès de transpiration qui l'envahissent depuis qu'il y a une semaine Jean Floret a lâché, de sa douce voix : « Je n'aime pas tout ce que je vois. » Son médecin généraliste, trente-cinq ans durant, regardait alors l'échographie abdominale de Charles, une géographie de masses blanches sur fond noir. Il passe cet examen depuis plus de quarante ans, comme son analyse de sang, son contrôle de cardio, sa radio des poumons, ce sont ses rituels entre octobre et décembre. Pour l'instant, tout a tenu, il a juste un peu de cholestérol, c'est un petit miracle. En changeant de quartier, il a dû abandonner le sourire de Marie-Claire au centre d'analyses médicales de la rue Levert, ou les humeurs de Polo, le bourru radiologue du boulevard de l'Étampes. Charles n'a pas aimé ces changements, et se sentir perturbé l'a encore plus agacé. Comme s'il n'était plus capable de s'adapter à des nouvelles situations, d'oublier un instant la maniaquerie qui a envahi sa vie de vieux, et qu'il a appris à aimer.

La seule chose que Charles apprécie dans les larges rues du quartier, c'est le vent. Lorsqu'il souffle fort, les jours d'automne et d'hiver, il s'arrête de marcher, laisse ses bras retomber le long de son corps, ferme les yeux et n'attend plus rien. Le bruit des voitures, les pas des passants s'estompent, le souffle de l'air le purifie. Il reste debout, figé, comme s'il s'agissait de sa dernière posture. Des marcheurs s'arrêtent parfois pour le regarder, persuadés d'avoir affaire à un dément.

Ce matin, sur le chemin de l'hôpital, il n'y aura même pas de vent pour s'éloigner du monde dans sa prière baroque. Charles connaît l'inquiétude de l'âge de longue date. Aujourd'hui il découvre la peur.

5.

Charles glousse en contemplant sa valise ouverte et les piles de vêtements éparpillés sur son lit. Il ne sait pas trop par où commencer, incapable de se souvenir à quand remonte son dernier voyage en solitaire. Séville quelques jours, ça doit déjà bien faire une vingtaine d'années, au moins. Pour le reste, où aurait-il trouvé la solitude ? Son maillot de bain est usé, lâche à la taille, tant pis. Il a peu de chemises légères, il en rachètera. À chaque fois qu'il boucle ses bagages, il se souvient de cet homme croisé au fin fond de l'Indonésie, alors qu'il était étudiant et s'était offert un voyage de deux semaines. En découvrant l'imposante valise du jeune Français, l'homme avait explosé de rire, « *Two weeks!* Je serais parti avec ma brosse à dents ! ». Il avait quitté l'Angleterre six mois plus tôt, ne possédait qu'un petit sac en toile légère.

Que faire du pyjama ? Trop chaud, évidemment, mais impossible de partir sans, c'est le premier vêtement qu'il glisse au fond du bagage. Il est excité, ses mains tremblent, il transpire. Partir seul, si loin, c'est n'importe quoi. Il contemple ses pantalons en toile, hésitant. Ce n'est pas si évident de s'habiller quand on vieillit. Le chemin de crête devient vite étroit : apparaître démodé (mal porter une veste en cuir), ridicule quand on essaye une fantaisie (un pantalon d'une couleur trop vive), ou simplement vieux à porter tous les jours les mêmes vêtements, surtout les gilets et les casquettes, il n'a jamais porté celle que ses enfants lui avaient offerte pour ses cinquante ans. Il ne cède pas à la tentation de se vêtir délibérément mal, sans plus faire attention aux regards des autres. À la retraite, il a continué à porter une veste noire ou grise, un pull, une chemise, souvent blanche, et un pantalon noir en velours, soit sa tenue de travail, le velours mis à part, il préférait le coton, plus officiel. En revanche, il n'a jamais aimé les cravates.

« Où souhaitez-vous partir ? » lui a demandé la jeune femme de l'agence de voyages. Charles a regardé la carte du monde posée sur le bureau. Pour ne pas la vexer, il a fait mine de réfléchir. L'Europe ? Trop proche, il veut une vraie coupure. Les États-Unis ? Hors de question de mettre un orteil dans ce pays de dégénérés qui vient de réélire le rouquin orange. L'Amérique du Sud ? Il la connaît par cœur. L'Afrique ? À la limite celle du Sud, mais la saison ne s'y prête pas, et tout le reste du continent, ou presque, est réputé dangereux pour un voyage en individuel. La jeune femme s'agaçait, cela l'amusait. « L'Asie. » La jeune femme l'a regardé, interloquée, comme s'il avait demandé la Lune. « L'Asie, ah… nous rentrons dans la saison des moussons, vous savez… » « Je sais. » « Sauf peut-être au Japon. » « Je sais aussi. Prenez-moi un aller simple pour Bangkok. » « Pas d'hôtel ? » a-t-elle lâché, masquant mal sa déception de ne pas vendre un pack onéreux. Et comment va-t-il se débrouiller ensuite, ce vieux monsieur qui partait… « Avec qui allez-vous voyager, monsieur ? » « Personne. » « Oh… l'aventure, donc ! » a-t-elle gloussé. Charles a souri. Il a juste voulu goûter le plaisir de laisser quelqu'un d'autre s'occuper de lui, pour le reste il se débrouillera très bien. Il n'a pas eu envie de lui raconter qu'il s'agit de son trentième voyage, environ, sur ce continent. « Pas de billet retour, donc ? » « Non. » Ne comprenait-elle pas ce qu'était le vrai luxe ? Elle était trop jeune. « 1947 est bien votre année de naissance ? » a-t-elle tenu à s'assurer en ouvrant son passeport. « Oui, c'est écrit dessus. »

Charles range les vêtements à leur place, empile les chemises dans le haut du placard, à côté de dizaines de dossiers en carton, bien alignés, avec une étiquette pour chaque année. À leur arrivée, cette pièce devait lui servir de bureau pour écrire ses mémoires. Un ancien directeur de l'IGPN a forcément beaucoup de choses à raconter, lui avait glissé un ami qui avait des contacts dans l'édition. Oui, des souvenirs, il en a un paquet. Des secrets, aussi. Il y a repensé hier en voyant un policier abattre une femme voilée qui venait de faire une embardée dans sa direction. Lui, on lui avait un jour demandé de couvrir un abruti qui avait descendu à bout portant un gamin de quinze ans au volant d'une voiture de luxe, jusqu'à ce qu'une vidéo accablante fasse reculer sa hiérarchie et déclenche une semaine d'émeutes dans le pays. Raconter le coup de fil que lui avait passé le ministre de l'Intérieur pour « orienter son analyse » suffirait à provoquer un joli tapage, même des années plus tard, d'autant que le ministre avait ensuite décroché la timbale de l'Élysée où il n'avait pas marqué l'Histoire. Charles s'est souvent installé à sa petite table devant un ordinateur tout neuf, juste devant la fenêtre d'où il peut observer le va-et-vient au Mi-Chemin. L'écriture ne lui a jamais semblé un exercice insurmontable, sans doute parce qu'il a beaucoup lu tout au long de sa vie. Au fil des années, il a accumulé des notes, des bouts de chapitres, des histoires. Il aurait sans doute besoin d'un coup de main pour remettre tout cela en forme, mais le sentiment de trahir son ancienne maison l'a empêché de reprendre contact avec son ami, ou même d'approcher directement des éditeurs. Il a laissé de longues matinées s'écouler sans perdre l'espoir qu'un jour il avancerait. Il faut laisser le temps faire son œuvre, s'en détacher pour passer sa vie au tamis, comprendre ce qui mérite d'être raconté. Charles a appris à jouer avec les regrets, les remords. Il va un jour commencer ce bouquin, ce sera un travail utile pour comprendre combien son métier était important et compliqué. Il est temps de finir les choses, de toute façon.

Charles s'assoit sur le lit et regarde sa valise. C'est peut-être son dernier grand voyage, pas un saut de puce en Europe. Depuis quelques années, disons le passage des soixante-quinze ans, il côtoie cette possibilité des dernières fois, il a déjà connu la brutalité ultime des malaises, des crises cardiaques, des AVC qui ont emporté des amis et, étrangement, jettent sur certains moments une lumière intense. Comme en cet instant où, face à sa valise, Charles frissonne d'excitation et d'une forme d'angoisse.

C'est étrange comme, à cet âge, on peut vite passer d'un extrême à l'autre. On voit la vieillesse comme un espace morne et plat, alors que pas du tout ! Il découvre un apprentissage, avec ses étapes, qui n'est pas toujours un chemin monotone. Pas davantage que le visage clos de Jean Floret l'autre jour, il n'a aimé ce matin celui d'un certain Marois, l'urologue qui observait son échographie, griffonnant sur un petit cahier, marmonnant derrière un masque qu'il devait être le dernier à l'hôpital à porter. « Nous allons procéder à des examens complémentaires, monsieur. Votre prostate est gonflée. Beaucoup trop. » Après Floret, ce spécialiste a aussi besoin de comprendre. « Vous avez déjà suivi un traitement il y a une quinzaine d'années, c'est bien cela ? » « Oui… ça peut être grave, docteur ? » « Ah merde… », lâche Marois en jetant un œil vers son téléphone. « Que se passe-t-il ? » « Michel Denisot est mort… bof, il n'était plus drôle depuis un bon moment…. Bon, quelles sont vos disponibilités à court terme ? » À court, moyen, long terme, Charles a du temps. Il a accepté le premier rendez-vous possible, pile le jour de son retour. Avant de prendre la direction de l'agence de voyages.

« Et la date du départ ? » a lâché la jeune femme, qui avait complètement perdu patience. Lui aussi.

« Mardi prochain. » Cela fait des mois qu'il attend ce moment.

6.

Aline, les bras encombrés de courses, ouvre la porte. La valise lui fait face, à l'entrée du couloir. « Ça y est… Mais non, c'est impossible, plus maintenant. » Du salon lui parvient le bruit étouffé de la télévision. L'odeur de l'appartement, mélange d'effluves du poisson de ce midi et du parfum des fleurs fraîches qu'elle achète tous les quatre jours, est la même que d'habitude. Tout comme la lumière qui fait miroiter les lattes du parquet. Tout est normal. Sauf la valise. Noire, on dirait une grosse araignée.

« C'est quoi, cette valise ? » Charles ne quitte pas l'écran des yeux, aux images de carcasses de voitures incendiées succèdent celles d'une foule assoiffée de justice, cela dure depuis presque une semaine, plusieurs boutiques du quartier ont même été dévastées. « Ils n'ont pas tort, les gamins, on a fait n'importe quoi. » Ce « on » lui revient de temps en temps, avec cet air soucieux de celui qui doit prendre de lourdes décisions. « Oh hé, c'est quoi cette valise ? » Charles éteint la télé, « Viens, il faut que je te dise quelque chose. » Aline se dit souvent qu'elle n'a plus peur de grand-chose, c'est « le plus grand privilège de l'âge… il aurait pu nous arriver tellement de malheurs », répète-t-elle souvent à ses copines. Pourtant, le timbre de Charles, cette légère fêlure, lui fait apprécier de s'asseoir et de reposer ses jambes fatiguées et, désormais, tremblantes.

« Je suis inquiet. J'ai même la trouille. J'ai vu Floret il y a quelques jours, il n'aime pas ma dernière échographie abdominale. C'est la prostate, trop gonflée. Il m'a envoyé voir un urologue, un dénommé Marois. J'étais à l'hosto, cet après-midi, et pareil, ce toubib a fait le nez, il veut que je fasse de nouvelles analyses. Il n'a rien dit de plus, tu connais ce genre de type, sous la torture il ne parlerait pas. » Aline laisse le silence s'installer. La lâcheté des hommes l'a longtemps indignée, puis lassée. Leur peur face aux douleurs physiques, notamment, eux qui n'ont jamais connu les règles, l'accouchement, l'endométriose, mais plutôt les ruptures des ligaments au foot ou les jambes cassées au ski. Mais c'est son homme, quand même, et l'heure des mauvaises nouvelles a peut-être sonné. Elle lui prend la main et regarde les tâches de vieillesse et les grosses veines gorgées de sang, violettes, « Tu ne t'inquiètes pas un peu vite ? Floret n'est pas le genre à te mentir… »

« Justement, il a dit qu'il n'aimait pas ce qu'il voyait. »

« Oui, d'accord, mais il n'a pas dit que c'était grave. Tu es suivi depuis longtemps… et tu as ton âge. C'est bien s'il pousse son analyse. Il fait son boulot.

— Tu n'as pas l'air inquiète.

— Je n'ai pas dit ça, mais il ne faut pas paniquer si vite, et rester patient. C'est tout. Pourquoi ne m'as-tu rien dit de ces rendez-vous ?

— J'ai eu peur, c'est tout, c'est bête… »

Aline ne répond rien, se contente de le fixer longtemps, imagine le visage de ce Marois, qui vient de rentrer dans leur vie. Elle regarde cet abdomen arrondi depuis une bonne vingtaine d'années, qui abriterait la source de leurs futurs malheurs. Elle revoit le ventre plat de Charles.

« Et, donc, cette valise ?

— Je pars.

— J'ai bien compris.

— En Asie.

— Demain ?

— Non, mardi, j'ai juste descendu la valise de l'armoire, et commencé à faire le tri dans mes affaires.

— Bangkok, je parie.

— Oui.

— Combien de temps ?

— Deux semaines. J'ai un rendez-vous le 26. Je ne veux pas attendre à Paris comme un lion en cage. »

Charles lui a répondu sans la regarder, concentré sur l'écran où des policiers frappent un jeune homme à terre. Depuis le départ des enfants, il y a presque vingt-cinq ans, ils sont toujours partis en vacances ensemble, puis en voyage une fois la retraite venue. Aline, à l'approche de leurs dates de congés, commençait à réfléchir à une destination, à se renseigner sur les conditions climatiques, les logements, les musées à visiter, puis elle sondait Charles qui, invariablement, disait oui. Une fois à la retraite, elle a gardé les mêmes habitudes, trois ou quatre fois par an. La principale question tourne autour de leur envie de découvrir un nouveau pays ou de retourner dans un endroit qu'ils ont particulièrement aimé, les îles Lofoten, Zanzibar, le Costa Rica. Bangkok appartient à ce petit groupe, Charles avait beaucoup aimé, « C'est le genre de pays où je m'étonne encore », avait-il répété de si nombreuses fois pendant leur voyage. Il est fier d'avoir arpenté quatre-vingt-dix-sept pays. Elle s'est montrée moins aventureuse avant leur rencontre, et n'en totalise que quatre-vingt-neuf.

Seule pendant deux semaines. Ce vide lui procure un vertige. La met presque en colère. Un peu contre lui, mais surtout contre elle. Elle ne sait plus quand elle a passé deux semaines seule. Si c'est même déjà arrivé. Avec les enfants, oui, même lors des séminaires de Charles, à la fin de l'été, c'était plus court. Des quatre coins du salon, les enfants la regardent, rient aux éclats, s'amusent de leurs grimaces, posent, solennels, les jours de diplôme ou lors des fêtes de famille. Elle leur a tout donné, sans jamais se poser la moindre question sur son engagement. Alexandra, Virgile et Anouk sont au-dessus de tout, depuis leur premier souffle et jusqu'à son dernier. Même la vie de Charles ne pèse pas grand-chose à côté. Elle n'a pas l'impression de s'être sacrifiée, mais voilà le résultat, à presque quatre-vingts ans le vertige de la solitude la saisit. Elle y voit une forme d'injustice, l'impossibilité de rattraper le temps perdu.

Que va-t-il chercher, si loin, qu'il ne sait déjà ? La main droite appuyée sur le front, les cheveux en bataille et les yeux mi-clos, il semble déjà loin de leur conversation, captivé par ces images et cette violence qui ne le concernent plus. Ce vieil homme partira bientôt à Bangkok, seul, et une subite envie de rire lui secoue le ventre. Quelle absurdité et, pour cela, elle l'admire presque, capable d'un tel égoïsme. Mais il n'est qu'un homme en fuite avec ses secrets. Les vrais, et ceux qu'il imagine détenir.

7.

Qui n'aime pas, après une absence prolongée, retrouver son appartement, son lit, son canapé, ses toilettes, son quartier ? Si Charles apprécie ces petits plaisirs, il déteste l'instant où le taxi s'arrête au pied de son immeuble, marquant la fin de la cassure du temps, le retour des habitudes qu'il aime pourtant au quotidien. Il s'extrait lentement du véhicule en songeant à ce paradoxe. La dizaine d'heures d'avion l'a brisé, ses jambes sont lourdes, sa vessie pleine. Il reste sur le trottoir avec sa valise. Par chance, un vent frais l'enveloppe, il laisse tomber ses bras le long de son tronc, ferme les yeux. Attend la bonne décision. Et prend la direction du Mi-Chemin.

Jean, le patron, a été hospitalisé il y a quelques jours, lui apprend le serveur, « des vertiges, on ne sait pas trop… », « La vieillesse, quoi… », bougonne Charles qui file vers les toilettes en laissant le jeune homme hilare. Une fois apaisé, Charles s'installe et déplie *Le Monde*. Les émeutes viennent à peine de s'arrêter, l'IGPN enquête sur deux morts suspectes après des interventions du RAID, « Ah les cons, les grands stratèges du maintien de l'ordre, tu parles..., grogne Charles, ils ont bien le droit de se foutre en colère, ces gamins ». L'Arabie saoudite propose aux meilleurs joueurs de foot européens des ponts d'or, qu'ils acceptent évidemment, Serge Lama est mort, « Alors, là, vraiment rien à foutre ». Des associations se déchirent sur le nombre de féminicides depuis le début de l'année, et le ministre de l'Intérieur explique dans *Le Parisien* « qu'il ne se passe pas une journée sans que le GIGN ou le RAID aille libérer une femme ou des enfants pris en otage par un homme violent... », « Pfff... », soupire Charles en repliant le journal, vaguement écœuré par la marche du monde. C'est comme s'il n'était pas parti, cette impression de statu quo l'agace. Plus il vieillit, moins il aime l'immobilisme des idées, la répétition absurde des causes et des conséquences, qu'il sépare soigneusement de ses petites maniaqueries matérielles. « On dit que tout va de plus en plus vite, c'est vrai pour les technologies et, pourtant, quelle impression de surplace ! Les démocraties vacillent mais résistent, le capitalisme progresse mais la solidarité s'organise, les cons sont de plus en plus nombreux... mais on ne lâche pas ! Bref, rien ne change ! » Voilà les grandes lignes de ses échanges quotidiens avec Jean, il lui manquerait. En revanche, Charles aime les questions climatiques, ça c'est nouveau, en tout cas personne n'a vu venir le sujet. Il est passionné par les vidéos prises par des amateurs lors des catastrophes naturelles, se demandant comment ces gens pensent, par vent-pluie-neige, à sortir leur smartphone.

Ce qu'il ne dit pas à Jean, ni à personne, c'est que son acrimonie envers l'immobilisme du monde vient du sentiment de son propre échec. Une vie de travail, à rêver d'une police plus juste, mieux formée, moins corrompue, tout ça pour contempler trois connards déguisés en noir allongés sur un jeune qui n'a fait que crier sa colère après la mort d'un de ses amis ? Passent des lois, des plans triennaux, quinquennaux, des rapports, des ministres, et pourtant restent sous les uniformes les haines, les frustrations, parfois le pur racisme, comme des relents qu'aucune institution ou direction ne parvient à éradiquer pour toujours. Les choses recommencent, et dans vingt, trente ans, songe Charles dans un sourire amer, un autre vieux ancien directeur de la police sera assis sur une chaise en osier du Mi-Chemin et méditera sur les limites de sa vie.

Il commande un taxi. Il lève les yeux et voit la fenêtre de sa chambre. Il en visualise chaque recoin, la petite tâche sur la tapisserie, la faille dans les moulures, l'éraflure sur le parquet. S'il devait y passer des mois, alité, il connaîtrait déjà le paysage, ce serait si ennuyeux. Le chauffeur lui demande pourquoi il a une si grosse valise d'où pendouillent les étiquettes de la compagnie aérienne. Charles joue à celui qui n'a rien entendu, le type bougonne puis se tait. Le soleil inonde désormais la ville, le vert des feuilles tranche sur le bleu du ciel, Charles dévore le spectacle, savoure le silence.

Le hall de l'hôpital est désert. La jeune femme de l'accueil ressemble étrangement à celle de l'agence de voyages, « Le docteur Marois vous attend, deuxième étage, bureau 203 ». L'ascenseur est immense, sa profondeur rappelle à Charles celle de la maison de retraite où sa mère a fini ses jours.

Le dernier d'entre eux, se souvient-il tandis que la cabine se referme sans un bruit, alors qu'ils ne pouvaient plus échanger que regards et esquisses de sourire, d'un filet de voix elle avait murmuré « Je sais que tu ne m'as pas tout dit ». Il avait soutenu son regard dans lequel l'espoir d'une ultime confession faisait briller ses petits yeux noirs. Elle allait mourir d'une heure à l'autre, usée par le temps, et pourtant c'est elle qui attendait, et allait attendre en vain, car Charles s'était muré dans un silence épais, juste troublé par le glissement de l'ascenseur.

Le docteur Marois n'est pas plus sympathique que quinze jours plus tôt. Il affiche un visage pâle dans ce bureau blanc, de la même couleur que sa blouse juste ornée d'un badge bleu.

« Vous partez en voyage ? s'étonne-t-il en regardant la valise noire.

— Je viens d'atterrir.

— Ah ? D'où ?

— Bangkok.

— Diable, à votre âge. Vous étiez seul ?

— Oui, c'est peut-être le meilleur âge pour voyager seul, non ? Libre, tout le temps pour méditer sur le sens de sa vie, tout ça… »

Charles part d'un petit rire, « Toutes ces conneries sur le temps qui passe, quoi… Vous êtes jeune, vous verrez. » « Oh, plus si jeune, quinze ans d'études, ça use. Bref, allons-y. » Il allume deux écrans situés le long de son bureau, se lève. Charles reconnaît, mais toujours sans rien y comprendre, ce magma de masses blanches et noires qui s'entremêlent, de taille et de formes différentes. Pendant son voyage, il a souvent pensé à cet instant, imaginant mille scénarios différents, depuis la relaxe pure et simple jusqu'à la perpétuité, sans appel. « Une tumeur apparaît ici, dans la prostate. Un adénocarcinome, le grand classique. » Marois utilise une banale règle en plastique rouge, on dirait un prof au tableau. « Sa taille n'est pas excessive, et les organes autour sont intacts, la maladie encore intracapsulaire, uniquement présente dans la prostate, c'est une bonne nouvelle. Vous n'avez pas ressenti de douleurs au ventre, ces derniers mois, c'est bien ce que vous m'aviez expliqué.

— Non, pas de douleur, parfois une lourdeur, rien de spécial.

— Bien. Soyons clairs, enfin surtout moi, c'est une tumeur cancéreuse, monsieur, mais prise tôt, c'est une autre bonne nouvelle. Vous allez entamer une radiothérapie, moins difficile à supporter que la chimio, d'environ huit semaines, au terme de laquelle nous verrons s'il est possible de vous opérer et de retirer la tumeur qui aura été affaiblie par le traitement. Attendez-vous quand même à être plus fatigué que d'habitude, à uriner souvent, ce genre de choses… Est-ce clair ?

— Oui. Uriner souvent, je connais déjà.

— Vous me semblez un homme solide, vos autres organes sont en bon état pour votre âge.

— Si vous le dites.

— Je vais vous prescrire un nouveau rendez-vous pour le début du traitement. Ce sera avec le docteur Dupieux, c'est un oncologue. Ne prévoyez pas un autre voyage à court terme, hein ? »

Une sorte de rire rauque sort de la gorge de Marois.

« Je vais revendre mes billets pour les Seychelles, soyez tranquille docteur. »

Marois ne semble plus avoir rien à dire. Il se rassoit et tapote sur son clavier. Charles remet sa veste, la main sur la poignée de sa valise. La fatigue du voyage lui pèse brutalement, ses yeux le brûlent. Comme si, sans même l'avoir délibérément cherché, il avait rendu cet instant irréel.

En sortant de l'hôpital, Charles songe qu'approche aussi une des pires journées de l'année. Son anniversaire.

8.

« Cessez de vous tracasser, et revenez me voir dans une trentaine d'années ! » Charles tente, en vain, de rigoler, bute en reculant sur l'épais tapis des immeubles bourgeois et se cogne contre la grille de l'ascenseur. « Attention à votre dos, quand même ! » s'esclaffe le cardiologue avant de refermer la lourde porte en chêne. Charles s'essuie le front et rentre dans la cabine : au moins, son cœur de quadragénaire se porte bien.

Il a un peu de temps devant lui, décide de s'offrir un verre de vin en terrasse, après tout l'été commence. Il profite de la proximité d'un bureau de tabac pour s'offrir une boîte de cigarillos Davidoff, les mêmes qu'il a brièvement fumés vers ses vingt-cinq ans pour renforcer son côté intello. Il commande un pouilly-fuissé, aspire une première bouffée qu'il ne peut pas s'empêcher d'avaler, gardant longtemps la fumée dans les poumons, avant de culpabiliser. C'est comme ça depuis des mois. Il ne profite de rien. En contrôle permanent. Il semble en bonne santé, pourtant il a déjà envie de réaliser d'autres examens, le foie, la thyroïde, la prostate, les poumons. Floret, son nouveau médecin généraliste, trouve sa démarche « très intéressante ». « À votre âge, il faut commencer à se montrer raisonnable, surtout pour un policier », a-t-il même ajouté, se croyant drôle. Raisonnable. Encore. Toujours.

Alexandra est-elle raisonnable ? Non, bien sûr. Pas à quinze ans. Qu'est-ce qu'elle peut l'agacer ! Toujours nerveuse, prête à filer, à « descendre » chez Élisa. Le plancher brûle sous ses pieds, elle ne rêve que de Paris, comme s'ils en vivaient à des centaines de kilomètres. Toujours à surveiller le calendrier des défilés de la fashion week, comme si elle avait la moindre chance d'y entrer, et des concerts. L'autre jour, il a refusé Cure à Bercy, c'est comme s'il l'avait amputée, elle s'est enfermée dans sa chambre. Aline en a été malade, même Virgile et Anouk ont tenu à marquer le coup. Personne ne lui a parlé pendant trois jours. Il aurait pu disparaître, cela aurait soulagé tout le monde.

Les six ou sept séances de psy auxquelles il s'est rendu ne l'ont pas aidé. Il a à peine progressé dans la simple formulation de son trouble. Il a un travail « passionnant », une femme « remarquable », des enfants « formidables », voilà comment il a décrit sa vie à un imperturbable praticien recommandé par un ami. Tout est vrai, tout comme est sincère son impression d'échec et d'étouffement. Il mène une vie de bon père de famille, de professionnel en pleine réussite, mais ses limites lui sautent aux yeux. Non, il ne pourra pas tout faire, tout voir, tout vivre, et souvent une déception enfantine le transperce. La seule chose qu'il identifie clairement, c'est cette envie de tout foutre en l'air, mais, au moment de le formuler devant le psy, il se trouve ridicule, presque indécent, à se plaindre d'une vie qui aurait comblé neuf hommes sur dix. Alors il se tait, enfouit sa colère au fond de lui, ils se regardent et Charles finit par penser au flan qu'il a découvert dans une boulangerie-pâtisserie proche du cabinet, et dont il a conclu qu'il s'agissait du meilleur de tout l'Ouest parisien, ce qui était une belle découverte, même s'il coûtait environ dix pour cent de la séance. Bref, encore une fausse piste. « Je suis désolé, je reviendrai peut-être dans quelques années. Je crois que je ne suis pas encore prêt », a-t-il bredouillé, la semaine dernière, au praticien qui n'a toujours pas bronché, sauf pour un « Portez-vous bien » incompréhensible au moment de lui ouvrir la porte. Estomaqué, Charles s'est offert une deuxième part de flan avant de quitter définitivement le quartier.

Ce matin, la reconnaissance par Laurent Fabius de la responsabilité des services secrets français dans l'attaque contre le *Rainbow Warrior* l'a ébranlé. Il buvait son café lorsqu'il a entendu l'info, intimant, un doigt sur la bouche, à Alexandra de se taire quand elle est rentrée dans la cuisine et qu'elle n'avait encore rien dit. Depuis des semaines, Charles soutient la position du gouvernement, convaincu que des militants d'extrême droite ont pu poser la bombe. La plupart de ses collègues de l'IGPN le regardent avec une moue sceptique, plusieurs le trouvent trop bon élève. « Tu nous les casses quand même un peu », lui lance parfois Paul, son collègue le plus proche, lorsque Charles s'enflamme sur l'importance de la probité absolue de la police dans un État de droit. Alors ce matin, les révélations de Fabius ont suscité quelques sourires narquois. Charles, lui, s'est senti trahi, comme si un bon copain venait de le lâcher. Il s'est trouvé ridicule, c'est bel et bien ce qu'il ressentait. Comment expliquer ça à un psy ?

Avec qui partager son accablement lorsque, hier, il s'est retrouvé face à Loïc Burgos, un CRS qui n'a pas trouvé mieux que de sortir son arme et de tirer deux balles dans le dos d'un chauffard sans permis qui, pas plus malin, tentait de s'enfuir ? Burgos a longuement fixé Charles de ses yeux chassieux d'alcoolique, une veine battant sur sa tempe, le crâne presque nu, sauf quelques touffes de poils sur l'avant, puis les a baissés et s'est mis à pleurer. Charles, impassible, a lutté pour ne pas renverser son bureau. Combien d'abrutis dans ce style va-t-il croiser dans sa carrière ? Combien de fois va-t-il devoir répéter les mêmes mots, prononcer les mêmes sanctions ?

Combien de temps va-t-il devoir offrir ce visage lisse quand la rage lui saisit les tripes ? Quand il doit serrer les poings jusqu'à s'en blanchir les phalanges ?

Il commande un nouveau verre de vin, allume un autre cigarillo, desserre sa cravate. L'air est très doux, les passants marchent lentement, des langues étrangères surgissent de la foule. Charles ne s'accorde jamais ce genre de pause, il est surpris d'apprécier l'instant même si la culpabilité ne le lâche pas. Il travaille depuis une quinzaine d'années déjà, mais son niveau d'exigence ne cesse d'augmenter. Il veut tout contrôler, ne pas laisser la moindre marge d'erreur s'insérer dans son quotidien. Il prépare ses interrogatoires pendant des heures, parfois la nuit à la maison, lit et relit des rapports d'enquête, y compris produits par des collègues ou d'autres services, pour comparer. Cela va au-delà de l'intégrité de la police, la vérité et la rigueur sont devenues des obsessions. Il aurait le même comportement s'il était banquier, vendeur de voitures ou enseignant. Il hait le hasard, les approximations, le manque de volonté. Or trop de gens vivent ainsi, se contentent du minimum tout en rêvant de toujours plus, et la corruption naît dans cet espace de faiblesse qui ne demande qu'à accueillir des promesses. Charles écrase son cigarillo avec rage dans le cendrier, ses doigts se couvrent de miettes de tabac et de cendre, puis il se lève et jette le paquet dans une poubelle. Il pourrait le fumer en quelques heures.

Aline est la seule personne auprès de laquelle il accepte de se relâcher un peu, de dire « Je ne sais pas » quand elle lui demande ce qu'il veut manger, « J'hésite » lorsqu'elle l'interroge sur leurs futures vacances, « Alexandra m'inquiète » lorsque leur fille s'enferme dans le silence pendant des jours. Aline ne s'énerve jamais, l'écoute même quand il rentre tard, lui raconte son quotidien avec distance et légèreté, comme si rien n'était très grave, elle semble toujours en mesure de trouver une solution. « Il n'y a que la maladie contre quoi on ne puisse rien », répète-t-elle souvent aux enfants.

Charles aime cet environnement apaisant, en rupture totale avec l'intensité de ses journées, la charge de ses responsabilités. Mais, depuis quelques semaines, cette tranquillité se teinte d'un léger ennui, d'un ronronnement qui l'inquiète, sans en percevoir la cause ni le point de départ. Certains soirs, il aimerait que la forme de tension qui l'a accompagné toute la journée se prolonge à la maison, comme s'il avait encore besoin d'opposition, de contradiction, de bras de fer, de regards qui ne baissent pas. Seule Alexandra lui offre ces occasions, insatisfaisantes, cela ne peut pas toujours tomber sur elle. Il aimerait sentir une résistance plus forte d'Aline, mais elle écoute, partage, raconte. Le désarme. L'amour se nourrit d'une forme de répétition, il le sait et en a même besoin, alors il s'agace de s'agacer. Le piège de la normalité se profile, ces jours émollients, doux et rassurants dans lesquels on s'enfonce sans voir le risque de ne pas se relever. Charles redoute sa propre banalité, ses incohérences. Il étouffe et finit son verre de vin d'une longue gorgée.

La pause a assez duré. Il prend la direction du métro. Un très long soupir l'étreint, un peu comme ceux des enfants lorsqu'ils viennent de s'arrêter de pleurer. Il fixe l'emballage du Pont-Neuf par Christo, cela le laisse de marbre, et la polémique qui l'accompagne plus encore. Le monde ne sait que se répéter.

9.

Aline n'est pas très loin, elle non plus, de se dire que chaque jour ressemble au précédent, et sans doute au suivant, mais cela la rassure plutôt que ça ne la déprime. Même quand le jeune Chabannes écrit, comme à chaque fois, « Charles Deux Gaules », elle parvient à sourire. Elle aime son boulot, son mari, sa famille, sa vie, sans en demander davantage. Depuis sa très lointaine banlieue, elle n'a jamais rien demandé à personne, et de toute façon ses parents, tous deux employés de la Poste, ne pouvaient pas l'aider plus qu'ils ne l'ont fait. Elle a gagné sa place toute seule, à la loyale. Le métier devient plus compliqué, il y a des quartiers réputés difficiles, mais la profession reste puissante, les manifs contre la loi Savary l'ont bien montré.

Alors, comme chaque matin, Aline est heureuse de garer sa 205 bleu nuit dans la cour du lycée. La circulation a été fluide, elle a cinq minutes de marge pour fumer une Marlboro Light, elle s'en autorise trois par jour maximum, elle a quand même le droit de profiter de sa quarantaine. Trois enfants, dont une césarienne, en huit ans, ce n'est pas rien. Et pourtant tout le monde fait comme si c'était normal. Elle ne réclame pas une médaille, personne ne l'a forcée, d'autres femmes en ont quatre, cinq et même plus, mais cette forme d'évidence l'agace. « Avec vous, l'avenir du métier est assuré, vous n'êtes pas obligée de vous arrêter en si bon chemin ! » lui a lancé Saintillan, son proviseur, en riant gras, la coupe de mousseux levée, pour l'arrivée d'Anouk. Tu finiras par avoir du mal à nous remplacer pendant les congés mat', pauvre mec, avait pensé Aline. Car les salaires sont quand même le point noir. Leur génération a très bien vécu, aucun doute là-dessus, mais ça ne va pas durer éternellement, les collègues syndicalistes ne cessent de répéter qu'un jour la fonction publique trinquera. Et se rebellera.

Heureusement, elle a Charles. Sa carrière décolle si vite. Elle connaît les doutes de certains de leurs amis, pour lesquels choisir l'IGPN plutôt que la crim' est un aveu de faiblesse. Lutter contre la corruption au sein de la police plutôt que contre la délinquance serait une forme de défaite, le chemin le plus direct vers l'ennui, le pauvre pansement sur une plaie profonde. Elle ne sait pas trop quoi en penser, mais elle se souvient que lorsqu'il était étudiant, Charles était déjà obsédé par la probité de l'État, et surtout celle de la police : « Tout commence là, si les gens n'ont pas confiance dans leurs flics, c'est foutu. Regarde Vaulx-en-Velin, ces gamins vont trimballer leur haine toute la vie. Tu devrais en parler en classe », lui répétait-il souvent lorsque la banlieue lyonnaise s'est embrasée. Son obstination lui a permis d'être recruté jeune dans ce service qui, par tradition, embauche plutôt des policiers aguerris. Heureusement qu'il s'est vite montré drôle, et qu'elle était amoureuse, sinon cette forme de rigidité aurait pu l'inquiéter. C'était un homme en colère mais la cause lui semblait juste, et elle le trouvait généreux, aussi. Comme elle, il venait de la banlieue parisienne, de l'ouest lui, et même si elle était plus cossue que les barres des zones urbaines, il en avait gardé une forme de solidarité avec ses habitants. « Tu pourrais faire de la politique, tu comprends les gens », lui répète encore souvent Aline, mais il balaye l'hypothèse d'un revers de la main, « Pour ne jamais pouvoir tenir ses promesses, très peu pour moi ! ». En tout cas, au niveau de l'argent et de la sécurité de l'emploi, ils sont tranquilles. Elle éteint sa cigarette, prend soin de jeter le mégot dans une poubelle et se dirige vers la salle des profs. Encore dix minutes avant le début des cours, c'est parfait. Elle n'aime pas les grains de sable qui se faufilent dans son organisation.

Depuis quelques semaines, il y en a un, pourtant, qui est en train de boire un café, les yeux perdus vers les arbres de la cour principale. Arnaud Berger est arrivé au lycée cette année, il a trente-deux ans, c'est son premier poste, il a « fait d'autres choses avant », c'est ainsi qu'il s'est présenté. Il enseigne l'histoire, en terminale, comme elle. Ils partagent de nombreuses réunions pour parler des élèves, des questions de discipline, des programmes. Très réservé au début, presque trop silencieux, il a peu à peu pris de l'assurance, exprimant ses idées avec clarté, sans effets de manches, d'une voix où pointe un accent du Sud. Il est né à Aix, a fait ses études à Marseille, il aimerait évidemment y retourner un jour. Aline apprécie l'honnêteté dont Arnaud a fait preuve dans la défense d'Ibrahim, un élève plus que turbulent qui, un jour, a été soupçonné d'avoir volontairement bousculé une de leurs collègues à la sortie d'un cours. Sous le choc, l'enseignante a buté contre l'estrade et a chuté, se blessant au coccyx. Rien de bien méchant mais elle a exigé qu'Ibrahim passe en conseil de discipline. Une fin d'après-midi, peu après les faits, Aline a aperçu Arnaud en train de boire un café avec l'enseignante. Il l'écoutait, les jambes croisées, sa main droite caressant sa barbe. Aline a été frappée par le calme qui se dégageait de la scène, la collègue, d'habitude plutôt volcanique, semblait hypnotisée. Le lendemain, elle avait annoncé qu'elle était allée trop loin, qu'Ibrahim courrait trop vite et que la collision était accidentelle. Fin de l'histoire.

Curieuse, Aline a sondé sa collègue et a découvert qu'au cours de l'entretien avec Arnaud, celui-ci lui a révélé qu'avant de devenir enseignant, il avait passé plusieurs années dans la police, à Marseille, « les quartiers nord, les trafics de drogue, tout ça, le mec a bourlingué, ça se sent ». Aline a aimé quand sa collègue a dit « bourlingué », le verbe avait une charge érotique, le soir elle en a rigolé dans sa 205, elle s'est trouvée bête mais vivante. Il est grand, brun, n'hésite pas à porter des T-shirts orange ou verts, la couleur de ses yeux.

Elle en est là lorsqu'il se retourne tandis qu'elle dépose son sac à main dans son casier. Il est à contre-jour, elle lui sourit sans voir s'il sourit lui aussi. « Salut Arnaud, alors j'ai appris que tu avais travaillé dans la police, c'est fou. » Il s'avance, elle le voit sortir de la lumière, sent l'odeur de son café et d'un parfum poivré.

« Ah oui, oui, quelques années, une erreur de jeunesse quoi ! Mais pourquoi dis-tu que c'est fou ?

— Oh, j'exagère, mais mon mari est policier… voilà.

— Pardon, je ne voulais pas être vexant… je blaguais sur l'erreur de jeunesse.

— Oh, ne t'inquiète pas !

— Il travaille dans quel service ?

— À l'IGPN. Enquêteur.

— Ah… »

Il n'ajoute rien, boit une gorgée.

« C'est pas bien ?

— Oh, je ne me permettrai pas de juger, Aline, c'est un choix de carrière fort, c'est tout. »

La sonnerie marquant le début des cours retentit, casse le brouhaha des conversations. Arnaud jette son gobelet dans la poubelle, Aline referme son casier, se retourne, heurte le coude d'Arnaud. *Le bourlingueur*.

10.

Dominique Bontet a franchement envie de rien foutre, d'ailleurs c'est l'heure de la sieste. Le soleil inonde son grand bureau, « beaucoup trop grand, je pourrai y faire une kitchenette, un salon, limite un jacuzzi dans un coin », râle-t-elle souvent. La moquette beige, non plus, ne convient pas du tout à une de ses activités favorites, enlever ses escarpins et caresser ses pieds sur un parquet bien chaud, même pendant les interrogatoires, surtout pendant les interrogatoires. Mais le pire, dans le bureau parisien qu'elle supporte depuis sa mutation-promotion, est l'absence de fenêtre ouvrable. « Normes de sécurité obligent, madame Bontet », lui a répliqué le chef des services généraux lorsque, le jour de son arrivée, elle s'est cassé un ongle en essayant de forcer l'ouverture. « Pour fumer, je fais comment ? » s'est-elle exclamée, sincèrement paniquée. « Faut descendre, madame… » Douze étages, dans des cages d'ascenseur transparentes, qu'elle emprunte quand l'envie de tabac est trop forte, « on se croirait dans un cinq-étoiles à Dubaï, comme ça tout le monde te voit bien prendre ta pause ». Du coup, elle prend deux clopes au creux de sa main à chaque trajet, et malheur à celui qui la croise si elle en brise une en chemin.

Dominique Bontet a la nostalgie de la Bretagne. Antoine, moins, qui adore flâner dans Paris entre deux cours à la fac, écumer les expos, les avant-premières avant d'encaisser une bonne demi-heure de défoulement au retour de Dominique. Il écoute, leur sert un deuxième verre de fin, relance juste ce qu'il faut, un petit « Ah bon », « Dingue ! », voire un encouragement, « Ouh là là… » avant que, en un instant, elle ne s'apaise et le regarde en souriant.

Elle a demandé sa mutation peu après la disparition de Thomas Sénéchal. La mort de ce père de famille, qu'elle avait mis en examen pour non-assistance à personne en danger, après qu'il n'eut pas essayé de sauver Gabi, son fils de dix ans qui se noyait sous ses yeux, avait bouleversé Dominique. Lors du procès de Thomas, elle s'est glissée dans les derniers rangs du public, ce qui ne l'a pas empêchée de croiser à plusieurs reprises le regard accusateur du père. Pendant deux jours, il a tenté d'expliquer son absence de réaction, la tétanie qui l'a saisi, « cette peur de mourir qui m'a figé » et « cette honte qui maintenant me donne envie de mourir à mon tour ». À sa sortie de prison, après deux ans de détention, il s'est tiré une balle dans la tête sur la digue depuis laquelle son fils a chuté dans l'eau. Enfin, Thomas Sénéchal a eu du courage.

Dominique marchait sur la plage lorsqu'un SMS du président du tribunal lui avait appris le drame. Elle était restée prostrée face à la mer, en larmes, méditant sur le sens de la justice, sa pugnacité sans laquelle Thomas Sénéchal aurait vécu coupable, mais libre. Et vivant. Comment aurait-elle pu fermer les yeux sur cette preuve qui accablait Thomas ? Aurait-elle dû ? Incapable de répondre avec certitude, elle avait choisi de quitter ce fantôme et de fuir, loin de cette mer où reposait Gabi.

Dominique n'a pas envie de travailler, mais les dossiers s'accumulent. Ses derniers, encore six mois et ce sera la quille. Elle s'imagine souvent tourner une dernière fois la clé de son bureau, prendre l'ascenseur vitré, elle est bien capable de saluer le public massé dans l'immense hall d'entrée, histoire de rigoler un peu, avant de s'allumer une dernière clope sur le trottoir.

Elle aime tant son métier. Dès le premier jour, lorsqu'elle a, le cœur serré mais convaincu, sauvé une vie en plaçant en foyer une petite de onze ans qui venait, un soir de plus, de passer tout près de la mort sous les coups de son père. Juge des enfants pendant quinze ans, avant de rejoindre l'instruction. Chaque jour, ou presque, elle se retrouve face à la peur, au désespoir, à la violence, aux mensonges, aux trahisons. Confrontée aux continents cachés que chacun enfouit au plus profond de lui. Le plus difficile est de ne pas devenir insensible. Les prochains mois l'angoissent, même si Antoine fait tout pour la rassurer. Il a déjà projeté de réaliser ce safari au Kenya dont ils rêvent depuis des années, « le Masai Mara, le lac Naivasha, le parc Amboseli, tu imagines ! ». Non, elle n'imagine pas encore. Jean Minard, Bertrand Casu et Jacques Morfert, à eux trois soupçonnés d'une cinquantaine d'agressions sexuelles, sont sa priorité.

Son urgence. Elle se voit bien, même en retraite, se faufiler sur les bancs lors de leurs procès, au milieu de ces groupes de copines aux cheveux blancs qui écument quotidiennement les salles d'audience.

Hier, en réunion de service, le procureur André Baroncelli a été transparent : « Dominique, on ne vous confie plus de nouveaux dossiers, c'est bien clair ? » Elle a serré les dents lorsque l'enquête sur un type qui droguait sa fille pour la prostituer avec d'autres hommes a été confiée à une jeune collègue qu'elle ne porte pas dans son cœur. Alors qu'elle enfile ses escarpins pour descendre fumer, elle voit la porte de son bureau s'entrouvrir. Une femme y glisse la tête. « Madame Bontet ? » « Oui. » « Je suis Myriam Desmures. »

C'est le lot de chaque juge, ou presque, de recevoir des lettres, des dossiers entiers, des mails et des fichiers PDF alertant sur « le plus grand scandale de la Ve République », le plus souvent, voire « du siècle ». La forme papier signe en général l'âge de l'expéditeur, qui a trouvé le temps de photocopier des dizaines de documents, de se rendre à la poste, de consacrer des semaines à la confection d'un dossier auquel Dominique jette un œil, par principe, mais une, deux minutes maximum lui suffisent pour le déclarer irrecevable. Héritages détournés, abus de faiblesse sur personnes âgées, simples querelles de voisinage forment le gros des affaires dont Dominique sait bien qu'elles ont pu devenir des obsessions, occuper des décennies, déchirer des familles et des vies. Sans doute certaines de ces bouteilles à la mer abritent bel et bien quelques faits délictueux qui mériteraient son attention, mais elle n'a pas le temps. Elle ne peut pas accueillir toute la misère du monde. Et on n'attire pas l'attention d'un juge par un courrier envoyé par la poste, « C'est comme dans l'édition, ce sont des histoires qui n'arrivent plus », rigole Antoine.

Dominique ne saura jamais pourquoi elle s'est arrêtée sur ce courrier-là. L'écriture, peut-être, faite de grandes lettres noires et droites, parfois tremblantes. Le papier, épais, luxueux. La maîtrise des termes judiciaires, Myriam Desmures saisissant « Madame Dominique Bontet, doyenne des juges d'instruction, avec constitution de partie civile, pour des faits de harcèlement moral ». Quelle citoyenne savait qu'elle était doyenne, vocable qu'elle abhorrait ? Qui savait qu'une plainte avec constitution de partie civile allait lui permettre d'apprécier l'intérêt d'une affaire sans avoir besoin d'ouvrir une information judiciaire ? Quelle femme avait pu deviner que travailler ainsi, sans tout de suite s'enfermer dans une procédure, sans avoir sa hiérarchie sur le dos, correspondait exactement à ce qu'aimait Dominique ? Cette Myriam Desmures ne demandait pas que la terre entière se penche sur son affaire, n'exigeait pas que untel ou untel « se retrouve vite derrière les barreaux », comme elle l'avait lu ce matin encore dans un courrier farfelu. Non, cette femme voulait qu'on l'écoute. Alors Dominique l'avait convoquée.

En observant cette femme vêtue d'un tailleur veste-pantalon noir qui se dirige désormais vers la chaise en face de son bureau, Dominique jurerait même qu'elle sait très bien qui se tient en face d'elle. Longtemps, des années plus tard, elle se souviendra aussi de ses yeux, si grands, fixement braqués sur elle, la suppliant en silence. Et, lorsque Myriam Desmures a lâché, d'une voix voluptueusement rauque, « J'ai une histoire à vous raconter, madame Bontet. Je ne sais pas si c'est un délit, un crime ou rien du tout, mais c'est une histoire qui depuis trente ans me rend folle. Folle de joie et de souffrance. Je peux ? », un long frisson a parcouru la colonne vertébrale de Dominique. Sous le bureau, elle a enlevé ses escarpins.

DEUXIÈME PARTIE

11.

Charles aime l'instant où sa proie cède. La jeune sergente baisse la tête, son menton tremblant touche le tissu de l'uniforme qu'elle ne portera plus, à deux doigts de pleurer. Charles soupire très légèrement, elle l'a perturbé. Il n'est pas habitué à interroger des femmes, mais il aime l'exercice. Parce qu'elles lui semblent plus honnêtes, l'instant où elles craquent est plus violent pour elles, plus satisfaisant pour lui. Celle-ci a longtemps résisté, les yeux plantés dans ceux de Charles, dans une posture de défi silencieux, comme si elle cherchait à le faire disjoncter. Si l'idée l'a effleuré plus d'une fois, il a toujours résisté à la violence physique, il y voit un aveu de faiblesse, et l'idée est inconcevable à l'IGPN, encore moins de la part du directeur. Surtout fraîchement nommé il y a quelques semaines. Il avait des billes, les aveux et les confidences d'une chef de réseau. Pour espérer sauver sa tête, le voyou a balancé « la fliquette » du commissariat du 19e, celle qui leur résumait les réunions, annonçait les opérations à venir, les descentes dans le quartier, contre 200 francs donnés de la main à la main à la sortie de métro Botzaris et maintenant sous l'objectif des hommes de Charles. Elle a fini par murmurer « Oui » lorsqu'il a, pour la vingtième fois peut-être, demandé si elle « avait accepté de l'argent contre des informations ». « Bien », a-t-il seulement répondu.

Elle n'a que vingt-trois ans, et c'est justement ce qui inquiète les hautes sphères de l'IGPN. Depuis des mois, ces cas de corruption se multiplient. Des petites affaires, des infos de terrain répercutées à des bandes de cités contre un peu de cash, qui prolifèrent partout sur le territoire. Le cas d'une capitaine virée après avoir accepté de tourner en uniforme dans un porno amateur semble cocasse et lointain. Même dans la Justice, la gangrène s'installe. Hier, lors d'un briefing de ses patrons, Charles a appris l'arrestation d'une juge d'instruction qui informait son amant de projets de perquisition sur les docks du Havre. Pendant des mois, les collègues des stups, sûrs de leurs infos, ont débarqué dans des entrepôts qui venaient d'être vidés. La magistrate a longtemps bien travaillé avant de tomber à cause d'un voyou trop bavard sur des écoutes.

Charles range les feuillets d'interrogatoire du voyou et les photos qui ont fait craquer la jeune femme tandis qu'elle se lève en reniflant et suit deux collègues. Il ouvre les fenêtres pour aérer la pièce qui retrouve son allure impersonnelle : ni plante ni photos de famille, encore moins de machine à café, il y en a une dans le couloir, c'est bien suffisant. Juste un ordinateur, un pot siglé IGPN rempli de crayons noir, bleu et rouge, et des dossiers. Ses mains tremblent, ceux qui le connaissent bien, ils sont rares, pourraient mesurer le niveau de colère qui l'habite. Cette gangrène de la police l'inquiète bien plus encore que la plupart des membres de sa hiérarchie, voilà pourquoi il a tenu à mener cet interrogatoire. Charles n'est pas chez les bœuf-carottes par hasard, tout le monde le sait dans le groupe des enquêteurs dont il était devenu un pilier.

Son choix a surpris dès l'École de police. Il se souvient avec précision du visage étonné d'un major qui, en début d'année, avait sondé les projets de carrière des élèves. « L'IGPN ? Tiens donc… » Ou de la cérémonie de remise des diplômes et des quelques sifflets qui avaient accompagné Charles, « le jaune » comme l'appelaient certains, alors qu'il se dirigeait vers la scène, fier et tremblant. Si ses qualités humaines lui ont épargné d'être totalement ostracisé, il a souffert d'être si mal compris. Il ne soupçonnait pas a priori les policiers de coupables faiblesses, au contraire, avoir envie de traquer les moutons noirs était bien la preuve de son respect pour l'institution. Il avait eu beau le marteler en cours, à la cantine ou dans les cafés le week-end, il savait qu'il n'avait jamais vraiment convaincu ses congénères. On l'avait toujours regardé comme un type en qui il était impossible d'avoir une totale confiance. Charles avait ainsi trimballé une sorte de double identité, l'étudiant malgré tout sociable mais qui dissimulait une face beaucoup plus sombre, même maquillée d'une intention noble. Pire, parce qu'elle était parée d'une vertu inattaquable, son attitude n'en était que plus insondable et dangereuse. Charles aurait voulu qu'on l'aime davantage, ou mieux. Il en avait ressenti une forme d'injustice qui remontait encore par bouffées, comme devant cette jeune sergente.

Mais aujourd'hui, personne ne peut connaître l'autre raison, la vraie, qui l'a poussé à insister pour interroger en personne, et avec autant d'obstination, cette jeune flic. À la faire céder, question après question. À la briser. Le plus souvent, ce genre d'interrogatoire a priori facile est mené par un enquêteur fraîchement débarqué dans le service, pas par un cador qui prend plutôt en charge les auditions des officiers ou des types de la BAC, encore moins par le directeur. Personne n'a compris que, lorsqu'elle le défiait du regard, un autre visage se dessinait dans les yeux de Charles.

Il y a une semaine, il s'est enfin décidé. Le dîner achevé, il s'est isolé dans son petit bureau, près de la salle à manger, où deux ou trois fois par semaine, il récapitule par écrit sa journée. Cet exercice l'apaise, lui demande peu d'efforts tant sa capacité de concentration lui permet de facilement retenir les mots, les heures, les dates. Il aime aussi imaginer ses notes comme un minuscule morceau d'Histoire. Il se verrait bien, une fois à la retraite, reprendre ses dizaines de carnets pour en extraire des mémoires sur lesquelles, dans quelques décennies, des étudiants en histoire se pencheront. Il a déjà pas mal de choses à raconter, et sa carrière est loin d'être finie. Il a bu son café en regardant Aline savourer son thé dans le jardin, un roman ouvert sur les genoux, l'air rêveur, elle semble ailleurs depuis quelques jours. Puis il a décroché son téléphone et a tapé le 00 44.

Deux mois, déjà, que Charles attend, qu'il sait qu'Alexandra ne répondra sans doute pas à son message. C'est long, deux mois, qui s'ajoutent aux deux ans à leur parler du bout des lèvres. C'est un mur qui se dresse entre eux, depuis le soir où il a craqué, l'index levé, où Alexandra s'est moquée de lui, « Central Saint-MartinS. Avec un "s" ».

Pourtant, il ne regrette pas son refus de continuer à financer cette aventure londonienne qui lui semble toujours aussi improbable, et dont désormais il ne sait plus rien. Il suppose que les choses se passent toujours bien, Alexandra serait déjà rentrée si tout avait viré au fiasco. Il n'empêche… sa fille n'a pas un contact dans la mode, eux non plus d'ailleurs. Globalement, il a peu de temps pour se distraire, penser à ce genre de choses. Il réussit à garder quelques soirées pour les romans, mais il ne se souvient plus du dernier film qu'il a vu. C'était sans doute un samedi soir, il y a une émission de cinéma, quelques types qui bavardent en fumant autour d'une table basse après la diffusion d'un chef-d'œuvre classique, en tout cas c'est à peu près à l'heure de *Téléfoot*. Et dire que la police recrute à tour de bras. Alexandra avait largement le niveau pour obtenir une maîtrise de droit et intégrer la formation, sans doute aussi l'école des commissaires. Il aurait même pu la pistonner après sa sortie.

Sur son message, Charles lui a proposé de se rendre à Londres, « pour parler, pour maman. » Au-delà de la tristesse, Aline se fait un sang d'encre, sans cesse à se demander comment sa fille se débrouille pour vivre, « Mais arrête, tu sais bien que si elle n'y arrivait pas elle le dirait. À toi, au moins… ». Depuis quelque temps, les incidents sont quasi quotidiens. Aline trouve toujours une occasion de faire exister Alexandra, un projet de vacances qui ne peut pas avancer sans savoir si elle viendra, un livre ou un disque qu'elle lui a prêté et qu'elle ressort de sa chambre, un vêtement qu'il est urgent de recoudre, le tiramisu qu'elle adore, tout est prétexte à faire revivre Alexandra. Une atmosphère de reproche entoure Charles à chaque instant. Même les petits le regardent de travers quand, au gré de l'évocation d'un souvenir, Alexandra surgit dans une conversation, Anouk se renferme alors totalement, lançant à son père un regard lourd de reproches.

Sa victoire est fragile. Mais, oui, c'est une victoire. Elle est le symbole d'une autorité parentale, et surtout paternelle, intacte. Un jour, Alexandra, comme Anouk et Virgile, comprendra l'importance de cette valeur qui unit la société entière. Alexandra est partie, certes, et même s'il ne le dirait pas sous la torture, Charles espère qu'elle va réussir. Il y est même obligé, pour que sa décision ne reste pas comme le gâchis d'une vie. D'ailleurs, ça a déjà marché : Alexandra n'a eu d'autre choix que de se mettre la pression du succès au concours d'entrée. Comme lui, lorsque son propre père l'a empêché de s'inscrire en philo, « Ça ne te mènera à rien. Il ne suffit pas de réfléchir sur le monde, l'important c'est l'action. Point final ». Alexandra a fait preuve de courage et de cohérence, il faut bien l'admettre, et elle continue en finançant cette dernière année grâce à des petits boulots. Peut-être que si elle avait accepté de le revoir, il aurait trouvé le courage de lui dire tout cela.

Un instant, tout à l'heure, le visage d'Alexandra s'est mélangé à celui de la jeune sergente. Il en a éprouvé un léger vertige, ça a été très rapide, très troublant. Ce n'est pas la corruption de cette jeune femme qui a inspiré l'image, mais sa résistance, ses yeux plantés dans les siens, cette étincelle de défi. Lorsque Charles a intégré la police, dans l'après-Mai 68, une telle scène aurait été inenvisageable. Mais les années 90 ont bousculé les repères. Les femmes osent, une vague de revendication enfle, qui va bien au-delà de la liberté sexuelle, des revendications salariales, de l'égalité au travail. C'est plus profond, plus massif. Elles veulent tout pour toutes et pas seulement pour une élite. Surtout, elles n'hésitent plus à désigner ouvertement l'ennemi, eux, les hommes, qui tiendraient toujours le système d'une main de fer. Un jour, ce sera l'affrontement ouvert, c'est une évidence, l'heure des dénonciations publiques, de la vindicte populaire. Alors, même s'il n'est pas toujours fier de sa dureté à l'égard d'Alexandra, il se sent comme une sorte de résistant, l'incarnation d'un homme qui donne le cap, y compris dans les affaires domestiques. Il veut le bien pour sa famille, c'est tout. Et s'il estime que sa fille fait un choix de carrière risqué, il doit agir, se dresser comme un rempart. Après, ce sera trop tard.

C'est compliqué à vivre, même s'il n'en laisse rien paraître. Par son indépendance revendiquée, son féminisme tout neuf, ces jeunes filles qui, parfois, passent à la maison, mais jamais de garçons, Alexandra incarne cette accélération du temps qui le dépasse, cette époque qui se déforme et crée de nouvelles règles encore floues. Même l'image d'Aline se brouille. Quand ils s'affrontent au sujet d'Alexandra, Charles ne voit plus ses multiples visages, l'amour de jeunesse, l'épouse, la maîtresse, mais une femme qui aurait concentré ses identités dans un bloc de résistance. Meme s'il ne le dit pas, il admire la façon dont Aline défend, à travers le projet de sa fille, l'inconnu, l'audace, le risque, alors que lui maintient le monde, leur monde, en l'état. Qui a la position la plus facile ?

Surtout, se demande Charles en fermant la porte de son bureau pour aller chercher un sandwich, comment un homme peut se réinventer. Peut-il encore changer son monde, ou est-ce trop tard ?

12.

C'est son échappée. Quand il prend la direction du nord de Paris, Charles commence son trajet sur la ligne 8, à École-Militaire, un court changement à République, où il récupère la 11 puis sort à Jourdain, emprunte la rue de la Villette et débouche près du parc des Buttes-Chaumont. C'est simple et cela reste rapide, même s'il marche plus lentement et qu'il y a beaucoup d'escaliers. C'est la deuxième semaine de traitement, la fatigue est présente mais la radiothérapie est plus légère et supportable que prévu, Marois est surpris, « Vos autres organes sont en pleine forme, cela vous aide ». Charles a des nausées régulières, de légers étourdissements, et souvent l'impression d'avoir froid, il ne quitte pas sa veste et son pull, parfois aussi une écharpe qui surprend ses copains du parc, ainsi que José. C'est son pote, José, le premier qui l'a invité à jouer aux boules sur les terrains qui longent le haut du parc. Charles a dû y renoncer, il regarde les parties ou reste en terrasse. José tient L'escale, un café-restaurant à deux pas, Charles y a pris, au fil du temps, ses habitudes, « Café serré, verre d'eau, comme d'hab ? », toujours à la même table, celle en bout de rangée. Rester dans le monde, mais un peu à l'écart.

Puisque Charles arrive en début d'après-midi, c'est-à-dire en fin de service, José s'est attablé une fois, puis deux, désormais c'est un rituel. José aime parler, écouter aussi, cela surprend au début tant le type est immense, massif, des mains énormes, sa sensibilité ne saute pas aux yeux. « Allez, Charly, déboutonne-toi un peu, rien ne sortira d'ici, tu sais bien ! » Charles lui oppose souvent un silence poli, « Je ne suis pas intéressant, José, tu sais bien… ». « Quoi, un ancien grand flic comme toi, tu plaisantes, tu dois avoir mille histoires ! Fais un bouquin, au moins ! » Alors, de temps en temps, Charles lui raconte des anecdotes, José est fasciné par les flics ripoux, à la fois choqué et envieux de ces types qui jouent avec les règles qu'ils doivent faire respecter aux autres, à des types comme lui. « C'est dingue, c'est dingue », répète le colosse en se tenant la tête entre les mains.

Aujourd'hui, Charles a décidé de lui parler de sa maladie. Il se lance doucement, mais franchement, « J'ai fait des analyses, une échographie, le toubib a été clair : tumeur cancéreuse. Dans la prostate. Mais elle est prise tôt, il y a de l'espoir. »

José a arrêté de touiller son café, la chique coupée, ça n'arrive pas tous les jours et ça en dit long.

« Merde, la tuile… Mais t'as raison, d'ailleurs je l'ai lu pas plus tard qu'hier dans *Le Parisien*, c'est un des cancers les mieux traités maintenant.

— J'en ai pour huit semaines de radio, avant l'opération. Tiens, regarde… »

Charles lui montre les médicaments qu'il doit prendre dans la journée.

« T'es jamais cassé de fatigue ?

— Si, idiot, tiens là maintenant, si tu n'étais pas en face de moi, je m'écroulerais sur le trottoir. Mais tant que je peux venir, plutôt que de passer ma journée dans mon canapé, je viendrai. On verra bien jusqu'à quand ça sera possible.

— T'as quel âge, déjà ?

— Soixante-dix-neuf. Depuis huit jours. »

Le repas d'anniversaire a été long. Très long. Pas tant après l'annonce de sa maladie à Virgile et Anouk, qui ont bien réagi. Sa fille cadette connaît la musique, elle va se renseigner auprès de collègues à l'hôpital, « Ton Marois, là, a raison, pris tôt, ça peut se soigner. Et tu es résistant. » « Comme les mauvaises herbes, c'est bien connu », a complété Charles. Virgile n'a pas dit grand-chose, mais il s'est levé pour prendre son père dans ses bras. Aline, si mignonne dans une robe crème, a tenu le choc, la mine concentrée, soucieuse de la qualité du repas, s'éclipsant parfois dans le salon pour enlever les écrans des mains de leurs petits-enfants, les deux d'Anouk et le petit garçon de Virgile, et jouer avec eux. En revenant dans la salle à manger, elle ajustait sa coiffure dans le miroir du couloir, Charles adore la voir accomplir ce geste, elle a alors vingt-cinq ans.

Le repas a été long à cause de la chaise vide. Depuis l'absence d'Alexandra, c'est un combat qui l'oppose à Aline. Elle voudrait que le nombre de places corresponde juste à celui des invités. Charles veut que la chaise vide soit là, absence criante, et en plus près de lui, au bout de la table qu'il préside. « Pourquoi tu nous infliges ça, Charles ? » « Je n'inflige rien à personne. Je veux qu'on se souvienne. » « De quoi, précisément ? » « De notre histoire, c'est tout. » Alors, cette année, encore, la chaise était là. De temps en temps, les gamins sont montés dessus pour reprendre une part de gâteau.

« C'était vraiment long, cet anniversaire, je te raconterai… Allez, José, je dois filer. À demain, sans doute. » « À demain, Charly. Tu vas où ? » Mais Charles s'est déjà éloigné, les mains dans les poches de sa veste.

Alexandra lui manque. Sa « grande ». Courageuse, teigneuse. À quoi ressemble-t-elle aujourd'hui ? A-t-elle toujours les traits de sa mère ? Elle vient d'avoir cinquante-trois ans, ils s'amusaient, quand elle était petite, des trois jours qui les séparaient, elle était fière d'être née « le jour de la fête de l'Amérique ». La reconnaîtrait-il dans la seconde, là, si elle surgissait d'une allée du parc des Buttes-Chaumont ? Sont-ils nombreux, parmi les vieux et les vieilles qu'il croise, à ne pas avoir vu un de leurs enfants depuis un quart de siècle ? Presque huit décennies pour en arriver à se poser une question si misérable, dans ses poches il serre ses mains jusqu'à en faire deux boules dures comme du fer.

Pourrait-elle comprendre, maintenant, qu'il a eu peur ? C'est un sentiment compliqué à cerner, et d'abord à accepter, peut-être encore davantage pour un homme que pour une femme. Pour un père que pour une mère. Mais, oui, dans leurs moments les plus difficiles, ceux qui ont amené à des ruptures, il a eu d'abord peur. De la voir s'éloigner, faire ses choix, moins l'écouter, s'opposer comme ce soir fatal. Il aurait dû mieux aimer. Au lieu de voir trop souvent sa fille comme un dossier de plus, à analyser, vite, pour dresser un ratio plus/moins, puis trancher. Et ne plus reculer. Parce qu'un directeur, une fois sa décision prise, ne doit plus reculer.

Ses parents ne lui ont pas appris l'amour. Ou mal. Son père, banquier, n'était presque jamais à la maison, en tout cas du lundi matin au vendredi soir. Charles l'apercevait, toujours en costume trois-pièces, les lunettes sur le front lorsqu'il reprenait place à son bureau après le dîner qu'il avait pris seul, bien après le tête-à-tête entre Charles et sa mère qui n'a jamais travaillé, donnant un peu de son temps à ses œuvres caritatives, sa conscience catholique en paix. Charles est un enfant unique qui a poussé tout seul dans un environnement confortable, dans cette banlieue cossue de l'Ouest parisien qu'il n'a jamais quittée jusqu'à ses soixante-dix ans, mais vide de sentiments. Il ne se souvient pas d'une caresse, même pas le soir en s'endormant dans son lit trop grand, dans des draps lourds, doux mais froids. De cette époque il se rappelle surtout que la vie devait être en ordre, depuis les vêtements du lendemain qu'il pliait le soir sur sa chaise jusqu'à l'idée, en grandissant, qu'il devrait participer à la continuité du monde, assumer la vie d'un foyer, se rendre utile, en dirigeant plutôt qu'en exécutant, se ranger du côté du Bien : des études de droit puis une carrière dans la police s'étaient presque imposés comme une évidence. Mais aimer, ou plutôt bien aimer, accepter les différences des autres, les écouter, les comprendre, personne ne lui avait parlé de cela. Il avait eu une chance infinie de rencontrer Aline, il l'avait senti dès leur rencontre et il en avait toujours pleinement conscience. Elle l'avait ancré dans le monde, il se demande souvent ce qu'il serait devenu sans elle, et n'a aucune réponse.

Il aborde la place Stalingrad remplie de jeunes qui rient, filent à vélo, en trottinette, ou sur une longue planche à roulettes dont il ne se souvient plus du nom. S'il râle souvent contre eux lorsqu'ils le frôlent de trop près, il aime cette vie débordante, anarchique, chaotique. Il songe parfois qu'il lui aura fallu tout ce temps pour apprécier le désordre, qui devait donc aussi faire partie de lui-même. Toute sa vie il a réfléchi au poids des règles, des normes, lui seul sait combien il a joué avec, a appris à les défier tout en veillant à leur respect dans son travail quotidien. Il a vécu dans cet interstice, en équilibre sur un fil, écartelé. L'heure a peut-être sonné de raconter cette tension entre l'homme public et Charles Perrière, depuis le temps qu'il envisage d'écrire ses mémoires, José a sans doute raison, mais cela voudrait dire parler au passé, et du passé, sans rien en omettre, sinon cela ne servirait à rien. La fatigue le rattrape, il s'arrête. Il ferme les yeux, s'offre au soleil, le temps de se demander, comme à chaque fois qu'il vient dans ce quartier, comme aimanté, s'il y est à sa place.

13.

Il faudra qu'elle passe un jour son permis pour filer dans cette côte qui, avec cette chaleur, lui semble beaucoup plus longue et raide que dans son enfance. À vingt-huit ans, Alexandra est en pleine forme, mais elle ne fait pas assez de sport, toute la journée enfermée dans l'entrepôt, trop de grignotage et de junk food. Juliette l'engueule, cuisine des légumes, l'emmène courir au parc, « Tu vois, ça fait du bien ! ». Juju la vigie, sa boussole depuis trois ans déjà, rencontrée quelques semaines après son retour de Londres.

Ce soir, Alexandra est fière. Si fière. Elle va se contrôler, malgré tout, ce serait inutile d'afficher un triomphe agressif et revanchard, mais quand même : elle va à Cannes. Pas en coulisses et à ses frais. Non, invitée au Festival par la productrice, hôtel de luxe, tapis rouge et ascension des marches inclus. « Alexandra, vous avez fait un boulot exceptionnel sur *Huit Femmes*. C'est la première fois que j'invite des membres de l'équipe à grimper les marches, ça m'est venu comme ça, vous êtes aussi importante que les acteurs sur ce coup-là, enfin presque ! Vous viendrez ? » Elle est d'abord restée muette, une vague de chaleur a irradié son corps, comme si partout elle rougissait de plaisir, « Bien sûr, je serai là ».

Son CDD chez Zadig et Voltaire terminé, c'est par un pur hasard qu'elle a posé sa candidature chez Euro Costumes, « premier loueur de costumes pour le cinéma en Europe » expliquait l'annonce. Elle ne voulait pas renoncer à la création, d'ailleurs elle continue à dessiner et donne des coups de main à des copines stylistes, mais la découverte de ces milliers de vêtements d'époque dans cet immense entrepôt moche de la région parisienne l'a fascinée. La perspective de les marier avec un scénario, encore davantage. L'aventure sur *Huit Femmes* et l'invitation à Cannes ponctuent trois ans d'un travail passionnant et harassant.

Elle va donc l'annoncer à ses parents qui, coïncidence, l'ont invitée à l'apéritif, « On a un truc à te proposer », lui a expliqué sa mère au téléphone. Depuis les cinquante ans de son père, ils ont repris quelques habitudes. Ça ne va pas chercher très loin, trois ou quatre déjeuners par an, chez eux le plus souvent, parfois au restaurant, et Alexandra prend de temps en temps un thé avec sa mère à Paris, dans le 15e arrondissement, Aline aime bien ce quartier. Ils s'apprivoisent de nouveau, à petits pas, même si Alexandra reste d'une extrême prudence, laissant sa vie sur une voie parallèle, à distance, toujours sur ses gardes. Elle leur a présenté Juliette lors d'un déjeuner et, depuis, ne l'a plus jamais évoquée. Cela ne s'était pas mal passé, mais autant sa mère s'était montrée curieuse, autant son père était resté indifférent. Aujourd'hui, il l'interroge sur ses projets de vacances comme si elle vivait seule, « Tu fais quoi cet été ? » Alexandra n'est jamais revenue sur Londres et son silence. C'est comme si cette partie de sa vie n'existait pas dans la famille, enfouie dans la colère, rongée par leurs remords. Parfois, Alexandra éprouve l'envie de remettre le sujet sur le tapis, car elle n'a toujours pas compris les raisons profondes de l'opposition paternelle au projet de sa vie. Puis elle se freine, ça serait rallumer la guerre. Elle se confie donc toujours très peu sur son métier, en général elle est « sur un projet ». Lors de leurs tête-à-tête, sa mère est plus curieuse, un milieu comme celui de la mode l'émoustille, elle a toujours aimé découvrir. Ce soir, on va passer dans la gamme au-dessus. « Putain, j'y crois pas. Cannes. »

Alexandra sent tout de suite que sa mère est contrariée. Elle lui fait face dans le hall d'entrée, la lumière dorée souligne ses fines rides, le creux qui se dessine sur ses joues s'accentue. Un maquillage hâtif, mal posé par endroits, ne cherche qu'à masquer des larmes qui viennent de couler. « Ça va ? » « Oui, oui, ne t'inquiète pas », répond-elle dans un grand sourire qui dit l'inverse, « viens, nous sommes dans le jardin, papa a ouvert du champagne ». Ils ont toujours ouvert du champagne facilement, sans forcément de raison, comme une preuve tangible de leur aisance, un signe qu'ils font bien partie de ces familles de l'Ouest parisien.

Alexandra embrasse son père comme à chaque fois, très vite, elle l'effleure plutôt qu'autre chose, les bras tendus le long du corps tandis qu'il garde carrément les siens en arrière, ils bricolent une étrange danse qui ne ressemble pas à grand-chose. Elle prend place, comme d'habitude, en face d'eux. La tension est évidente, sa mère passe sans arrêt une main dans ses cheveux, signe de grande nervosité, son père boit trop vite, de sèches gorgées, les yeux comme délavés, dans le vide. Quelques nouvelles courent sur Anouk, dévorée par ses études de médecine, et Virgile, étudiant en école d'ingénieur mais surtout en pleine histoire passionnelle, sa première. L'illusion est de courte durée, son père ne dit presque rien, parfois secoué par de brefs fous rires, presque violents, qui ressemblent plutôt à des moqueries.

« Et toi ? relance sa mère, quelles nouvelles ? » Alexandra, malgré l'électricité dans l'air, savoure le silence qu'elle laisse s'installer. Elle a le droit. Elle revient de très loin. Elle a conquis ce moment toute seule, elle se revoit à la plonge, les mains à vif ou les pieds en sang après des heures au Georges Inn. « Alors, quoi ? » « Je vais à Cannes. » « Quoi, *je vais à Cannes* ? » C'est lui qui s'est extrait de son silence, Alexandra a l'intuition qu'il a déjà tout compris, que le piège est tendu. « Au Festival. De cinéma. La productrice de *Huit Femmes* m'a invitée. Elle a adoré les costumes. Voilà, en fait c'est dingue. » C'est dingue comme d'avoir une gamine de vingt-deux balais qui dit à ses parents qu'elle veut faire sa vie dans la mode, parce qu'elle le sait, le sent, et qui finalement a trouvé sa place dans un autre monde, celui du cinéma, comme si elle avait uni deux langues pour n'en faire qu'une, la sienne. Et face aux choses dingues, les généreux se régalent, les médiocres se cabrent et se planquent. Mais elle ne triomphe pas. Elle a tout dit, depuis si longtemps. Ce soir, ce ne sont que des points de suspension.

« Et c'est quand ?

C'est toujours lui, qui se ressert une coupe.

— Ben, comme toujours, vers la fin mai.

— Oui, mais quand ? »

Alexandra croise le regard paniqué de sa mère, son cri silencieux. Alexandra lève les yeux au ciel, dans un réflexe : « Le week-end des 29 et 30. Ma soirée est le samedi 29. À 19 h 30, si tu veux tout savoir, je grimperai les marches derrière Catherine Deneuve et Isabelle Huppert.

— C'est un problème.

— Quoi, c'est un problème ?

— Luc, ton oncle, et ton parrain, pour être complet, nous a invités à son mariage. Tous les cinq. Il a particulièrement insisté, "Il faut absolument qu'Alex soit là, j'attends ce jour depuis si longtemps". Voilà, je ne fais que répéter. Mais ça serait mieux, c'est sûr. »

Il est vicieux, ce « mieux ». Il résonne comme une menace, il souligne presque l'impossibilité qu'elle dise non, qu'à la limite elle ne puisse pas venir toute la journée, mais toute la journée, ce serait « mieux ».

« Euh… c'est une blague ? » Sa mère lisse sa robe pour occuper ses mains, c'est l'extrême panique. Il faut passer à l'offensive. Alexandra se ressert du champagne comme si la partie allait durer longtemps. Toute distance s'est évanouie, c'est un combat au corps à corps, à mains nues. Luc, cadre à la Poste, est un homme gentil, quelques années de moins que son père, du style à envoyer poliment une carte pour lui souhaiter son anniversaire. Mais pendant

Londres, silence radio, obéissant à l'injonction fraternelle. « Vous me voyez rater Cannes pour le mariage de Luc ? » « On peut espérer qu'il ne se marie qu'une fois, ça sera un jour historique. Pour ton parrain, au cas où tu aurais oublié. » C'est toujours lui, la voix s'est alourdie, chargée de menace.

« Charles, Alexandra a raison. C'est à elle de choisir. Cette invitation doit être une reconnaissance formidable. On ne sait pas, nous. » Ce sont moins les mots que le ton, pas sec, mais méprisant, foudroyant, qui cloue Alexandra sur son fauteuil. Elle est stupéfaite de l'audace de sa mère, c'est la première fois. Elle comprend les larmes à son arrivée, en l'attendant ils ont dû s'affronter sur son éventuel refus.

« Ah c'est certain, Alexandra peut choisir de s'en foutre de sa famille, de son parrain, d'un homme qui depuis trente ans demande de ses nouvelles chaque année…

— La belle affaire ! Il a proposé une fois que je vienne en vacances dans sa baraque pourrie de La Roche-sur-Yon ? Une seule fois !? »

Voilà, Alexandra est debout.

« Je te rappelle que tes parents se sont toujours occupés de toi en vacances, que nous n'avons eu besoin de personne.

— Rien à voir. Ce cher Luc aurait pu avoir envie d'accueillir sa filleule. Envie, tu comprends ?

— Donc, tu ne viens pas ?

— Tu imagines un peu ce que représente Cannes dans mon métier ? Pour moi ? Tu peux, une seconde, y penser ?

— Je ne pourrais pas comprendre, n'est-ce pas…

— Oh si, grand chef à plumes de la police nationale, tu pourrais tout à fait piger que ta fille a fait un truc formidable et que des gens ont juste envie qu'elle partage la fête…

— La fête, tu parles d'une fête…

— Quoi ? Mais qu'est-ce que tu connais à tout ça ? Tu es qui pour juger tout et tout le monde ?

— Une fête de gouines, comme toi ! Voilà ce que tu préfères à une fête de famille ! »

« Je ne le sens pas. » Quand Juliette avait descendu la butte après les présentations aux parents, son constat avait été sans appel. Le repas s'était pourtant bien passé, malgré l'indifférence de son père. Juliette était la première femme qui venait à la maison, même si, après son retour à Paris, elle s'était arrangée pour faire comprendre à sa mère que les filles avaient remporté la partie. Mais, depuis, rien de plus. Ses parents restaient des personnes pour lesquelles être gay, c'était s'exposer à des maladies, vivre sans enfants, être discriminé, souffrir et, donc, faire souffrir autour de soi. Jamais ils ne leur ont expliqué juillet 1982 ou parlé de Robert Badinter, l'homme qui a dépénalisé l'homosexualité. « Un jour, ça ressortira, tu verras…, avait aussi lâché, sombre, Juliette. Il a essayé de jouer au mec tolérant, mais il n'a rien approuvé, il ne nous a pas félicitées, ne m'a pas souhaité bienvenue, tu as remarqué ? Et puis, son regard, parfois… »

En courant dans la pente, en larmes, ses efforts pour garder sa vie à distance si brutalement détruits, Alexandra sait qu'il ne lui reste plus qu'une solution. Fuir.

14.

Il vient de rentrer de sa promenade quotidienne, « son tour », comme il dit. Un grand tour, songe Aline, qui lui prend l'après-midi, parfois mord sur le début de soirée. « Tu as pris le pain ? » crie-t-elle depuis la cuisine. « Oui, oui ! » Elle l'entend traverser le couloir, écraser cette latte, toujours la même, qui craque, rester quelques instants dans sa chambre, se rendre aux toilettes, y rester longtemps, se laver les mains. Ces bruits rassurants lui ont parfois manqué pendant les deux semaines thaïlandaises de Charles. Mais pas toujours. Elle a aussi goûté le silence absolu de l'appartement, tout comme le bonheur de laisser traîner ses mugs à thé dans différentes pièces, ses chaussures en plein milieu de l'entrée, son peignoir sur le canapé, ses romans, elle en lit plusieurs en même temps, sur la table de la cuisine, sur le sol des toilettes, en ce moment elle dévore les histoires de famille de Lionel Duroy, dont la capacité à s'autodétruire la fascine. Elle a dîné trois fois au petit Chinois en bas, elle a adoré. Un soir, elle a bu une bière au Mi-Chemin, le patron a rigolé, « On attend un jeune homme, madame Perrière ? ».

« Ça va, pas trop fatigué ? »

Charles est assis dans la cuisine, les mains, doigts bien écartés, posées sur les cuisses.

« Si, quand même… »

Il se sert un grand verre d'eau qu'il avale d'un trait.

« Ce n'est que la deuxième semaine, tu vas devoir lever le pied, tu sais…

— Tant que je pourrai avancer, j'avancerai.

— Fais ta tête de mule si tu veux, je ne suis pas médecin, mais la réalité va te rattraper, Charles, je veux juste te prévenir.

— Eh bien, merci pour ta sollicitude. »

Il aurait pu lui demander comment elle allait, de quelle façon elle avait occupé son après-midi, plutôt que de rejoindre le canapé et les infos. La maladie lui offre désormais un alibi en béton. Longtemps, prendre une demi-heure avant de dîner pour se raconter leur journée, l'hiver dans le salon, l'été dans le jardin faisait partie de leurs rituels, elle adorait ce moment. Elle vivait moins de choses intenses que Charles, mais elle parlait davantage, elle racontait mieux, d'ailleurs, jusqu'à le faire rire en faisant revivre quelques scènes de classe, en raillant un collègue incompétent ou jaloux. Charles l'écoutait surtout, en buvant son verre à petites gorgées. Il fallait vraiment qu'il soit sur une grosse affaire, ou qu'il ait connu une forte contrariété, pour qu'il se lance dans un récit qui, alors, devenait très minutieux, à l'inverse du torrent de paroles parfois désordonnées d'Aline. Au fil des années, et des réunions de plus en plus tardives, ces moments se sont raréfiés. Aline a appris à faire ses petits bilans quotidiens toute seule, ou avec les enfants lorsqu'ils étaient encore là. Alexandra était la plus attentive, pas seulement parce qu'elle était l'aînée. Elle aimait sincèrement écouter sa mère, se montrait curieuse des élèves, et la manière dont elle se renfermait lorsque son père rentrait n'en était que plus saisissante. Tout cela est si loin.

La maladie va-t-elle les rapprocher ? C'est étrange, il y a deux jours, Aline a songé à lui proposer de partager à nouveau le même lit. Cette pensée fugace l'a surprise, mais elle ne va pas aller plus loin, bien sûr. C'est trop tard, comme beaucoup de choses.

« Tu peux mettre la table, s'il te plaît ? c'est presque prêt. » Charles s'extirpe lentement du canapé, elle suspend ses gestes et l'observe, prête à le voir tomber, mais non, il prend appui sur l'accoudoir et se redresse entièrement. Aline apporte un plat de poisson, un autre de légumes, Charles pose son pilulier près de son verre. Le JT a commencé, présenté par un jeune homme à la plastique irréprochable mais si lisse, il lui semble qu'il raconte chaque jour la même chose. Aline déteste cette habitude de laisser la télé allumée pendant le repas, jamais ils n'ont fait ça pendant leur vie professionnelle. Elle ne supporte pas lorsque, dans son dos, se lance un reportage sur les Ehpad, l'isolement des vieux à la campagne, les vieux et les nouvelles technologies ou, comme à l'instant, « la nouvelle génération de grands-parents, moins disponible »... Le pire, c'était pendant le Covid, cent fois elle a eu envie de jeter la télé par la fenêtre.

« Alors, tu es allé où, cet après-midi ?

— Vers les Buttes-Chaumont, j'aime bien ce parc.

— Il y a des creux et des bosses, pourtant…

— Oui… je reste vers le bas. Et toi ?

— J'ai rejoint des copines au Louvre, puis on a pris une glace aux Tuileries. Tu retournes quand à l'hôpital ?

— Après-demain.

— Je pourrai t'accompagner ?

— Si tu veux, mais ce n'est pas joyeux.

— Tu vois l'oncologue, c'est ça ? C'est qui ?

— Un certain Dupieux… »

Jusqu'ici, il lui a interdit de venir aux rendez-vous à l'hôpital, les premiers avec Marois puis les deux premiers qu'il a eus avec l'oncologue. Elle a tout découvert de la bouche de Charles, elle ne peut que le croire. Bien sûr, cela semble impossible qu'il mente. Les médicaments existent bel et bien, elle a vérifié qu'ils correspondent à ce type de cancer. Mais elle veut quand même rencontrer ce Dupieux, écouter son diagnostic, on sent beaucoup de choses au son d'une voix. Charles peut lui avoir dissimulé la gravité de la situation, dont son voyage en Thaïlande est peut-être la preuve. Ils ont très peu communiqué pendant ces deux semaines, deux ou trois SMS, c'est tout, il n'a envoyé aucune photo, n'a pas raconté grand-chose au retour, elle sait juste qu'il n'a pas quitté Bangkok, « Il y a tellement de choses à voir, tu sais bien… ». Ses copines de musée s'en sont longuement étonnées, de toute façon elles n'ont pas compris qu'Aline laisse partir son homme ainsi. « À quoi bon le retenir ? » leur a-t-elle répondu. « Mais dans son état, il peut lui arriver plein de choses ! » Pour qu'elles comprennent, il faudrait leur expliquer toute une vie. Aline a renoncé.

Que sait-on de l'autre, finalement, même après plus de cinquante ans de vie commune ?

Lorsque Charles l'avait draguée à une terrasse de café, l'un et l'autre attendaient cette histoire depuis longtemps. Non pas qu'ils n'en avaient pas connu d'autres, surtout elle d'ailleurs, ce qui avait piqué Charles au vif, mais ils appartenaient à cette catégorie de personnes qui, au fond, n'attendait qu'un être, « le bon », même si Aline abhorre l'expression. Ils avaient emménagé chez Charles qui, bien qu'étudiant, avait pu s'acheter un petit appartement dans le 14e arrondissement, « avec l'aide de mes parents, quand même ». Alors qu'Aline le faisait découvrir à une collègue, celle-ci s'était extasiée, « Il a hérité, ton mec, ce n'est pas possible, ça a dû coûter une fortune ! ». Elle se trompait, Aline connaissait le prix du logement. Une idée absurde lui avait cependant trotté dans la tête. Elle se réveillait la nuit, la tête pleine de chiffres, de calculs qui lui semblaient stupides mais dont elle ne parvenait pas à se détacher. Et puis, un matin, alors que Charles se douchait, Aline, honteuse, avait fouillé sa veste. Elle y avait trouvé son portefeuille, puis sa carte d'identité et là, le choc : il avait trois ans de plus que ce qu'il lui avait annoncé lors de leur rencontre. Elle n'avait qu'un an de plus que lui, et non six. Elle en avait juste déduit que les parents de Charles avaient dû penser que le choix d'un tel appartement aiderait leur fils à construire sa vie de couple, que c'était le moment.

A-t-on l'idée de vérifier l'âge de son homme ou de sa femme ? Ou celle de le dissimuler ? À la limite, oui. C'est d'ailleurs ce qu'avait plaidé Charles lorsqu'elle l'avait interrogé sur le sens de sa cachotterie. Puis il avait enfoui son mensonge qui, après tout, n'était vieux que de quelques mois, il aurait bien fini par le lui avouer. Aline avait fini par passer l'éponge et en rire. L'anecdote a même fini par nourrir la mythologie familiale.

Il n'empêche : elle a envie d'entendre la vérité de la bouche de ce Dupieux.

Tandis que le JT s'achève, elle lave les assiettes et les couverts, à deux ils ne font plus tourner le lave-vaisselle. Charles s'est installé sur le balcon, il savoure les derniers rayons de soleil. Pendant son absence, elle a pris l'habitude de ressortir le soir. Elle a adoré arpenter Paris, découvrir de nouveaux quartiers. Ce soir elle se sent fatiguée. Elle a besoin de dormir. Brutalement, leur futur lui fait peur.

15.

Les teintes roses qu'admire Charles depuis son balcon se reflètent dans les centaines de vitres du Palais de justice. Du bâtiment quasiment désert, une femme sort, allume une cigarette qu'elle aspire comme si sa survie en dépendait, et marche à grands pas vers le métro le plus proche, sans un regard pour la beauté du spectacle. Myriam Desmures n'est pas pressée, elle a juste besoin de se défouler. Deux heures sur cette chaise, quel enfer ! La juge avait l'air à l'aise, elle, dans son grand fauteuil en cuir qu'elle faisait pivoter du bout du pied. À plusieurs reprises, Myriam s'est levée pour lui raconter en marchant, mais à chaque fois la juge lui a demandé de se rasseoir.

Voilà, c'est fait. Presque. En tout cas, c'est un bon début. Myriam n'a pas la moindre idée du cours que vont prendre les choses, c'est à cette femme d'en décider, mais elle est soulagée. Elle pose son front contre la vitre chaude et sale, et se laisse emporter par la vitesse. Elle a eu ce petit brin de chance de tomber, par hasard, sur un magazine qui vantait l'opiniâtreté de cette Dominique Bontet, « la juge de l'affaire Sénéchal ». Myriam n'avait aucun souvenir de cette histoire, mais les qualités mises en avant par la journaliste lui ont plu. On se ressemble, avait-elle conclu. Passionnées, opiniâtres, presque obsessionnelles. Un peu dingues, en somme. Il fallait la rencontrer. Lui raconter son histoire, en direct, après la lettre. Inutile de perdre des heures à attendre au commissariat pour être reçue par un jeune flic qui n'aurait pas cru son récit. Pire, qui l'aurait soupçonnée. D'autant que c'est simple, ce que Myriam veut raconter, c'est une histoire d'amour, de trahison, de haine, une histoire vieille comme le monde, ça peut se résumer en une phrase. Mais c'est aussi horriblement complexe, en fait il faudrait des jours pour tout dire. Il fallait bien prendre les choses par un bout. Elle ne lui a pas tout dévoilé, loin de là, la juge aurait trouvé que c'était trop gros, elle l'aurait prise pour une vraie cinglée. Déjà, Myriam a deviné ses doutes, elle est surprise que Bontet n'ait pas pris une seule note. Mais elle l'a harponnée, c'est certain, la façon dont la magistrate, par instants, plissait les yeux, comme si elle voulait enregistrer chacun de ses mots, ça ne trompe pas, Myriam connaît la musique. Elle est fière de son culot, et pourtant dans sa carrière elle a croisé un paquet de types qui n'avaient pas froid aux yeux. Aucun endroit n'est inaccessible, elle le dit toujours. Elle a bien embrouillé deux jeunes gendarmes avec son paquet de faux dossiers dans les bras et la copie de son ancienne carte de greffière pour accéder à l'étage des juges d'instruction. Le tout, c'est de marcher avec assurance, le regard droit devant.

Là-haut, presque au sommet du Palais, Dominique Bontet range ses classeurs en souriant. Elle n'a pas avancé sur ses dossiers, pourtant elle n'a pas perdu son après-midi. Dans le bureau flotte encore le lourd parfum de Myriam Desmures. Grande, brune, élancée (« mon inverse »), cette beauté douloureuse, fanée, ou par endroits carrément abîmée, aux ongles cassés, aux cheveux trop gras, à la voix rauque, l'a impressionnée. Son assurance aussi, qui l'a amenée jusqu'à son bureau. Il faudra qu'elle en touche deux mots à la sécurité, même au cœur de l'été ça serait mieux de ne pas trop se relâcher.

Dominique est flattée que cette femme ne se soit pas adressée à n'importe quel juge d'instruction. Elle a toujours bossé dans l'ombre, jamais un entretien dans la presse, jamais un tweet depuis que ces conneries existent. Elle a le droit de savourer, dans la dernière ligne droite, les effets de l'affaire Sénéchal. Grâce à Antoine, sans doute le plus gros lecteur de presse du pays, elle a soigneusement sélectionné les journalistes qui l'ont sollicitée, et n'a pas été trop déçue par les quelques portraits qui lui ont été consacrés. À quelques détails près, elle s'y est retrouvée, avec malgré tout cet effet étrange de lire ces lignes qui parlent de vous mais qui résonnent comme s'il s'agissait d'une étrangère.

« Encore une dingue. » Dominique doit être honnête, c'est la première pensée qui l'a traversée lorsque Myriam Desmures a pris place devant elle, intense, les mains entremêlées qui ne semblent plus former qu'un poing. Mais, après tout, pourquoi fermer les yeux et se boucher le nez ? Dominique a toujours pris soin de rester ouverte à tout. Absolument tout. Si elle ne devait retenir qu'une règle après ses quarante années de travail, c'est celle-là : les ressources de l'espèce humaine sont sans limites. Pour duper, gagner, détruire, tricher, aimer, mal aimer, trop aimer, haïr, tous les scénarios sont envisageables.

Il y avait les mots de la lettre, ces quelques faits jetés sur le papier, avec cohérence, cette précision juridique qui avait convaincu Dominique. Il y a désormais ces mots déversés comme un torrent, souvent dans le désordre mais malgré tout tendus sur un fil rouge, celui du désespoir. Il manque des dates, des lieux, des noms, beaucoup de noms, mais ça tiendra peut-être, elle a le temps de voir. Car elle va aller voir de plus près, c'est sa seule certitude. À croire que Myriam Desmures connaît la liberté qu'offre à Dominique la constitution de partie civile : elle peut enquêter seule, sans en référer à personne, presque hors cadre judiciaire, puis décider s'il existe une infraction pénale. Et elle aime plus que tout enquêter seule, pas à pas.

Il y a autre chose que du harcèlement moral. Ça veut tout et rien dire, c'est presque une obsession contemporaine, Dominique s'en agace souvent auprès d'Antoine, « La vie n'est faite que de rapports de force, non ? Donc le harcèlement guette partout, c'est une évidence, non ? Tu m'écoutes ? ». Mais les yeux de Myriam Desmures lui ont raconté autre chose, ils ont essayé en tout cas. Ses grands yeux tantôt projetant des éclairs, tantôt se remplissant de larmes, à d'autres moments perdus au-delà des grandes fenêtres. Il y a eu toutes ces phrases en suspens, aussi, « Vous voyez, quoi… », « Il y a tout le reste, aussi… », « Vous comprendrez, un jour… ».

Dominique attrape son sac, elle a trop envie de fumer. Demain elle demandera à « la petite », Amandine, sa nouvelle greffière tout juste sortie d'école, de coucher noir sur blanc l'audition. Elle lui demandera son avis, aussi. Elle y verra plus clair. Peut-être. Mais ce soir, elle a envie de garder au fond d'elle cette impression de brouillard, la violence presque poétique des mots de Myriam Desmures.

16.

« Tu crois qu'ils te gardent une place à table ? » Juliette ne peut pas s'empêcher. Depuis vingt-cinq ans, chaque 1er juillet, elle questionne, imagine, spécule. Elle avale une grande bouchée de pâtes aux palourdes. Alexandra adore la regarder dévorer.

« Alors, tu crois ?

— J'en sais rien.

— Il a combien cette année, déjà ?

— Soixante-dix-neuf. Mais ça m'étonnerait quand même, t'imagines la scène ? Ou alors ça serait fait exprès pour souligner encore plus mon absence, et donc ma présence. Et puis je m'en fous. »

Elle a juste envie de profiter de ce joli restaurant caché au fond d'une cour, de la douceur de l'air, de cette femme qui la rend heureuse et lui fait penser que ses choix ont été les bons.

« Tu vois bien : tu ne t'en fous pas. »

Juliette se régale, concentrée sur son assiette. Cinq années les séparent. C'est peu à leurs âges, ça le sera davantage plus tard. Un jour, Alexandra sera la dame que Juliette aidera peut-être à marcher dans la rue, monter les marches vers leur appartement, s'installer dans un fauteuil. Elle adore cette idée d'être un couple de vieilles femmes. Elle a toujours aimé regarder les personnes âgées vivre ensemble, avancer à petits pas dans la rue, se tenir par le bras, bavarder sur un banc au soleil, être secouées par un petit rire qu'elles seules peuvent comprendre, mais observer un couple de femmes lui semble encore plus beau. Plus fort. C'est comme une double victoire, celle d'avoir échappé au patriarcat, puis de s'être affirmées comme lesbiennes. Alexandra a envie d'être l'une de ces victorieuses.

« Une fête de gouines, comme toi ! » C'était hier. Cette bouche paternelle comme déformée, cette phrase crachée dans l'air chaud. Puis celle de sa mère, arrondie derrière ses mains baguées. Et Alexandra, pétrifiée, comme littéralement figée dans l'herbe sèche, le champagne chaud coulant de sa coupe inclinée sur ses mains glacées. Les mots lâchés, son père ne s'attarde pas, le mariage de Luc passe totalement à la trappe, c'est bien la preuve que tout le monde s'en fout. Il marche vite vers la maison, la tête rentrée dans les épaules, il marmonne mais elle ne comprend pas un mot, il grimpe les marches du perron deux par deux. Un homme en fuite ou un homme en guerre (contre qui, contre quoi ?), Alexandra ne sait pas trop. C'est la dernière image qu'elle conserve de lui. Aline tente de retenir Alexandra qui n'a toujours pas réussi à parler et qui déjà a ramassé sa veste et son sac à main. « Attends, attends, ma chérie, parfois il dit n'importe quoi, je ne sais pas pourquoi, enfin si peut-être, je te raconterai, attends ! » Alexandra est déjà dans la pente, se retourne, et de sa mère elle garde l'image de ses bras tendus, de ses traits immobiles, comme gravés dans la stupéfaction de ces deux ou trois minutes d'une violence verbale inouïe qui viennent de creuser un fossé entre deux mondes.

Les couleurs sont nettes. Le souvenir de la brûlure, aussi, celle d'une trahison, bien plus forte et intime que lors de l'épisode londonien. Il y avait mille choses à dire et en même temps rien d'autre à ajouter. Elle était une femme qui aimait les femmes et qui travaillait dans la mode et le cinéma. Cannes ou pas Cannes, son père ne s'était donc jamais imaginé engendrer une telle progéniture, et il ne l'avait jamais accepté. Jusqu'ici, sa colère était muette, blanche. Mais il venait d'effacer Alexandra. De la nier.

Elle ne leur avait plus jamais donné signe de vie.

En vingt-cinq ans, les rares fois où elle a parlé d'eux, elle a dit « ils ». Ou « elle », ou « il ». Très rarement, un « ma mère » s'est échappé. Jamais « mes parents ». Jamais « maman », « papa ».

Les premiers temps, sa mère a essayé de reprendre contact. Lui, jamais. Elle laissait des messages sur le portable d'Alexandra, suppliants, tendres, parfois agacés. Jamais elle ne lui a fait de reproches, consciente qu'il s'agissait du dernier fil qui pourrait les relier. Puis il y avait eu quelques lettres, toujours de sa mère, puisque Alexandra n'avait pas voulu changer d'adresse (avant de déménager quelques années plus tard), elle ne se cachait pas, n'avait honte de rien, souhaitant juste vivre à sa façon. Dans ses missives, Aline répétait la même chose : il avait été maladroit, il ne pensait pas, au fond, l'insulte qu'il avait proférée. C'était un homme embarrassé par ses sentiments, mal à l'aise avec l'époque, tout lui semblait aller trop vite, lui, le maniaque de la loi, de l'ordre et des habitudes. Il n'était pas homophobe, Alexandra devait s'en convaincre. Et elle, sa mère, méritait-elle ce traitement, parce qu'elle n'avait pas pu s'opposer à la décision de Londres ? Devait-elle perdre sa fille parce qu'elle avait essayé de maintenir l'harmonie familiale ? Alexandra pouvait-elle comprendre combien elle avait agoni son homme de reproches, bataillant pied à pied pour qu'il lui adresse des excuses ? Alexandra n'a jamais répondu.

Jamais sa mère n'a essayé de venir chez elle. Peut-être arpentait-elle, parfois, ce quartier honni, reluquant avec rancœur les drapeaux arc-en-ciel accrochés à certains balcons ? Probablement, et de cela Alexandra n'a jamais douté, essayait-elle de comprendre le chemin emprunté par sa fille (pourtant, qu'y avait-il à comprendre ?). Pour elle, la sanction était rude, Alexandra en avait conscience et, si elle devait être parfaitement honnête, elle en souffrait parfois. Cependant, en repensant au soir de sa décision radicale, elle se souvient avec une grande clarté du besoin de protection qui l'avait animée. Depuis son retour de Londres, elle avait déjà essayé de garder sa vie à l'abri, mais la dispute de Cannes venait de pulvériser ses efforts, ne lui laissant plus le choix. Elle n'avait pu faire autrement que de les mettre tous les deux dans le même sac, Alexandra répétait en boucle cette expression. Garder quelques contacts avec sa mère et avoir des nouvelles régulières de lui était une idée insupportable. On ne bombarde pas la moitié d'un pont.

Et pourtant.

Elle y pense depuis des semaines. Les mots gonflent dans sa bouche, tout près de sortir, mais c'est comme si les prononcer allait l'engager définitivement. Même dans ses pensées elle se freine, toutefois les questions reviennent : « Où vivent-ils ? Sont-ils malades ? À quoi ressemblent-ils ? » Son ventre se noue alors, mais la curiosité a peu à peu fait son trou, pris sa place. Elle suppose qu'ils sont vivants, Anouk ou Virgile l'auraient avertie. Anouk, quarante-cinq ans, médecin, mariée, deux enfants, vit à Lyon. Virgile, quarante-neuf ans, ingénieur, divorcé, un enfant, se partage entre Marseille, de plus en plus, et Paris, de temps en temps. Dans son besoin de protection, Alexandra a pris ses distances avec sa sœur et son frère, moins brutalement qu'avec les parents mais en mesurant, année après année, que sa fratrie ne lui manquait pas. Son absence n'a pas semblé, non plus, créer un immense déséquilibre dans leur vie. Elle est une femme sans enfants, une gouine un peu paumée de cinquante-trois balais, c'est certainement l'image qu'elle a laissée à sa sœur et son frère.

A-t-elle pardonné ? Non. Le mélange de souffrance et d'humiliation est presque intact, les joues chaudes de colère, de rage même. Elle ne regrettera jamais ces vingt-cinq années, sa fuite, son sauvetage. Car Alexandra en est convaincue, il existe un lien secret entre Londres, Cannes et sa vie aujourd'hui, c'est celui de la résistance, de la liberté. C'est fou comme on peut vite être indulgent avec son bourreau, rit-elle parfois, presque à le remercier de l'avoir contrainte à prendre en main son destin, à se déployer telle qu'elle était, en aimant une femme, en ne choisissant pas la maternité, en s'enfermant toujours huit heures par jour devant ces silhouettes auxquelles elle fait traverser le temps. Tout l'inverse de ce qu'elle était destinée à vivre, dans l'esprit de son père en tout cas. Sans sa fuite, elle n'aurait sans doute pas réussi à bâtir ce destin en opposition à bien des normes. Mais à quel prix. Elle aurait aussi aimé construire sa vie sans souffrir. Alors, pourquoi ce besoin remonte-t-il ? Est-ce une recherche d'équilibre, ou le signe d'un déséquilibre ? Une défaite ou une victoire ? Et doit-elle le nommer, comme si elle devait rendre des comptes à quelqu'un ?

« Toi, t'as une idée derrière la tête… » Au moins, la vie lui a offert Juliette, qui devine tout.

17.

« Qu'est-ce que tu fabriques, nous allons être en retard ! » Aline se le reproche, mais voir Charles marcher si lentement l'agace, ils sont partis depuis moins de cinq minutes qu'elle a déjà dix mètres d'avance. Et il est maintenant carrément à l'arrêt, les bras le long du corps, les yeux fermés, comme s'il savourait de prendre tout ce vent dans le visage. « J'arrive, j'arrive, Dupieux nous attendra, tu sais… »

Pendant le petit-déjeuner, il a encore essayé de la dissuader de venir.

« Mais enfin, tu as un cancer, je suis ta femme, c'est quand même normal, non ?

— Un début de cancer. Comme Charles III. Enfin, peut-être…

— Oui, bon, un cancer au début, si tu veux. Mais j'ai envie de savoir.

— De savoir quoi ?

— Eh bien, comment ça peut évoluer ! »

Elle ne lui dit pas qu'elle ne lui fait pas confiance, qu'elle le pense capable de minimiser la situation, de cacher les effets de la maladie dans une fuite absurde. Jusqu'à Bangkok ! Même après tout ce temps, il fait parfois comme si elle ne le connaissait pas par cœur.

Le métro est presque désert en ces matins d'été. Ne subsistent que des touristes et quelques salariés encore bronzés, pas pressés de se rendre à leur travail. Aline se demande si les gens prêtent attention à ce couple de petits vieux, si quelqu'un dans cette rame s'interroge sur leur destination. Et, si oui, que se disent-ils ? Qu'ils vont faire des courses, au musée, au cinéma pour une de ces séances du matin quasi désertes ? Visiter leurs enfants et petits-enfants ? Il est 9 heures, la conclusion est presque évidente : ils se rendent à un rendez-vous médical. Aline, elle aussi, remarque les personnes de sa génération qui serrent contre leur poitrine leurs résultats d'analyses dans de grandes pochettes transparentes, elle se demande à chaque fois s'ils y vont ou s'ils en viennent, s'ils ont peur ou s'ils sont soulagés. Voilà, c'est leur tour. Charles prend soin de se lever une station avant, pour avoir le temps, Aline en a le cœur serré.

« Je suis heureux de faire votre connaissance, madame. »

Le docteur Dupieux se lève pour les accueillir, des lunettes tentent de contenir son abondante tignasse brune et bouclée.

« Vous alliez finir par penser que mon mari vivait seul ?

— Oh non, bien sûr… Mais vous semblez très indépendants, c'est assez rare à votre âge. Je suis habitué à recevoir des couples qui ne se quittent pas d'un mètre. Alors, monsieur, comment vous sentez-vous ?

— Plutôt bien, mais très fatigué, par moments je suis incapable de faire un geste, je n'ai jamais connu ça… »

Charles parle avec une forme de prudence, comme s'il n'était pas sûr de son état.

« C'est normal. Comme je vous l'avais annoncé, c'est une radiothérapie relativement légère, j'ai bien dit relativement, mais qui, comme toujours avec ce type de traitement, provoque des états d'épuisement que vous n'avez jamais connus.

— Et ça donne quoi ? »

Charles adopte désormais son ton sec, celui avec lequel il a donné des ordres et des consignes pendant des décennies. Aline se crispe sur sa chaise.

« C'est encore tôt, il faut rester prudent mais je suis plutôt satisfait, les courbes sont en baisse. Je vous l'ai aussi dit, lorsqu'il est pris tôt, c'est un cancer qui se soigne plutôt bien.

— Oui, mais à mon âge quand même… Vous avez écouté les infos ce matin ? Alain Juppé, trois mois ont suffi…

— Oui, j'ai entendu, je vous fais une confidence : il a été soigné ici, pendant trois semaines c'était le défilé, je n'ai jamais vu la droite aussi unie… oh pardon… »

Dupieux rigole de son audace, affreusement gêné de ne pas se retenir. Aline l'accompagne doucement pour le mettre à l'aise, Charles lâche « Soyez tranquille, ça n'a jamais été ma tasse de thé, Juppé, un faux dur. Vous m'excusez, je dois aller aux toilettes, comme toutes les demi-heures environ, je ne vous fais pas un dessin… »

Une fois Charles sorti, le silence s'installe. Aline n'est pas habituée aux hôpitaux, c'est une chance, mais elle n'est pas à l'aise, comme si elle ne maîtrisait pas les codes.

Intuitivement, elle pressent qu'ici chaque mot est pesé. Elle ne sait pas quoi dire, alors elle attend.

« Alors, madame, comment allez-vous de votre côté ? Ce n'est pas trop difficile à supporter ? »

Dupieux s'est basculé dans son fauteuil.

« Euh… vous voulez parler des réactions de mon mari ?

— Votre mari, la maladie… Je ne le connais pas encore bien, mais je sens un homme habitué aux rapports de force, au pouvoir, l'affaiblissement par la maladie peut être une étape encore plus compliquée sur le plan psychologique.

— Vous l'avez bien cerné, c'est un ancien grand flic, je ne sais pas s'il vous l'a dit… Écoutez, je suis assez étonnée par sa réaction. Il s'efforce de mener une vie normale, après son coup de tête en Thaïlande…

— Oui, mon collègue Marois m'a raconté, ça vous a surprise ?

— Oui et non… Il a toujours adoré voyager, partir seul ne l'inquiétait pas même s'il ne l'avait pas fait depuis longtemps, mais bon, partir dans ces circonstances, oui cela m'a bien sûr étonnée… Mais sinon, il résiste, il ne se plaint pas.

— Votre présence aujourd'hui me rassure, c'est assez rare de croiser un malade âgé qui vient seul à ses rendez-vous…

— Charles ne m'a d'abord rien dit de ses examens…

— Ah bon ?

— Cela peut paraître surprenant, mais il en fait très régulièrement, et depuis longtemps, donc nous sommes habitués à ce fonctionnement… Et puis vous savez, à nos âges, soit vous êtes fusionnels, soit à l'inverse très indépendants.

— Je comprends. Je me permets ces questions, madame, car il va falloir rester vigilante, malgré tout…

— Que sous-entendez-vous ?

— Je ne sous-entends rien. La tumeur a été prise assez tôt, votre mari réagit bien à ce début de traitement, je suis transparent avec lui. Mais, par expérience, je sais, madame, que ce type de tumeur peut être annonciateur sinon de quelque chose de grave, du moins d'un état général qui va s'affaiblir.

— Vous me dites que mon mari est vieux ?

— Pas tout à fait, madame. Les examens que j'ai pratiqués m'ont permis d'examiner tous les organes importants de votre mari, ils sont dans l'ensemble dans un très bon état, je le lui ai d'ailleurs dit. Mais je répète que, par expérience, l'apparition d'une tumeur, puis le traitement vont l'affaiblir et placer son corps dans une situation où l'on ne peut pas prédire comment il va réagir. C'est tout. Cela ne me semble pas le moment de l'inquiéter avec cela, mais cela me semble lucide de m'en ouvrir auprès de vous. »

Charles revient dans le silence inquiet laissé par les mots de Dupieux. Aline se force à sourire.

« Alors, vous avez fait connaissance ?

— Tout à fait, monsieur, votre femme est charmante, et très courageuse. Cela va être important dans les prochaines semaines.

— Bon. Rien d'autre, docteur ?

— Euh, non, comme je vous le disais, les courbes sont plutôt rassurantes en début de traitement. On se revoit dans deux semaines. Je vous raccompagne. »

La chaleur est déjà forte à leur sortie. Charles marche si lentement qu'Aline piétine mais ralentit, s'efforçant de ne pas montrer son agacement.

« Il est gentil, ce Dupieux.

— Qu'est-ce qu'il t'a raconté ? Que j'étais foutu, c'est ça ?

— Pas du tout, qu'est-ce que tu racontes ? Tu as entendu comme moi, le traitement fonctionne.

— Ouais, jusqu'au moment où ça ne marchera plus.

— Eh bien si tu connais la situation déjà mieux que tout le monde, raconte déjà la fin de l'histoire alors ! »

Charles ne répond rien, s'assoit avec soulagement dans le métro. Rentrés à l'appartement, ils déjeunent rapidement.

« Je me repose un peu, avant d'aller faire mon tour.

— Tu ressors aujourd'hui ?

— Oui, je ne vais pas m'arrêter de vivre.

— Je n'ai jamais dit ça. Cela dit, je ressors aussi, j'ai quelques courses à faire. À ce soir. »

Aline n'a rien à acheter. Les trottoirs sont brûlants, déserts, elle croise un gamin en trottinette, un couple de jeunes touristes, elle en top et ventre bronzé, lui en short et mollets tatoués. Aline avance sans but dans ce quartier qu'elle connaît par cœur. Elle boit de petites gorgées de la bouteille d'eau qu'elle a glissée dans son sac à main. Elle a envie de fumer, elle se souvient de la brûlure dans la gorge lorsqu'elle y a goûté, il y a presque soixante ans.

Dupieux lui a confié une sorte de secret. Encore un. Le destin des femmes est-il de vivre au cœur des silences ? Bien sûr, ce n'est pas une énorme révélation : Charles devient fragile. Elle aussi. À leur âge, la principale question n'est plus comment l'histoire va se terminer, mais quand. Ils ont déjà appris à savourer chaque matin, à ne plus courir après tous les souvenirs, à chérir ceux qui ne s'effacent pas, à mesurer leurs efforts. Elle se souvient de leurs discussions lorsqu'il a fallu choisir cet appartement. Charles avait un coup de cœur pour un duplex, Aline avait lutté en lui rappelant qu'un jour ils auraient toutes les peines du monde à monter l'escalier. C'était hier.

Malgré tout, Dupieux l'a fait pénétrer dans un temps nouveau, suspendu. Celui d'une forme de vigilance permanente, d'une urgence en veille. En partageant la mécanique intime de son diagnostic, le médecin a dessiné un scénario qu'ils ne sont désormais que deux à connaître. Lui a-t-il suggéré plus qu'il n'en a dit, voulait-il la préparer à l'inéluctable ? Anouk lui a déjà raconté la difficulté d'annoncer certains diagnostics, le besoin de sentir si le patient, ainsi que ses proches, sont prêts à entendre la vérité. Dupieux a fait d'elle son associée dans le déclin de Charles, dressant entre eux et lui une sorte de barrière invisible, « Si vous sentez que votre mari s'affaiblit, n'hésitez pas à m'en parler plutôt que de l'affoler trop vite. Il semble solide, mais il y a une part en lui, cette forme de distance, que je ne m'explique pas encore ».

C'est très étrange, Aline en éprouve une forme de soulagement. De libération coupable. Grâce à la maladie, son immense solitude et le poids de ses silences sont enfin brisés. Ainsi, cette mort qu'elle n'a jamais envisagée pourrait devenir son alliée. C'est comme une vague partie de très loin et qui purge son corps, traverse ses artères usées, ses organes et ses cellules, et se transforme en un rire qui secoue ses épaules de vieille femme marchant seule dans le soleil.

18.

Alexandra redresse le buste et allonge ses foulées. Petite, elle marchait avec prudence par crainte de buter contre un morceau de bitume et de tomber dans cette longue pente qui l'emmenait vers l'arrêt de bus. En rentrant de l'école, du collège, du lycée, elle pestait contre cette ascension qui achevait de l'épuiser. Ce matin, elle jette ses longues jambes dans la côte. Comme si elle n'avait peur de rien. Mais, finalement, qu'a-t-elle à perdre ?

Depuis le dîner avec Juliette, elle n'avait pas décidé du moment, mais elle savait que l'heure était venue. Lorsqu'elle a ouvert les yeux, tout à l'heure, elle a senti qu'elle finirait la journée malheureuse si elle ne mettait pas son projet en œuvre. Elle a accompli les gestes du matin, se laver, manger, s'habiller, avec calme, sans trop réfléchir. Pour s'enlever de la pression, elle s'est promis de ne pas frapper à leur porte. Première étape : les localiser, tout simplement. Vivent-ils toujours à Sèvres ? Au centre de Paris ? En province ? À l'étranger… non, difficile d'y croire. Elle a frissonné en s'installant dans le RER de sa jeunesse comme si elle partait vers un voyage dans l'inconnu. C'est bien cela, en réalité : elle ne sait pas vers quoi elle va. Si elle va pleurer, rire, ou rentrer bredouille. Vingt-cinq ans, quand même.

La simplicité de la première étape ne la déçoit même pas. Le retour dans le quartier, d'abord, qui n'a finalement pas tant changé. Il y a toujours beaucoup de familles abritées dans de grandes maisons hautes, souvent étroites, couvertes de fleurs, qui lui font penser à certains coins de Normandie. Peut-être les voitures sont-elles plus grosses, renforçant encore l'impression de calme opulent. Et puis, parfois, une maison qui dégage d'emblée un air d'abandon, fenêtres fermées sans musique qui s'en échappe, jardins négligés, fleurs fanées. Pas la leur. Alexandra s'en approche à pas de loup, redoutant, ou espérant, elle ne sait plus très bien, que sa mère écarte un rideau et la découvre, mais très vite les cris d'une petite fille en train de sauter sur un trampoline effacent ses doutes. Ils ne vivent plus là, « comme prévu ». Elle se plante face à la bâtisse, observant les différentes fenêtres, celle de sa chambre en haut à droite, celle d'Anouk et de Virgile, le salon-salle à manger en bas, le bureau à côté, la cuisine, la porte d'entrée qu'elle a souvent claquée de rage. Alexandra enfile ses lunettes de soleil, de gros nuages le masquent au même instant, qu'importe si elle a l'air ridicule.

Elle avance maintenant au milieu de la rue. Tout le monde peut la voir, mais personne ne la connaît. Ou presque, car c'est quelques numéros plus loin qu'elle obtient ce qu'elle est venue chercher. Elle aperçoit monsieur Mortier la première. Malgré sa position semi-allongée, en train de lire dans un transat, elle remarque qu'il est resté fin et sec, pas un de ces vieux messieurs qui se ratatinent ou s'arrondissent. Les années ont malgré tout déposé leur marque sur sa peau, comme parcheminée, prête à se déchirer sous la pression des os qui saillent. « Monsieur Mortier, dit-elle depuis la porte en fer forgé qui donne sur le jardin, c'est Alexandra. » L'homme lève les yeux de son livre, puis se déplie difficilement du transat. « Alex, ça alors… » Les pas sont lents jusqu'à la grille, les sandales frottent les graviers, « Alexandra, si j'avais pensé… », répète-t-il en donnant un tour de clé. « Vous pouviez difficilement y penser, monsieur ! » Elle l'embrasse, surprise de sentir un tel plaisir au contact avec ses joues usées, la joie de le serrer dans ses bras, comme on retrouve un vieux copain. « Viens, viens… »

Quel âge a-t-il ? Alexandra n'ose pas le lui demander. Il lui prépare un café, à son rythme, dans une machine à filtre comme elle en avait presque oublié l'existence, et qui semble se mettre au diapason en laissant couler le liquide goutte à goutte. « Assieds-toi, tiens, mets-toi ici, tu verras bien le jardin. » Elle ne sait par où commencer, même si l'évidence est devant ses yeux. « Madame Mortier… » « Oh, ça fait huit ans déjà, j'en ai quatre-vingt-huit et c'était un peu avant mes quatre-vingts, ce n'est pas compliqué de se souvenir. Michelle avait toute sa tête, c'est déjà beaucoup de partir comme ça. J'ai tellement de copains qui sont morts en sachant à peine comment ils s'appelaient… Sinon, moi, ça va. Et toi ? » lui demande-t-il comme si, le concernant, ces vingt-cinq années se résumaient à la mort de sa femme et à sa propre survie, et c'est vrai qu'au fond il avait dit l'essentiel, songe Alexandra avec un pincement de cœur. « Moi ? Oh, eh bien, ça va aussi… » Par où commencer ? Et, surtout, que raconter à un homme de quatre-vingt-huit ans dont elle ignore beaucoup de choses, et qui se résume à un souvenir d'enfance, celui d'un voisin qui passait souvent à la maison et bavardait avec ses parents, caressant distraitement la tête de « la gamine » lorsqu'elle jouait dans les parages ? « Oui, ça va bien, je suis costumière, je travaille dans le cinéma et la mode, enfin depuis longtemps maintenant… » Mortier ne réagit pas, il garde un petit sourire au coin des lèvres, c'est tout. « Tu es mariée ? Des enfants ? » « Non, non, pas d'enfants… » « Oh, maintenant on ne sait jamais, avec tous les progrès… ça te fait combien ? » « Cinquante-trois. » « Ah… » Elle ne sait pas ce qu'il a compris, mais il n'insiste pas.

Il ne sait rien d'elle. C'est à la fois normal et troublant. Elle les a rayés de son existence, mais elle aussi a disparu de toutes ces vies. Elle ne doit jamais oublier qu'elle a choisi de s'enfuir. Cet effet à double sens, juste logique, lui saute à la figure devant ce vieil homme qui la regarde comme une étrangère de passage. Ils s'observent en se demandant qui va faire le premier pas. « Mes parents ont quitté le quartier il y a longtemps ? » Mortier soupire, tousse un peu, comme s'il prenait la mesure de la distance. « Une dizaine d'années environ, oui c'est ça, c'était deux ans avant Michelle… » Il boit une gorgée de café. « Tu n'as aucune nouvelle d'eux ? » « Je ne leur ai pas donné de nouvelles ces dernières années, c'est plutôt ça. » « Ah… » Elle ne devine pas ce qu'il sait, elle ignore s'il veut en parler, quel jugement il porte sur elle. Il la regarde comme les vieux le font parfois, fixement mais semblant penser à autre chose. Alexandra se sent mal à l'aise. « Vous savez où ils ont déménagé ? » « Oh, bien sûr, dans le 15e arrondissement, je vais te donner l'adresse quand tu partiras, je ne l'ai plus en tête mais je l'ai notée quelque part. » Alexandra n'est pas vraiment surprise par ce choix. Elle est même un peu déçue, elle les aurait bien imaginés au soleil, dans le Sud, à Montpellier ou Aix-en-Provence. Mais, après tout, pourquoi pense-t-elle ainsi ? Pourquoi préféreraient-ils désormais la vie en province ? Qui sont-ils ? « C'était devenu trop grand ici, et ta maman trouvait qu'il y avait trop d'escaliers, en plus de la pente pour aller au bus, alors ils sont partis. On s'est téléphoné, surtout au début, et puis un peu moins, tu sais avec l'âge… Ils semblaient bien, là-bas, ta mère aime le quartier, ton père un peu moins apparemment, il file souvent se promener l'après-midi, ta mère m'a raconté, ça l'énerve un peu, je crois… » Mortier rit doucement, sans bruit.

Cela n'a pas été plus compliqué que cela, songe Alexandra dans la pente du retour, en serrant dans sa poche le petit bout de papier avec l'adresse. Elle a pu parfois, quand le temps forçait malgré tout les portes de son cerveau, les imaginer dans beaucoup d'endroits, et ils ne se sont finalement déplacés que de quelques kilomètres. Ils se sont même rapprochés d'elle.

Lorsqu'elle sort du métro École-Militaire, elle est absolument seule, pas âme qui vive en ce début d'après-midi écrasé par la chaleur de l'été, unique période de l'année qui offre une telle vision. Elle se sent nue, à découvert, sur la ligne de front. Si sa mère ou son père surgissent d'on ne sait où, elle ne pourra se cacher au milieu d'aucune foule. D'ailleurs, les reconnaîtrait-elle si facilement ? Elle a gardé au fond d'une armoire une boîte remplie de photos qu'elle ne regarde jamais. La peau de sa mère est-elle toujours si douce, son père a-t-il tous ses cheveux, porte-t-il son pyjama bleu à rayures rouges ? Leurs silhouettes se sont-elles effondrées ? Partent-ils encore en vacances ? Ont-ils enfin acheté une résidence secondaire, un vieux rêve de sa mère ? Et des rêves, en ont-ils encore ?

Leur manque-t-elle ?

Alexandra quitte la large artère pour s'engager dans de petites rues plus fraîches, ignorant que, quelques secondes plus tard, Aline s'y engage. Alexandra est encore troublée par l'ambivalence du sentiment qui l'envahit. Le bruit de ses pas l'accompagne, elle ne croise que de rares passants, surtout des personnes âgées, fréquentant les rares commerces ouverts, ou des touristes, le guide ouvert et le nez en l'air. Elle aimerait s'arrêter et prendre une boisson fraîche en terrasse mais elle ne se l'autorise pas, c'est trop risqué. Pas question, non plus, de rentrer dans un square dans lequel elle aperçoit, par-dessus les grilles, quelques vieilles dames qui ont osé braver la chaleur. C'est un quartier pour les vieux, aucun doute. Alexandra l'avait deviné, mais maintenant qu'elle y déambule avec un objectif, les différences avec son territoire quotidien lui sautent aux yeux. Ce n'est pas une zone pour une lesbienne exerçant un métier artistique, ni pour des jeunes filles qui rêvent d'étudier la mode à Londres.

Il est temps de partir. De digérer, de réfléchir. Alexandra est fière, elle a franchi une énorme étape, à la fois si simple et si compliquée. Et puis, elle est libre de revenir en arrière. C'est son secret, personne, pas même Juliette, n'est au courant de son bout de chemin. Le plus dur est devant elle, savoir exactement ce qu'elle veut. À plusieurs reprises, elle a imaginé ses parents apparaissant au coin d'une rue, et c'est l'apaisement qui a envahi son cœur.

19.

En sortant du métro pour s'engouffrer dans l'air brûlant de l'avenue Botzaris, Dominique se sent ridicule, mais elle adore cette sensation d'être sans doute à côté de la plaque : juste flairer son intuition et la suivre. Elle aime ne pas connaître en permanence le sens de ses actes, attendre leur cohérence comme on construit un puzzle. Si c'est un échec, elle prendra une autre direction, c'est tout. Elle a atteint un âge où elle peut perdre du temps, c'est un luxe qu'elle peut commencer à s'offrir. Dans cette atmosphère irrespirable, une des pires idées est de s'allumer une clope, ce qu'elle fait en gloussant, la gorge râpée par la fumée.

D'après ses déclarations, Myriam Desmures vit au 52 de la rue de Crimée. C'est la seule certitude de Dominique.

Dominique Bontet a, grosso modo, passé sa vie dans un bureau. Elle est la femme des auditions, des confrontations, des rapports d'expertises, des ordonnances, des soit-communiqué qu'elle imprime inlassablement et lit, lunettes sur le bout du nez. Avec son stylo rouge au capuchon rongé, elle biffe, rature, retouche des phrases de son écriture fine, qu'elle recopie ensuite sur son ordinateur. Quand elle n'est pas seule pendant des heures dans une odeur de café, en compagnie de son greffier ou de sa greffière, sa plus grande aventure consiste à prendre l'ascenseur pour se rendre à une réunion avec sa hiérarchie pour parler des budgets ou des dernières consignes de la chancellerie. Ou, plus rarement, pour constater un décès et faire connaissance avec un magistrat et le service de la police qui mène l'enquête. Cela dure une heure ou deux, puis elle revient s'asseoir derrière sa table, son Code pénal usé, auquel le soleil a donné une teinte framboise, toujours posé à sa droite, près de son paquet de clopes, son mug et son pot de crayons occupent le flanc gauche. Cette solitude ne lui pèse pas. C'est sa place dans la longue chaîne judiciaire dont elle est un maillon important, qui donne l'impulsion et prend les décisions cruciales pour une enquête. Elle aime débattre, argumenter, s'affronter. De longue date, elle a la réputation d'être bourrée de flair, intraitable sur la rigueur juridique, et une sacrée emmerdeuse. C'est sa plus grande fierté.

Mais aujourd'hui, elle a envie d'arpenter des rues, même à moitié vides, jusqu'à en avoir mal aux pieds. Elle a besoin de mettre en images ce que lui a raconté « Myriam » (ça y est, elle y pense tellement qu'elle l'appelle par son prénom), de voir ces cafés, ces squares, ces commerces, ces parcs, cette vie pleine d'habitudes que lui a racontée, deux heures durant, cette mystérieuse femme. C'est un quartier proche de celui où Dominique vit depuis son arrivée à Paris, mais que, faute de temps, elle ne connaît pas encore bien. Elle veut se glisser dans cette peau étrangère et pourtant déjà presque familière. Elle s'est reconnue dans cette façon obsessionnelle de parler, ce faux désordre des mots derrière lequel elle a deviné un fil rouge, cette colère contre « la duplicité », « le mensonge », « la trahison ». Dominique a parié que l'enfermement mental qu'elle a perçu chez Myriam Desmures correspond à sa manière de vivre, et qu'elle traîne probablement toujours dans ce quartier, à ruminer les mêmes idées dans les mêmes rues. Elle ne devrait pas mettre trop longtemps avant de la croiser.

Pour l'instant, le récit de Myriam n'existe pas sur le plan judiciaire. Ce ne sont que des mots jetés au milieu des bornes légales qui encadrent, enserrent et, parfois, étouffent le travail de Dominique. Il y a tant d'injustices qui, trop anciennes, ou souffrant d'un manque de preuves, restent dans leur état d'origine, des douleurs qui vont pourtant hanter une vie entière. L'histoire de Myriam n'est qu'une parmi les milliers que Dominique a déjà entendues dans sa carrière. Celles qui occupent les esprits des hommes et des femmes qu'elle croise sur le chemin de la rue de Crimée, aux corps remplis des marques du passé. Souvent, elle croit lire leurs douleurs dans leurs yeux perdus, leurs colères sur leurs lèvres qui s'agitent toutes seules. Dominique en parlait récemment avec une amie psy, « On entend tellement de choses dingues et pourtant on n'en a jamais assez ! ». Dominique voudrait tout connaître de tout le monde, c'est son moteur. Antoine lui dit souvent de « redescendre, souviens-toi de Rocard ». « Quoi, qu'est-ce qu'il vient foutre là-dedans, Rocard ? » réplique Dominique. « Eh bien, on ne peut accueillir toute la misère du monde… » « Ah oui, tu ne peux pas dire les choses directement », s'énerve-t-elle encore, boxant dans son torse jusqu'à ce qu'il la serre dans ses bras, et ils finissent par éclater de rire.

Elle court donc après n'importe quoi. Sans doute. Peut-être. Hors procédure, sans cadre légal, ni plainte, ni demande de sa hiérarchie. Sur sa seule décision, son coup de tête. Seule Amandine, sa jeune greffière, est au courant de son enquête. Dominique l'a sondée à l'issue de la première audition, « Alors, vous en dites quoi ? ». La jeune femme est restée longtemps silencieuse, avant de lâcher : « C'est étrange, on a envie de la croire. Mais elle n'a pas tout dit. Loin de là. » « Je suis d'accord. Je vais tâcher de vérifier quelques points. Pas un mot à qui que ce soit, nous sommes d'accord ? » C'est vrai, cette Myriam, quel poème, tout n'est peut-être pas vrai, mais « tout ne peut pas être faux ». Dominique parle toute seule, traverse hors des passages piétons, sursaute aux sonnettes de cyclistes, plus nombreux que les automobilistes, écrase sa clope n'importe où, en allume une autre quelques pas plus loin, quand elle cogite fort elle fume, ça a toujours été ainsi. Elle avance avec le trajet vaguement en tête, elle déteste Google Maps, l'été dernier ils ont passé deux semaines en Norvège, elle a tout aimé sauf ce besoin permanent d'avoir « une app », pour tout, un billet de bus, de tram, une place de parking, réserver un taxi, une table dans un resto, « Tu verras, bientôt il en faudra une pour réserver sa place dans les chiottes publiques », Antoine s'était bien marré.

Et, soudain, Myriam. Une trentaine de mètres plus loin, le téléphone coincé entre l'oreille et l'épaule, en train de farfouiller dans son sac. « Il y a des jours, je ne peux pas m'empêcher de l'appeler toutes les dix minutes, c'est plus fort que moi, je sais qu'il ne va pas répondre mais je ne peux pas m'arrêter. De toute façon, à partir d'un certain moment, c'est juste pour le faire chier. Le rendre dingue, comme il me rend dingue. » Dominique avait hoché la tête. Pendant la confession de Myriam, Dominique a très peu parlé, seulement pour réorienter par petites touches le flot de paroles. Elle a été le plus souvent fascinée, parfois indignée ou attristée. Elle n'a pas pris de notes, le récit s'est imprimé naturellement dans sa mémoire, elle pourrait déjà citer des dates, des lieux, des phrases. Dominique ralentit le pas, aucune foule ne peut la cacher. Myriam raccroche, jette son portable dans son sac, descend ses lunettes de soleil sur son nez, glisse ses mains dans les poches de sa robe noire et accélère le pas, zigzaguant entre les passants, comme pleine de rage.

Dominique a vu défiler dans son bureau des dizaines de femmes, de mères, mais elle en a rarement croisé une aussi amoureuse et désespérée. Beaucoup l'avaient été, certaines s'accrochaient encore à leurs sentiments, pour la plupart la souffrance avait étouffé puis enterré les sentiments, depuis longtemps l'amour avait fui. Pas chez Myriam. Même après une quarantaine d'années de passion et de tumulte, Myriam ne renonce pas. Surtout pas à ses droits.

« C'est quoi mon histoire, un délit, un crime, rien du tout ? » « Je ne sais pas », c'est tout ce que Dominique a trouvé à répondre. Elle n'a même pas décelé de déception dans les yeux noirs de Myriam, à l'inverse une lueur de défi s'y est allumée. « Vous ne me croyez pas, c'est ça ? » « Non, madame, je n'ai pas de raison de ne pas vous croire… ni de vous croire. Mais comprenez que je vous ai surtout écoutée pour récompenser votre audace de m'avoir adressé cette lettre, et de m'avoir choisie. Pour le reste, je ne peux, en tout cas pour l'instant, rien faire. »

C'était vrai, et ça l'est encore. Mais elle ne peut pas s'empêcher de déjà se passionner pour cette histoire. Et puis, après tout, c'est sa dernière ligne droite. Avec l'irruption de Myriam dans son bureau, Dominique a réalisé qu'elle rêve depuis longtemps d'une enquête menée en solo, sans procureur ni commissaire de police sur le dos. Elle a envie de faire un truc bizarre et très concret. Regarder, sentir, ressentir, comprendre par elle-même.

Alors que Myriam finit par s'engouffrer dans le cinéma du quai de Seine, Dominique n'est pas certaine que son histoire, même avec son cortège de souffrances, de mensonges, peut-être d'escroquerie, soit un délit, encore moins un crime.

Mais elle ne peut pas passer à côté de la double vie d'un ancien grand flic.

TROISIÈME PARTIE

20.

Aline lui tourne le dos, ses hanches ondulent avec souplesse. Elle lève les bras, pivote légèrement pour faire face à une amie, tape dans ses mains, et Charles peut lire, plus qu'il n'entend tant le bruit est assourdissant, « la isla bo-niiii-ta ! » sur ses lèvres brillantes. Il s'éloigne en reculant, en agitant vaguement les bras, mais personne ne prête attention à son départ. Il s'appuie avec délectation contre le mur. Ses jambes ne répondent pas, elles ne font plus que le porter. Cela fait plusieurs soirées, car ces derniers mois les demi-siècles se célèbrent à la chaîne, pour le sien un déjeuner familial suffira bien, qu'il reste ainsi figé au milieu de la piste, incapable de délier son corps verrouillé, de ressentir les vibrations de la musique. Il n'y a d'abord pas vraiment prêté attention, les soucis parfois trop nombreux ôtent l'envie de faire la fête. Puis la répétition de ces blocages l'a agacé, au point de l'angoisser à l'approche d'une soirée. L'idée d'être plongé au milieu d'un groupe transpirant, de voir ses bras se tendre vers lui pour lui proposer une danse le tétanise.

Puis, un soir, Charles comprend : il n'aime plus son corps. Son allure le gêne, il se sent trop lourd, raide, ça grince de partout. La seule perspective de se déplier, de se déhancher, de lever les bras, de sauter le dégoûte presque, comme s'il était devenu anachronique. Depuis que les ligaments de son genou droit l'ont lâché sur un terrain de foot, il ne pratique plus aucun sport. Il ne peut faire aucune activité de pivot, il peut seulement courir droit, nager droit, marcher droit, ça l'emmerde.

Mais ce refus de danser révèle autre chose, bien pire : il ne se sent plus capable de séduire. Cette parade collective qu'il observe un pied appuyé contre le mur, les mains dans les poches, en lançant quelques sourires stupides aux amis, aux femmes qui l'invitent d'un signe de l'index, lui semble vaine, vaguement ridicule. Il se sait excessif, on peut juste aimer danser, mais la plupart, qu'ils le veuillent ou non, cherchent bel et bien à se montrer sous leur meilleur jour, dévoiler un peu de sensualité, prouver leur sens du rythme, convaincre qu'ils ont encore des atouts, tenir une sorte de vague promesse érotique. Que tout n'est pas fini. Lui n'a plus envie. Il ne cherche plus rien.

Lycéen, puis étudiant, il avait envie de tout, sans cesse en quête d'aventures et d'expériences. Sauf qu'il lui manquait l'essentiel : la confiance. C'est en tout cas la conclusion qu'il avait tirée de ses échecs réguliers auprès des filles. Beaucoup le trouvaient pourtant « plutôt mignon », mais surtout « gentil ». C'était vrai, il rendait de nombreux services en prêtant ses cours aux retardataires. Il le faisait naturellement, mais pas sans arrière-pensées, avant de comprendre que les filles le cantonnaient dans la case du bon copain. Son tableau de chasse n'était malgré tout pas resté entièrement vierge, toutefois sans commune mesure avec celui des blagueurs, des grandes gueules, des roublards, des menteurs, des mythos, capables de s'inventer des histoires folles, des qualités hors norme, assez audacieux pour se lancer à la conquête des filles les plus belles, celles auxquelles Charles ne s'autorisait même pas de penser. Les tricheurs tentaient tout, gagnaient parfois quand Charles, le plus souvent, n'osait même pas essayer. En soirée, car il était invité partout, il avait toutes les peines du monde à se lâcher, même l'alcool ne l'aidait pas. Il se balançait lentement d'un pied sur l'autre, les mains dans les poches, parfois en fermant les yeux, affectant une forme de détachement, comme si le morceau ne méritait pas un engagement total, avant de se retirer et de prendre sa position la plus fréquente, la même que trente ans plus tard : le dos au mur, une jambe repliée, un verre de soda, parfois de bière tiède, à la main. Avec les années, les mystères de la séduction et de l'amour, et surtout leur opacité, s'étaient mués en une amertume, une forme de colère sourde. Certains soirs, une rage l'envahissait lorsqu'il restait collé contre son mur, des envies de violence l'assaillaient quand devant lui ondulaient de belles jeunes filles, mais jamais il n'était passé à l'acte, elles n'y étaient pour rien, c'était lui qui n'arrivait pas à se rendre désirable. Vers la terminale, un garçon avait commencé à lui tourner autour. C'était un excellent élève qui n'avait pas besoin de l'aide de Charles. Le jour où le garçon lui avait confié éprouver « une forme de tendresse, peut-être davantage » à son égard, Charles avait ressenti un accès de violence qui l'avait surpris. L'homosexualité était, dans les années 1960, un monde inconnu, honteux, tabou. Quand il rêvait du décolleté des filles, c'était un garçon qui lui proposait de découvrir les voies de la sensualité. Il en avait gardé pour longtemps une forme de rejet à l'égard de cette sexualité, encore davantage lorsqu'il avait, plus tard, rencontré des filles qui aimaient les filles, c'était comme une forme de trahison suprême. Pour Charles, la découverte de l'injustice du monde avait pris ce chemin.

En rouge et noir retentit, l'éloignant encore davantage du tempo de la soirée. Il rejoint la cuisine, saturée par la contre-fête où l'on débat de la survie du gouvernement Juppé. « Toi, Charles, tu dois savoir. Allez, une confidence ! » lance un convive. Charles grimace, parvient à se servir un verre de mauvais vin rouge portugais, et s'éloigne dans le jardin. Après tout, se dit-il, ne plus ressentir l'envie de séduire n'est peut-être qu'une étape. Sa relation avec Aline reste riche, Alexandra, qui n'a toujours pas fait signe, est toujours une immense question dans leur vie, il faut accompagner Virgile et Anouk, son travail le dévore, il a largement de quoi s'occuper. À son âge, il n'est pas anormal de ne plus s'intéresser aux autres femmes, peut-être est-ce simplement l'expression d'une forme de sérénité. Ou l'amorce de la vieillesse. Mais c'est toujours lorsqu'on pense approcher une solution que les choses se dérèglent, rigole Charles en s'asseyant dans l'herbe rendue fraîche par la nuit. Ce n'est pas parce qu'on ne cherche plus rien que le monde est si simple.

C'est ce que les yeux de Myriam lui ont dit, la première

fois, s'attardant trop longtemps dès les premières secondes. C'est en tout cas ainsi qu'il a perçu ses regards, tout au long de cette journée de séminaire sur les relations police-justice qui ne promettait qu'ennui et sentiment de répétition. Myriam Desmures a trente et un ans, elle l'a indiqué tout de suite en se présentant au groupe de réflexion dont ils faisaient partie, « six ans de plus qu'Alexandra, dix-neuf de moins que moi », s'est-il dit avant de repenser avec espoir au message téléphonique qu'il lui a laissé deux jours plus tôt. Myriam est greffière. Elle a parlé avec passion de son travail, cela a étonné tous les participants, les flics et même certains magistrats qui semblaient découvrir des aspects de ce métier étrange, ombre des juges d'instruction, graphomanes de l'indicible parfois, gardiens des procédures. Celles et ceux qui entendent tout mais ne disent rien. Une femme de l'ordre, comme lui. Mais une femme qui appelle aussi au désordre, aux bouleversements, il en est certain.

Myriam a posé une bombe dans son monde si stable qu'il en est devenu illisible, paradoxalement vacillant. Les couleurs et les odeurs reviennent, les bruits sont plus intenses. Elle est comme la pièce d'un puzzle inachevé qui n'attendait qu'elle. Un possible existe, un parfum de danger se dégage de ce souvenir qui est déjà presque une promesse. Mais c'est à peu près tout ce qu'il sait, avec les regards qu'elle lui a lancés. Il ne connaît rien de cette femme, pas davantage de la direction qu'elle veut prendre, ou de ses limites. Ni même si elle va le rappeler. Il attend. Il est prêt.

21.

« Madame, je vous aide ? » La main droite posée sur la rambarde, Aline tourne la tête et découvre un très jeune homme, grand et fin, coiffé d'une casquette rouge posée à l'envers, lui tendant l'avant-bras. « Oh, c'est gentil mon petit, mais tout va bien. » Elle lâche la rambarde et reprend son chemin, sourire aux lèvres. Elle surprend souvent ses interlocuteurs, mais lorsqu'on prend des nouvelles de sa santé, Aline n'a pas d'autre choix que d'expliquer qu'elle est « en pleine forme ». Son seul souci, jusqu'ici, a été une forte arthrose à la hanche droite, il y a trois ans, qu'elle a vite résolue par une opération. Pour le reste, aucune alerte cardiaque, une belle peau dont elle prend le plus grand soin, jusqu'à se passer une pommade sur les coudes chaque jour. Elle mange bien, dort huit heures chaque nuit depuis qu'ils font chambre à part. Elle a même repris le sport, du yoga une fois par semaine, ça sera peut-être utile un jour.

Le RER n'a pas changé depuis dix ans, les voyageurs lui semblent juste plus usés encore, plus pauvres, plus tristes, le monde lui donne le sentiment de reculer. Elle est la seule personne âgée de la rame, en éprouve une forme de fierté. Deux très jeunes enfants, les seuls sans téléphone ou oreillettes, la regardent presque intrigués, Aline leur sourit, la mère est sur le point de lui parler puis renonce. Le train freine, Aline se lève et prend place près de la porte. Elle descend avec prudence, les marches sont assez hautes, cale son sac à main contre sa hanche et avance.

Le bâtiment est le même. Pendant presque cinquante ans, elle l'a observé depuis la fenêtre de sa cuisine, d'où elle avait une vue légèrement plongeante sur ce grand rectangle blanc, d'allure propre. Elle a toujours aimé sa position avancée sur ce promontoire naturel, la vue à 360° sur Paris et, à l'arrière, la forêt qui donnait l'impression de protéger les résidents. Les mains dans l'eau de la vaisselle, ou en train de couper des légumes, elle a souvent imaginé leur vie, leurs horaires, elle s'est souvent mise à leur place, dans les fauteuils qu'elle apercevait lorsque les rideaux des chambres étaient tirés, ou dans les chaises longues de la grande terrasse aux beaux jours. Les journées semblaient sans fin, bien sûr, mais curieusement elle a toujours pensé que dans un tel écrin, malgré tout, le temps s'écoulait peut-être plus vite, ou plus lentement d'ailleurs, elle n'a jamais réussi à se décider sur la meilleure option, elle en souriait souvent jusqu'à ce que Anouk, Virgile ou Alexandra vienne interrompre ses pensées. Mais elle n'a jamais mis les pieds à La maison en paix.

Elle n'est pas déçue. Les chambres sont spacieuses, dans les tons crème et beige, aussi propres que les salles de bains et les espaces collectifs. La terrasse est encore plus impressionnante qu'elle ne l'imaginait, forcément, depuis sa cuisine elle n'en voyait qu'un tiers environ. Elle a la surprise de découvrir une petite piscine intérieure au sous-sol dans laquelle barbotent trois femmes et deux hommes, « Nos résidents les plus en forme, nul doute que vous pourriez en faire partie, mais d'ailleurs, madame, votre visite me semble bien prématurée, n'est-ce pas ? » l'interroge la directrice qui lui fait la visite. « On ne sait jamais ce qui peut se passer…, élude Aline sans difficulté. Au fait, vous n'êtes pas chez Orpea, rassurez-moi ? » « Non, non, madame, nous sommes un petit groupe familial indépendant. »

Les choses ne s'achèveront peut-être pas ainsi, mais Aline est rassurée. La visite a été rapide, il est encore tôt. Depuis la rue, elle aperçoit l'angle de la maison et son ancienne cuisine, ça serait trop bête de ne pas profiter de l'occasion.

La côte est plus raide. Ou plutôt non, rit-elle, son inclinaison n'a pas changé d'un centième de degré, mais dix ans se sont écoulés. Aline progresse pas à pas, elle marque de courtes pauses pour reprendre son souffle, son chemisier affiche des tâches de transpiration, encore heureux qu'elle ait choisi un pantalon plutôt qu'une jupe. La directrice n'a pas évoqué l'existence de navette pour descendre en ville. Personne ne descend-il plus jamais en ville ? Ou, pire encore, aucun résident ne monte plus nulle part ? L'idée la glace, heureusement elle arrive au sommet.

Leur ancienne maison se dresse devant elle comme un monument, plein d'images et de bruits. Plus grande et plus haute que dans ses souvenirs. Les propriétaires ont la main encore plus verte qu'elle, la façade est largement couverte de lierre, des pots emplis de fleurs entourent le perron de l'entrée. Une femme se déplace depuis le salon vers la cuisine, jette un œil vers l'Ehpad. Elle semble seule, peut-être une femme au foyer qui a choisi d'élever ses enfants. Aline a lu un article racontant qu'elles sont de plus en plus nombreuses, et même chez les diplômées. Elle repart et s'engage vers l'étage, Aline entend chaque latte craquer, sur la troisième et la huitième marche, sauf s'ils ont changé l'escalier. Comment se seraient réparties les chambres, s'ils étaient restés ? Elle chez Alexandra, lui chez Anouk, sans doute. Mais ils sont mieux « en bas », dans la ville il y a du bruit, tant pis si trop parfois, de la vie, l'impression d'être dans le monde. De compter, encore. Cette année, Anouk et Virgile ont beaucoup insisté pour organiser une grande soirée pour ses quatre-vingts ans. Elle a refusé. Elle leur a expliqué que la vie au quotidien lui importait beaucoup plus qu'une fête, elle aimait leurs petits coups de fil, de temps en temps, l'idée simple de les revoir le temps d'un repas, parfois d'un week-end. Ils se sont contentés d'un déjeuner en famille, avec les petits-enfants qui ont grimpé sur la chaise vide, à côté de Charles.

« Aline ? » Elle se retourne, place sa main en visière et reconnaît immédiatement cette haute silhouette. Jean Mortier. « Jean ! » Ils s'embrassent comme les vieux amis, osant un bras sur l'épaule. Ils se reprochent de ne plus s'appeler, tout en sachant qu'ils ne le feront pas, parce qu'une rencontre sera longue à organiser, qu'il est veuf, qu'il ne vient plus à Paris, qu'ils n'ont peut-être pas envie, sans oser se le dire, de ressasser des vieilles histoires pendant des heures. Il a vraiment beaucoup vieilli, songe Aline. Le tremblement de ses mains, lorsqu'il les passe dans ses cheveux fins, l'émeut. Elle l'a croisé chaque jour pendant presque un demi-siècle, il sait tout de leur vie, ou presque. Des silences, aussi, les unissent, des secrets dont ils savent qu'il est trop tard pour les évoquer. Mais ils n'ont peut-être plus la même force pour se taire, ils savent que le temps est désormais compté, pour cette fragilité Jean ne résiste pas longtemps à avouer qu'Alexandra est passée, l'autre jour.

Le cœur d'Aline connaît alors comme un raté, pendant une seconde il ne bat plus.

22.

En temps normal, Aline aime les fins d'été. Après trente ans de carrière, la rentrée ne l'angoisse plus, elle connaît son métier par cœur et s'adapte facilement aux nouveaux programmes que l'Éducation nationale pond avec l'irrégularité d'une poule sans tête. Elle préfère savourer la douce chaleur de fin août, observer les jours raccourcir, ranger la maison, jardiner, faire un saut à Paris pour renouveler sa garde-robe de l'automne. Et puis désormais elle n'a plus à préparer la rentrée des enfants.

Mais après le terrible affrontement autour du mariage de Luc et du Festival de Cannes, depuis la rupture avec Alexandra, leur monde a chaviré.

Cet été, ils ne sont partis que deux semaines en Sicile. Elle en avait réservé trois et puis, fin juillet, Charles lui a annoncé qu'un séminaire en Provence l'obligeait à rentrer quelques jours plus tôt. Elle avait hésité, mais l'idée de rester seule à Ortigia ne l'enchantait pas, d'autant qu'elle n'aime pas conduire et qu'elle aurait déjà arpenté la ville dans tous les sens.

Jamais ils n'ont passé de vacances dans une atmosphère aussi tendue. Chaque matin, Charles s'est levé à l'aurore pour marcher, parfois courir, et revenir en milieu de matinée. Les premiers jours, elle l'a attendu, mais face à son silence lorsqu'elle l'interrogeait sur ses envies pour la journée, elle a commencé à organiser son propre programme. À la plage, dans un parc, dans les ruines de Syracuse qu'elle rejoignait facilement en transports en commun. Elle s'est surprise à aimer, peu à peu, ces moments de solitude, à traîner aux terrasses des cafés, notamment un, à deux pas de leur appartement, qui servait de délicieux cocktails dès le début de soirée. Il lui semblait flotter, vivre un entre-deux.

Puisque la ville n'est pas très grande, ils ont assez vite fini par se retrouver nez à nez dans un petit musée près du port. Elle l'a vu la première, en short et T-shirt, lunettes de soleil sur le front, figé devant une sculpture de femme qu'elle trouvait assez quelconque. Malgré ce qu'ils vivaient, elle l'a trouvé beau, étrangement beau, comme détaché de ce qui l'entourait, cela lui conférait une forme d'élégance qui se prêtait bien au lieu. Elle a un instant songé à se cacher, puis à le suivre, mais la scène était suffisamment ridicule ainsi. Elle s'est glissée derrière lui et lui a pincé le bas du dos, les fesses elle n'a pas osé. Il a sursauté, s'est retourné et, alors qu'elle se surprenait à ne pas savoir quelle allait être sa réaction, il lui a souri. « On va boire un verre ? » a-t-il proposé.

Pour la première fois depuis le mois de mai, ils ont parlé d'Alexandra, de cette soirée maudite, de sa terrible phrase. Il lui a reproché de ne pas l'avoir soutenu, « Luc tenait à sa présence à son mariage, c'est important la famille, non ? ». Stupéfaite, elle lui a demandé s'il plaisantait. « Non, pourquoi tu dis ça ? » La solitude et les silences des derniers jours, ces heures de marche à ruminer sous le soleil, à ne plus savoir si elle était heureuse ou malheureuse, le manque d'Alexandra, tout est alors remonté dans une vague de colère comme elle n'en avait encore jamais connu. Elle n'a pas crié, ni jeté de verre au sol. Elle a posé ses coudes sur le métal chaud de la table, et a crucifié Charles : l'importance de la famille pour un homme qui venait de la faire exploser ? Qu'est-ce qu'on avait à foutre du mariage de ce pauvre Luc, qu'on voyait à peine une fois par an, à côté du bonheur et du succès de notre fille ? « Tu n'as pas regardé, toi, la cérémonie à Cannes, avec ta fille si fière et tout intimidée, ahurie d'avoir été invitée sur la scène par la réalisatrice, après avoir monté les marches, si surprise qu'elle est restée à l'écart mais pas assez pour que la caméra ne la saisisse pas, si belle et si fragile et forte à la fois. L'importance de la famille, oui j'y reviens, pour un homme dont le vrai foyer semblait trop souvent être la police, ah la grande famille des flics ! Pour un homme qui depuis des années semble à côté de ses pompes, jamais pressé de rentrer à la maison, tendu comme un arc, quelle caricature de crise de la cinquantaine. Et Londres, on en reparle ? Je pensais que tu avais tiré les leçons, que tu avais réfléchi ! Et ta sortie sur les gouines, alors là j'ai presque peine à en parler tellement c'est pathétique, je ne préfère même pas songer une demi-seconde que tu penses ce que tu as dit, que tu le penses vraiment, que tu voies le monde de cette façon, dis-moi, putain, que ce n'est pas possible !

En attendant, Alexandra est partie, voilà ce que tu m'infliges. À moi. Si tu daignes encore considérer mon existence. »

Depuis mai, le choc avait été d'une telle violence qu'ils s'étaient chacun recroquevillés dans leur souffrance. Charles avait travaillé d'arrache-pied, elle avait aussi eu une fin d'année très chargée. Et voilà, ils étaient arrivés jusqu'aux vacances pleins de leur ressentiment. Il était temps de vider son sac.

Charles avait écouté sans essayer de l'interrompre. Il n'avait pas touché à son verre, n'avait pas décroisé ses jambes bronzées. Comme statufié, au point qu'elle était incapable d'imaginer sa réaction. De longues secondes s'étaient écoulées à la fin de la charge. Une jeune Rom était alors venue leur demander de l'argent, Charles l'avait éconduite d'un vague geste de la main. Puis il s'est excusé, comme on rend les armes, d'une voix douce et résignée. Il souffrait, lui aussi, de l'absence d'Alexandra. Chaque jour était un coup de poignard, à chaque fois que son portable bourdonnait, il espérait. S'il n'avait pas réussi à parler à Aline depuis mai, c'était par honte. Honte de tout. Du mal qu'il lui faisait, d'avoir pulvérisé leur famille, peut-être pour toujours, car ils connaissaient Alexandra, il n'avait pas oublié la parenthèse londonienne, ces deux années sur un fil, puis ce silence total pendant la troisième année. Elle était capable d'aller jusqu'au bout de son idée et ne jamais les revoir. Honte de sa phrase sur les gouines, non, il ne voyait pas le monde ainsi, même si ce monde allait trop vite pour lui, un couple c'était un homme et une femme, puis des enfants, une société tenait grâce aux familles, à certaines traditions, dont celle du mariage, et même celui de Luc, dont il avait admis qu'il ne tenait pas une place immense dans sa vie, représentait une pierre à cet édifice, et s'il avait insisté pour que leur fille, nièce et filleule de Luc, soit présente, c'était bien parce que toute cette chaîne avait du sens, non ? La peur de ce délitement de certaines valeurs l'avait fait déraper, mais il avait regretté ses mots. Dans la seconde où il les avait prononcés, sur le perron, lorsqu'il avait fui, il était déjà à deux doigts de pleurer, et les larmes avaient jailli dès l'instant où il avait fermé la porte de leur chambre. Il ne fallait pas le voir comme un monstre insensible. Il travaillait trop, oui, mais là encore c'était pour résister à cet écroulement de la société, la corruption se faufilait partout, y compris dans leurs rangs, de jeunes flics se faisaient soudoyer pour trois fois rien, piégés dans les trafics des cités dont personne ne voyait que dans vingt ou trente ans elles seraient des territoires perdus de la République, peuplées de gamins pour lesquels la police serait l'ennemi numéro un, mais personne ne voulait voir, ni les politiques, et même sa hiérarchie fermait trop souvent les yeux. S'il partait tôt, rentrait tard, c'était pour remplir sa mission, tu te souviens, Aline, qu'étudiant déjà je croyais si fort en mon travail. « Mais, encore une fois, pardon, pardon pardon. »

Ce soir-là, ils avaient fait l'amour, comme pour finir leur dialogue, et l'évidence de leurs gestes, la chorégraphie de leurs corps se connaissant par cœur avait un peu rassuré Aline.

Elle a la journée devant elle, Charles rentre demain de son séminaire. Il ne lui a pas donné le sujet, de toute façon elle n'y prête jamais beaucoup attention, ce qu'elle aime c'est lorsqu'il lui raconte les auditions, la façon dont il pousse « les ripoux » à bout, il lui semble presque cruel, vicieux, mais ces récits la fascinent. La maison est en ordre, elle a même jeté un œil à ses cours de l'an dernier. Elle a le temps pour aller chasser cette idée stupide qui lui trotte dans la tête depuis leur retour.

La bouche de métro se trouve à deux pas du café où elle avait ses habitudes avec Alexandra, à son retour de Londres, lorsque la paix était enfin revenue. Elle aimait leurs rendez-vous, autour d'un thé, Alexandra lui racontant ses premiers pas dans le métier, d'abord hésitants, peu à peu affirmés, son travail sur un premier défilé haute couture, ses rêves de travailler pour le cinéma qui continuaient à la hanter. Elle prenait des nouvelles d'Anouk et de Virgile, qu'elle commençait à voir de loin en loin, sa période anglaise avait aussi laissé des traces dans la fratrie, sa sœur et son frère n'ayant toujours pas compris ce qui se passait. Aline lui racontait leurs vies avec tous les détails possibles, espérant que sa précision aiderait au rapprochement de ses enfants. Parfois, une fois Alexandra repartie, Aline passait chercher Charles au pied de son bureau, l'IGPN se trouvant à quelques centaines de mètres de là. Alexandra partait toujours dans le sens opposé, pour ne pas risquer de le croiser, les quelques déjeuners familiaux annuels lui suffisaient bien. Désormais, tout cela est fini. Alexandra est à nouveau une ombre. Un souvenir en devenir.

Deux policiers protègent l'entrée du bâtiment. Ils marquent une légère surprise, l'un d'entre eux semble sur le point de rire lorsque Aline décline son identité et demande si Charles est là, elle souhaite « juste lui faire une surprise en venant le chercher au travail ». Un des deux hommes pénètre dans le hall, en ressort quelques instants, « Votre époux n'est pas présent aujourd'hui, madame Perrière, je suis désolé ». « C'est tout ? » demande le second, suspicieux.

Oui, c'est tout.

23.

Depuis son transat, Charles observe Myriam nager. Ils sont une dizaine de baigneurs à profiter des derniers feux aoûtiens, dans la piscine de ce mas provençal, à Roussillon, qui aurait pu accueillir un vrai séminaire de rentrée. Tous avancent lentement, éveillant leurs muscles avec douceur, pratiquant la brasse, tranquilles, déliés. Tous sauf Myriam, en dos crawlé, éclatant la surface de l'eau à chaque geste. Rageuse dans son maillot fluo, totalement insensible au calme environnant, aux regards de travers que commencent à lui lancer des nageurs.

Charles sourit, ajuste ses nouvelles lunettes de soleil achetées à Ortigia. Myriam a besoin de ces crises, de ces moments où ils vivent sur un fil prêt à rompre, sans savoir s'il y aura une prochaine fois. Trois ans, déjà, de cette passion friable qu'il a dessinée dès le premier jour, lorsque Charles a fixé les règles de leur relation, pour en imprimer ce tempo si particulier. Des semaines, parfois des mois, peuvent s'étirer entre deux rencontres, à ce rythme le temps donne l'impression de filer encore plus vite. Leur rencontre, juste avant ses cinquante ans, lui semble dater d'hier. Se revoir seulement s'il y a une envie forte, irrépressible, et partagée, est la règle cardinale. Le téléphone de Charles bourdonne alors avec régularité, parfois comme une obsession, mais si le désir reste absent ou, à l'inverse, s'il est parfois trop impérieux, il résiste. Il aime la faire attendre, et encore davantage imaginer la fureur de Myriam qui se transformera, plus tard, en une envie de le voir encore plus forte. Seul Charles peut prendre l'initiative d'une rencontre, Myriam est libre de refuser, mais c'est très rare. Si elle se lasse de ce jeu, il aura perdu, mais il est prêt. Aucune régularité ni habitude, pas de projets de vie commune, évidemment. Charles et Aline d'un côté, Myriam et Cédric de l'autre, Charles et Myriam quelques soirées par an, jamais jusqu'au lendemain matin, et leur séminaire fin août que Charles annonce à Aline dès le début du printemps. L'an dernier, pour éviter de tomber dans de périlleuses habitudes, il a prétexté une urgence, une enquête qui venait de connaître une foudroyante accélération, pour quitter les vacances plus tôt que prévu.

Du jour où Myriam a surgi dans sa vie, après ces quelques années d'une déprime d'abord légère, puis envahissante, il a compris qu'il était attiré par un sentiment hors normes, pas forcément plus fort que ce qu'il éprouve pour Aline, mais totalement différent. À la seconde, Charles a su qu'il devrait en garder le contrôle, tout mettre en œuvre pour faire durer cette histoire qui s'annonçait unique. Lorsqu'elle l'a rappelé, peu après le séminaire, il a attendu une semaine avant de lui répondre, puis trois avant de lui fixer un rendez-vous ; ils n'ont partagé un dîner qu'après quatre mois ; ils ont couché ensemble au bout d'un an, et à l'hôtel, car ils ignorent leurs adresses respectives. Aujourd'hui, Charles préfère toujours faire l'amour avec Aline qu'avec Myriam, et il est heureux de le ressentir. Il trouve ça sain. Il ne pense jamais à Myriam quand il est au lit avec Aline, et inversement.

Charles a mis quelques mois à comprendre ce qu'il découvrait : la passion. Brute, incandescente, qui transforme les heures en secondes. Un sentiment enfin à la hauteur de l'intensité de la rage qui l'envahit parfois depuis des années. Qui le remplit aussi fort que la colère pouvait le vider. Avec Aline, l'attraction a été forte, immédiate aussi, mais son amour s'est modelé plus lentement, dans une forme de douceur, dans une projection longue, l'histoire d'une vie. Cette fois, c'est comme si un niveau supérieur des sentiments s'ouvrait à lui, avec son lot de danger et de violence, il est fier d'être capable de les éprouver. Ses souvenirs de jeunesse d'une séduction laborieuse, ces blocages quand il s'agissait d'aborder une fille, s'estompent. D'un ami gentil et fiable, il est enfin devenu un amant vénéré, sûr de lui, puissant, dominateur quand il le faut, rassurant à d'autres moments. Parfois, il a le sentiment de dégager des ondes que Myriam semble trouver irrésistibles.

Il ne veut plus jamais la perdre. Il ne lui a toujours pas dit *Je t'aime*.

Le plus étrange, le plus fou, surtout pour un homme cartésien comme lui, est qu'il ne culpabilise pas. Pas une seconde depuis leur rencontre, comme embarqué dans un train sans conducteur lancé à pleine vitesse, il s'est dit qu'il faisait fausse route. S'il voulait être de mauvaise foi, il pourrait soutenir qu'il ne trompe pas Aline, la preuve, le sexe n'est pas au centre de sa relation avec Myriam, même s'il découvre avec délectation les joies d'une relation de domination physique qui s'est naturellement installée entre eux. Myriam aime un peu de brutalité, et l'exercer plaît à Charles. Mais elle incarne autre chose que de l'adultère, il trouve le mot vulgaire pour parler d'eux. Elle représente une aventure, une expérience, une tentative pour construire un autre type d'histoire. Parfois, Charles songe qu'il aurait aimé en parler à ce psy éphémère, à travers Myriam il aurait pu lui faire comprendre ce dont il a besoin. D'une autre vie. D'une deuxième vie, plutôt, mais qui n'a rien de banal.

Il n'a pas envie de choisir entre ces deux femmes. Beaucoup le traiteraient de lâche, mais il trouve sa position plus respectueuse que s'il passait son temps à hésiter à quitter Aline pour une « jeunette », ou à promettre à Myriam qu'il quittera un jour Aline. Pour l'instant Myriam est d'accord, elle n'a pas l'intention de laisser tomber son Cédric même s'il semble déjà peu à peu disparaître de sa vie, ils n'ont d'ailleurs jamais vécu ensemble.

Bien sûr, Charles lit dans les yeux des autres, pas plus tard que ce matin au petit-déjeuner, et surtout dans ce genre d'endroit où, à quatre-vingt-dix pour cent, la clientèle est composée de couples sans enfants. Il repère les jugements des femmes et la jalousie des hommes quand Myriam, ondulant sur ses hauts talons, insolente de beauté, quitte la salle. Il sent aussi combien sa jeunesse souligne son propre déclin approchant, fait miroiter dans ces regards condescendants sa silhouette plus lourde, la bedaine qui se dessine, son pas plus lent. Mais ils ignorent sa lucidité, ils se trompent sur leurs dix-neuf ans d'écart. C'est un hasard. Charles a toujours été attiré par les femmes de son âge, d'ailleurs Aline a un an de plus que lui, et sa pathétique tentative de se rajeunir, lors de leur rencontre, plaide en sa faveur. Tous ces gens ne savent rien de lui, leurs jugements sont vides.

Myriam fait l'étoile de mer au milieu du bassin, désormais déserté par les autres nageurs, comme si elle avait conquis son espace. Le soleil cogne déjà fort, mais elle est capable de flotter ainsi une demi-heure, une heure, dans sa bulle gonflée de colère. Car, évidemment, la jeunesse de Myriam n'a pas empêché l'irruption de l'unique sujet qui pouvait devenir un grain de sable : un enfant. Compte tenu de son âge, Charles attendait ce moment depuis le début. C'était même tellement évident qu'il n'en a jamais parlé, s'abritant derrière une des autres grandes règles qu'il a fixées : ne jamais évoquer Aline et Cédric, ni Alexandra, ni Anouk, ni Virgile, transformés, le temps de quelques heures, en fantômes, en ombres, pendant qu'ils blottissent leurs rencontres dans un espace protégé, un territoire inaccessible où même les prénoms sont tus. Décréter ce genre de diktat amoureux est un des plus grands plaisirs de cette aventure. Il se sent démiurge, inventif, en totale rupture avec son quotidien si réglé. Immédiatement, Myriam a accepté ce jeu, c'est même elle qui l'a dit la première, « Avec toi, on dirait que la vie est un jeu », il s'en souvient, c'était dans un café du 7e, tout près de la station de métro à deux pas du bureau, il aime de temps en temps lui fixer des rendez-vous risqués, mais, en cas de question d'un collègue, n'aurait-il pas le droit de rencontrer une greffière qui, par exemple, voudrait lui fournir des informations sensibles ? Au fil de leurs rendez-vous, Charles a même senti que Myriam aimait cette position soumise, et qu'il aimait qu'elle aime cette domination. Qu'elle soit plus jeune n'apporte rien à son plaisir toutefois, il doit être honnête, cela a sans doute facilité sa prise de pouvoir totale sur leur relation.

Ainsi, jusqu'à ce mois de mai, tout était assez simple.

Au début, il n'a pas bien entendu, encore moins compris, la phrase de Myriam, alors qu'ils étaient assis sur un banc des Buttes-Chaumont, en bordure du petit lac dans la partie basse du lieu, suivant une autre règle imaginée par Charles : se voir parfois juste pour marcher, parler, en se touchant à peine, sans arrière-pensée sexuelle. Juste se voir et parler. Des cris d'enfants, en provenance d'un manège, avaient rendu une partie des mots inaudibles, il lui avait donc demandé de répéter : « Je vais congeler mes ovocytes, pour t'attendre. Il y a une nouvelle loi qui le permet. »

Il avait d'abord souri, mais elle attendait bel et bien qu'il réagisse.

« Je pensais qu'on n'aurait jamais à évoquer cela. Je n'y croyais pas totalement, évidemment, mais j'étais fier qu'on ait réussi…

— Je peux toujours les congeler, si tu ne veux pas, ça ne changera rien, ne panique pas.

— Myriam, s'il te plaît, tu ne crois pas à ce que tu dis.

— C'est vrai, et puisque tu ne vas pas me le demander,

je te le dis : Cédric ne veut pas d'enfant. Tu seras donc ma seule chance. Cela ne servira peut-être à rien, mais je suis libre de mon corps. Je veux vivre avec ce possible, c'est tout.

— Mais…

— Non, maintenant, pour la première fois, et peut-être la dernière, c'est moi qui te demande de te taire. »

Elle s'était levée et s'était dirigée vers la sortie du parc sans se retourner. Charles était resté seul face à un manège d'enfants, heureusement désert.

Il était rentré chez lui, vexé et furieux. Ils avaient invité Alexandra pour lui annoncer la date du mariage de Luc. Il ne savait pas quand il allait revoir Myriam, il voulait être partout sauf chez lui, il voulait être seul. Il s'était servi un grand verre de champagne avant l'arrivée d'Alexandra, qui l'avait dès son arrivée crispé avec ses airs mystérieux, cette forme de triomphalisme revanchard, presque d'insolence. Puis tout avait dérapé.

Cela devait donc être le séminaire de la réconciliation, mais, depuis deux jours, cela n'en prend pas le chemin. Myriam alterne les moments de bouderie et de joie excessive. Comme ce matin au réveil, lorsqu'elle a traversé la pelouse devant leur petite villa pour courir, presque nue, après le paon du domaine qui s'est enfui sous les rires et les applaudissements de sa courtisane. Elle a passé un été « pourri » en Grèce, trop chaud, trop de monde et un vent à décorner les bœufs. Alors elle a envie de s'éclater, « de profiter à fond, et on verra bien ensuite, hein mon chéri, après tout on s'en fout de l'avenir, on est libres comme l'air, hein ? ».

Charles quitte son transat en éprouvant une légère tristesse, leurs plus belles heures sont peut-être derrière eux. Déjà. C'est court de se voir parfois moins de dix fois par an, un claquement de doigts pour un projet d'une telle ampleur : créer une histoire d'amour qui serait singulière, peut-être unique. La chronique d'une passion freinée, retenue jusqu'à l'insoutenable. La naissance d'une tension sans cesse sur le point de rompre, mais qui résiste grâce au respect douloureusement scrupuleux des règles de Charles. Amour et souffrance.

Autant que Myriam, c'est ce jeu qui lui manquera si tout est bel et bien en train de s'évanouir.

24.

En se dirigeant vers sa chambre, Aline aperçoit, par la porte entrebâillée, celle de Charles. Rangée, la fenêtre ouverte, et l'ordinateur portable, c'est rare, ouvert sur le bureau. Il a passé la matinée enfermé dans la pièce, elle l'a entendu de temps en temps se lever et marcher, ses mocassins claquant sur le parquet. Par moments, il parlait à haute voix, riait même. Maintenant il est parti « faire son tour. » Aline s'assoit sur le lit, lisse les draps du dos de la main.

Ils ont décidé de faire chambre à part environ deux ans après leur arrivée dans cet appartement. Elle en avait eu l'idée après que plusieurs soirs Charles, malade, avait passé la nuit sur le canapé. Elle avait merveilleusement dormi. Rétabli, Charles était revenu et, alors qu'il se déshabillait, elle avait été gênée en découvrant ses fesses molles, ses épaules affaissées, son torse creusé, les poils grisonnants autour de son sexe. Ce n'était pas du dégoût, mais elle s'était sentie mal à l'aise, comme si un intrus revenait sur son territoire. Dès le lendemain de cette nuit en solitaire, elle lui avait demandé, sans détours, si cela le contrariait de s'installer dans le bureau. « Ne le prends pas mal, mais j'ai si bien dormi cette nuit, et puis… on essaye et on verra, d'accord ? » Elle avait été un peu vexée, malgré tout, en le voyant hocher la tête, comme si elle venait de formuler une évidence : à croire qu'il avait mûri la même idée mais sans, lui, avoir eu le courage de le dire : « Je comprends… tant que tu ne me demandes pas de quitter la maison ! » Le premier soir, malgré tout, Aline a longuement repensé au corps de Charles, jeune. Son torse puissant, ses larges cuisses, ses fesses qu'elle aimait tant caresser, au lit ou même en marchant dans la rue. Elle l'aimait le matin, l'après-midi, la nuit. Toujours, partout. Son propre corps lui semblait orphelin sans le sien. Vide. Inutile. Elle aimait surtout son immense tendresse quand ils étaient au lit, ses gestes lents, comme une caresse infinie, avec toujours l'envie de lui faire du bien.

Les jours suivants, ils avaient transformé le bureau en chambre. Charles avait tenu à choisir un grand lit, elle ne se souvient plus pour quelle raison, mais cela l'avait surprise car ils avaient arrêté de faire l'amour depuis longtemps déjà. Elle ne se souvient plus exactement de l'année, vers leurs soixante ans. Cela s'était éteint assez naturellement, sans efforts, sans mots. Le séisme de Cannes, et la rupture avec Alexandra, avait déjà marqué le début de cette distance physique. Après leur réconciliation à Ortigia, qui avait rompu trois mois d'abstinence, ils avaient continué mais pas plus d'une ou deux fois par mois, et encore, au lieu d'un moment hebdomadaire. Aline ne prenait plus l'initiative, mais appréciait encore lorsque Charles glissait ses mains sous les draps à la recherche de ses fesses. Elle prenait du plaisir, presque à chaque fois, tout en éprouvant une vague satisfaction lorsque c'était fini. Parfois, l'image d'Arnaud, « le bourlingueur », se formait dans son esprit coupable, comme si elle essayait de rattraper ce qui ne s'était jamais passé dix ans plus tôt, lorsque ses frissons s'étaient dilués dans sa loyauté pour Charles. Le lendemain, elle n'y pensait pas, et la fois d'après la même mécanique se répétait, jusqu'à ce qu'au fil des années cela devienne lassant. Charles s'en rendit compte, il osait moins, devenait maladroit comme si, lui aussi, il avait hâte que l'acte s'achève. Ils avaient fini par exécuter la plus pure définition du devoir conjugal, mais n'avaient jamais évoqué ce déclin, trop conscients que c'était vain, leurs corps et leurs gestes parlaient pour eux. Aline se disait parfois que garder le silence était une manière de se laisser une petite chance, si jamais un jour l'élan renaissait. Cela n'était jamais arrivé. Leur vie sexuelle commune s'était définitivement éteinte. La dernière fois qu'elle avait serré Charles dans ses bras, c'était lorsque sa mère était morte.

Son propre désir n'a pas disparu, elle le sent. Elle est encore en pleine forme. Sa médecin s'en étonne souvent, « Vous êtes un petit miracle de la nature ! ». Elle a échappé au cancer du sein, n'a jamais fumé, très peu bu, elle est heureuse d'avoir repris le sport. Elle ne voudrait plus de sexe à proprement parler, plutôt des caresses, une sorte de relaxation douce, une complicité. Mais, elle se l'avoue avec franchise, pas avec Charles, et son cancer n'y est pour rien. Cela dépasse largement leurs vieux corps.

Elle est loin, c'est tout. Elle devrait culpabiliser, s'apitoyer davantage sur le sort de son mari, mais elle n'y parvient pas. Elle lit dans ses yeux les reproches silencieux quand elle ne lui téléphone pas dès la sortie de l'hôpital, ne lui rappelle pas de prendre ses médicaments du début du repas, ou ne l'empêche pas de partir, plusieurs fois par semaine, pendant tout l'après-midi. Elle n'est plus la parfaite épouse qu'elle a longtemps incarnée, toujours au four et au moulin, veillant en permanence sur le bien-être de chacun. Même lorsqu'elle le sait déçu, il ne dit rien, les mains croisées derrière la tête, plongées dans sa tignasse que la radiothérapie n'a pas attaquée. Il regarde au loin le soleil se coucher, comme s'il pensait à autre chose ou n'avait plus rien à dire. Il y aurait pourtant tant à dire, et ils le savent tous les deux.

Aline a mis des années à y voir clair, mais le départ d'Alexandra a marqué une rupture définitive entre eux, et ce n'est pas un hasard si leur éloignement sexuel a pris racine à cette époque. Du jour au lendemain, Charles est devenu celui qui a insulté leur fille, et de la pire des manières qui soit. Même si elle ne le pense pas fondamentalement homophobe, il n'est pas à l'aise avec ce sujet, il ne parvient pas à en parler, et cela la peine. Il est aussi celui qui a craché sur l'éducation qu'ils avaient donnée à leurs enfants, broyant des années de patientes et délicates explications. Celui qui l'a privée de l'amour d'Alexandra, dont elle n'a jamais réussi à douter, et de tout l'amour qu'elle avait à lui offrir. Celui, aussi, qui a modifié ses relations avec Anouk et Virgile, devenues comme plus fragiles, subitement projetées dans l'ombre de l'absence d'Alexandra, et qui ne l'ont jamais bien compris. Elle aurait pu quitter Charles, les enfants étaient grands, et s'installer seule dans un petit appartement parisien au cœur de la cinquantaine. Mais elle a préféré leur donner une chance, ne pas tout détruire, ne pas entièrement réduire Charles à cette faute pourtant impardonnable. Et puis peut-être Alexandra allait-elle revenir, et retisser le lien entre eux, permettre une ultime explication, violente, belle et définitive. Mais les choses n'ont pas tourné ainsi, les années ont filé, elle s'est lancée dans une autre page de leur vie, jusqu'à l'arrivée dans le 15e arrondissement. Et puis il y a eu tout le reste.

Depuis l'annonce du cancer, elle pense bien sûr davantage à la mort. Celle de Charles, la sienne. Elle suit de près les débats sur la fin de vie qui agitent le pays. L'inaction de ce jeune président l'agace au plus haut point. La presse, depuis des mois, parle de l'attente des ultimes arbitrages de l'Élysée. Elle l'imagine, enfermé dans son bureau, chargé de décider comment des milliers de personnes en souffrance vont mourir. Comment un seul homme, tout puissant soit-il, serait-il capable de trancher un sujet aussi compliqué ? Elle lit des reportages sur la Belgique et la Suisse où se rendent des couples, elle imagine ces jours, ces heures, ces minutes avant le geste final. Elle a pleuré en lisant qu'un homme avait roulé des heures avec l'urne pleine des cendres de son épouse posée à ses côtés sur le siège passager. Que fera-t-elle si le cas se présente dans quelques mois ? Du sexe à la mort, le cheminement de ses pensées finit par lui arracher un sourire las. Avant de quitter la pièce, elle ne peut pas s'empêcher de réajuster les draps, de tapoter les oreillers, toujours aussi fermes. Ils s'étaient chamaillés en les achetant, Aline lui conseillait des oreillers moelleux, mais il s'était accroché à ceux-là, bien durs. Des débats de vieux couple, avait-elle songé avec tristesse. Elle s'en souvient comme si c'était hier.

25.

Charles s'accroche à la rampe, il a affreusement envie de pisser. La marche depuis chez José l'a épuisé, aujourd'hui il y a tant de monde aux alentours du parc des Buttes-Chaumont, dans les rues, le bruit est si effrayant qu'une brusque nostalgie du calme de leur maison l'étreint. Voilà, enfin le cinquième étage. « Bonjour mister Charles ! » salue joyeusement la voisine de palier, une jeune étudiante américaine avec laquelle il échange parfois quelques mots. « Bonjour, mademoiselle. » Il sort de la poche intérieure de son manteau un porte-clés sur lequel est accrochée une seule clé. Il ouvre la porte bleue, de ce bleu qu'il a aimé dès sa première visite, la ferme, marche vivement vers les toilettes. Il y reste plusieurs minutes, l'urine progresse très lentement, il prend appui d'une main sur le mur pour se reposer, s'efforce de respirer profondément. Ça vient, enfin. Il se sert un grand verre d'eau dans la cuisine, qu'il regrettera vite, constate que le frigo a été rempli, puis se dirige vers le salon et s'affale dans son fauteuil, près de la fenêtre qui donne sur les arbres.

Avec la lecture des journaux, le matin au Mi-Chemin, c'est son moment préféré de la journée. Seul, à l'attendre. Il a gardé le *Monde* roulé en boule dans son manteau, il l'en extrait pour finir de lire le portrait de Depardieu, dont le cœur a enfin flanché. Les associations féministes font la fête, le monde de la culture est bien emmerdé, le public a l'air de s'en foutre un peu, finalement, Charles aussi car, même si c'était une autre époque, ce type était vraiment allé trop loin, mais il s'oblige à lire l'article jusqu'au bout. C'est pareil avec les bouquins, il tient toujours à les terminer par une forme de respect pour celui ou celle qui s'est assis des heures chaque jour, des mois durant, pour mener à bien son travail. Soit précisément ce qu'il n'a pas réussi à faire ces dernières années, et maintenant il redoute que la maladie l'en empêche définitivement. C'est dommage car il voit de mieux en mieux la forme que pourraient prendre ses mémoires, il faudrait peut-être qu'il cherche un journaliste pour tenir la plume. Ils pourraient s'installer ici, lui dans le fauteuil, le « nègre » dans le canapé, deux ou trois après-midi par semaine, et il raconterait. Il s'endort sur ce vague projet.

Le bruit de la clé le réveille. Le soleil est brutalement masqué par des nuages, plongeant la pièce dans la pénombre. Charles a un peu froid. « Mi ? » réussit-il à articuler, depuis plusieurs jours il a la gorge irritée. « Oui ! » lui parvient une voix depuis la cuisine. Quelques secondes s'écoulent, et Myriam apparaît dans l'encadrement, les traits tirés, les cheveux mal coiffés, vêtue d'un pantalon noir et d'un long gilet gris. « En même temps, qui pourrait rentrer à part moi, tu peux me le dire ? » « C'est vrai, je ne sais pas trop… », concède-t-il. « Fatigué ? » « Oui, aujourd'hui c'est dur, je n'avance pas… » « Tu pourras prendre un taxi, tout à l'heure… » Il la regarde avec dureté, la voix reprend un timbre clair et brutal : « Impossible. Ne rien changer aux habitudes. Jamais. Je viens en métro, je rentre en métro. » Les épaules voûtées, Myriam repart dans la cuisine. Il reste dans le fauteuil, observe le soleil réapparu qui joue avec les feuilles des arbres. Myriam revient avec un plateau sur lequel reposent deux tasses, une cafetière à piston, une assiette remplie de biscuits. Elle prend place sur le canapé et les sert. « Tu as reçu le virement ? J'ai vu que le frigo était plein. » « Oui. Merci. » Il ne dit plus rien, boit à petites gorgées.

Il perçoit dans la seconde que Myriam est mal à l'aise. Il la connaît par cœur. Son regard le fuit, ses mains tremblent lorsqu'elle lui tend l'assiette, une légère transpiration apparaît à la racine de sa chevelure noire, toujours aussi dense, mais dans laquelle des cheveux gris se mêlent. « Ça va ? » « Oui, c'est surtout à toi que j'ai envie de poser la question. » Depuis que Marois a posé le diagnostic, il trouve plus de sollicitude dans ce petit trois-pièces que dans le 15ᵉ arrondissement. La distance que conserve Aline le tourmente. Elle n'est pas hostile, bien sûr, mais il s'attendait à davantage de questions, et depuis qu'elle l'a accompagné à l'hôpital elle semble sinon rassurée, presque… libérée d'un poids. C'est étrange. Une autre hypothèse est que, par son silence relatif, elle l'empêche de se plaindre et lui demande de se battre, comme s'il ne s'agissait pas d'une épreuve insurmontable et qu'il allait à l'évidence s'en tirer. De fait, il pensait que la radiothérapie, même « légère », selon le langage de Marois et de Dupieux, allait être plus éprouvante. Juste après la prise du traitement, il peut rester K.O. des heures entières dans son lit ou son canapé, puis s'ouvre une fenêtre de quelques jours où petit à petit il reprend des forces, la sensation de froid s'évanouit, l'appétit revient, c'est comme si son corps lui appartenait de nouveau. Il reprend alors le chemin du nord de Paris, part « faire un tour ». Aline désapprouve mais le laisse faire, c'est alors qu'elle lui semble s'en foutre.

D'où les souvenirs surgissent-ils ? Il se pose de plus en plus souvent la question ces derniers mois. À l'instant, en regardant Myriam, il revoit cette femme qui, le temps d'un voyage en train, s'était masturbée à ses côtés en dissimulant un livre érotique sous la fausse couverture d'une Bible. Il avait mis un certain temps à s'en rendre compte, mais, au bout d'un moment, les gémissements de la voyageuse n'avaient plus été ambigus. Il avait commencé à bander avec une force incroyable, caressant le vague espoir, tout en éprouvant une peur vertigineuse, qu'elle lui propose de la rejoindre dans les WC, car il n'y avait guère d'autre solution. Rien ne s'était passé, elle s'était évaporée sur le quai, en tirant une valise jaune. C'était il y a soixante ans environ, dans la gare de Montpellier.

Cette aisselle sombre, le sillon de son décolleté, la transpiration au-dessus de ses lèvres lorsqu'elle grignote un biscuit. La chaleur aussi, qui le pousse à entrouvrir la fenêtre d'un geste sec de la main. Mais rien ne se passe. Juste l'envie de pisser que déjà son café provoque. Sa fatigue est telle que la perspective de se lever pour déjà rejoindre les toilettes s'ajoute à sa colère naissante face à cette impression de vide.

« Tu transpires beaucoup…

— Euh, oui, il fait chaud…

— Il n'y a pas que ça. Ne me mens pas. Entre toi et moi, il n'y a pas de mensonges, tu sais bien.

— Oui.

— Bon, alors, tu as vu qui aujourd'hui ? Que se passe-t-il ?

— Mais rien de particulier ! Je n'ai vu personne, tu sais bien. Je suis restée ici ce matin, j'ai fait les courses avant que tu arrives, c'est tout. J'ai racheté ton café préféré.

— Alors je ne vois pas pourquoi tu es aussi nerveuse, tes mains tremblent ! Pourquoi ?

— Mais pour rien, qu'est-ce que tu racontes à la fin ? »

Elle pourrait se lever, partir, mais elle ne bouge pas, baissant aussitôt la voix et la tête, comme prise en faute, « Pardon.

— Si c'est ça, je m'en vais.

— Attends un peu, je peux te lire les journaux, tu n'as pas fini *Le Monde*, ou alors on écoute de la musique, attends ! »

Il s'extirpe difficilement du fauteuil, en refusant la main qu'elle lui tend, un vague étourdissement le saisit une fois debout. Il ferme les yeux, ça passe. Il remet sa veste et marche lentement vers la porte. « À demain », grogne-t-il avant de fermer la porte. Dans la rue, il peste en réalisant qu'il a oublié de repasser aux toilettes.

26.

Dominique a déjà pris Myriam Desmures en filature une dizaine de fois. Elle n'y comprend toujours rien, ça l'agace. Par chance, l'activité au cabinet connaît une accalmie momentanée qui lui laisse un peu de temps pour nourrir sa nouvelle obsession. La belle brune ne fait rien, ou presque. En tout cas l'après-midi, lorsque Dominique peut se libérer. Myriam n'est pas retournée au cinéma. Pas davantage au musée. Elle ne s'attarde pas aux terrasses, seule ou avec des amis, d'ailleurs elle ne semble pas en avoir. Elle ne quitte pas son quartier dont elle connaît les moindres recoins. Ses seules activités sont de marcher, parfois en téléphonant, ou en essayant de téléphoner car souvent elle raccroche vite, jetant son appareil dans son sac, et de faire des courses, toujours dans le même Monoprix dont elle ressort avec un sac peu rempli. Ensuite, elle s'assoit sur un banc dans le parc des Buttes-Chaumont et peut passer une heure à ne rien faire, juste regarder les passants en fumant de fines cigarettes qu'elle écrase sous son talon sans prendre soin de jeter ses mégots dans la poubelle située à deux mètres. Dominique, assise quelques bancs plus loin, le nez sur son téléphone ou dans un livre, se souvient alors des rares silences qui, de façon inattendue, avaient coupé le témoignage de Myriam, regardant alors le ciel rosissant par les hautes fenêtres du Palais de justice, brutalement absente, en totale rupture avec le flot de paroles dont elle venait de se libérer.

Lors de son audition, Myriam Desmures avait mis longtemps à dévoiler l'identité de Charles Perrière. « Ce n'est pas simple. » « Vous ne savez pas où vous mettez les pieds », alors que Dominique n'avait aucunement annoncé qu'elle mettrait les pieds où que ce soit. Myriam jouait avec sa curiosité, au point que Dominique avait été à deux doigts de couper court à cette longue confession. Mais c'était plus fort qu'elle, cette femme l'intriguait, l'avait mise en éveil. Son ancienne profession, d'abord : greffière, ce n'était pas courant d'en rencontrer une dans le rôle de la plaignante. Myriam était restée assez allusive sur sa carrière, « Ce n'est pas l'essentiel ». Dominique a, depuis, manqué de temps pour se renseigner auprès d'anciens collègues pour savoir si quelqu'un la connaissait, ou pour demander à un service des archives. Elle déteste tellement Internet qu'elle n'a pas pensé à y faire des recherches. « Et puis il y a eu l'affaire, aussi… » « Quelle affaire ? » « Non, rien, enfin si… je vous raconterai peut-être un jour, de toute façon vous allez chercher par vous-même. Mais revenons à l'essentiel. » Elle est comme ça, Myriam Desmures, sans cesse à souffler le chaud et le froid, à partir dans dix directions à la fois tout en revenant à son obsession : cet homme.

« L'essentiel » était donc sa très longue relation avec Charles Perrière, « Vous voyez, non ? L'ancien flic, le grand patron des bœuf-carottes, la caution morale de la grande maison, pfff, je t'en foutrais, des cautions morales». Dominique voyait, mais de loin, ce n'était pas le genre de flic auquel elle avait affaire. Elle avait relevé que c'était l'une des très rares fois où la plaignante s'était relâchée dans son expression. Son langage châtié, maîtrisé, allié à sa beauté physique, même désormais défraîchie, avait renforcé l'impression d'un puissant déséquilibre. Dominique n'avait jamais su sur quel pied danser, malgré sa longue expérience des auditions. Cette femme lui échappait, souvent incandescente, montant en première ligne dans le feu de ses mots, puis subitement lointaine, le regard égaré vers la ligne d'horizon. Si seule.

« Trente ans à attendre, vous entendez, madame Bontet, trente ! Plus d'un quart de siècle ! » Lorsqu'elle suit Myriam dans les rues entourant le parc des Buttes-Chaumont, Dominique se dit parfois qu'elle aurait dû l'arrêter à cet instant. Pour quelle raison, sinon l'identité certes particulière de cet amant, se transformait-elle d'un coup en une sale petite voyeuse ? Elle aurait dû lui rétorquer que le choix d'attendre pendant trente ans Charles Perrière était son affaire, et qu'elle ne pouvait s'en prendre qu'à elle-même. Que cela ne regardait en rien la Justice. Elle a pourtant écouté le récit de cette passion, les mots pleins de la sourde rage d'une femme trahie qui, au prix d'une flamme qui la consumait encore, n'avait jamais perdu l'espoir que « Charles » quitte enfin sa famille pour la rejoindre pleinement. « Mais ça n'est jamais arrivé. Alors, aujourd'hui, je demande justice. » « Et pourquoi, madame ? » « Pour trahison. Depuis trente ans, je suis sa deuxième femme. Cela vaut quelque chose, cela mérite une reconnaissance, et malgré ça je n'ai plus rien. Je veux gâcher sa fin de vie, sa belle réputation de grand flic, de grand homme. » Ce n'était pas qu'une histoire d'amour.

Dominique a commencé à se renseigner auprès de quelques policiers qu'elle a croisés au fil du temps. Si la plupart ne portent pas l'IGPN dans leur cœur, ils ont admis que Perrière avait une belle carrière derrière lui. Un de ses anciens congénères à la fac de droit s'est souvenu d'un « étudiant brillant, énorme bosseur, mais étrange dans son obsession de rejoindre au plus vite ce service. Comme si traquer les flics l'excitait plus que les voyous. À vingt-cinq balais, ça fait drôle ». « Un mec de dossiers plutôt que de terrain, pas trop le style à aimer les perquisitions à 6 heures du matin », lui a raconté un autre. Perrière est d'ailleurs assez vite rentré à la brigade financière, où son obsession des détails, son goût pour les enquêtes techniques et le respect de la procédure ont vite impressionné. Il n'y est resté que quelques années avant d'atteindre son objectif : l'IGPN. D'abord simple enquêteur, il a révélé une qualité nouvelle, l'interrogatoire. « C'était assez dingue. À trente ans, il se retrouvait parfois face à des flics aguerris, dix ou vingt balais de plus que lui, et en faute, donc vous imaginez le niveau de tension, voire d'agressivité, des mecs face à un blanc-bec qui leur cherchait des poux dans la tête. Certains le défiaient, convaincus que ce gamin allait craquer le premier. Eh bien Perrière restait froid comme la banquise, les pilonnait, il pouvait rester des heures sans boire ni manger, pas une goutte de transpiration. Une machine. Les mecs finissaient par craquer.

Vraiment curieux qu'il n'ait pas eu envie de se farcir des grosses pointures du banditisme », a raconté un ancien bœuf-carottes à Dominique. La trajectoire de Perrière a été linéaire : chef adjoint de service, puis chef, directeur adjoint et directeur à cinquante ans. « À ce moment, il s'est un peu détendu, les mauvaises langues disaient qu'il avait trouvé l'amour ! »

Myriam écrase sa cigarette, consulte son téléphone, le range, se lève et se dirige vers la sortie du parc. Dominique referme son roman, hésite. Elle devrait rentrer au bureau mais elle finit par lui emboîter le pas, par crainte de manquer quelque chose. Elle est persuadée que cette femme n'a pas encore tout dit, n'en a pas fini, n'en finira peut-être jamais. Dominique ne sait pas où, judiciairement, tout cela va la mener. Quelle peine peut sanctionner une double vie ? Comment punir l'apparente emprise qu'a exercée Charles Perrière sur Myriam Desmures ? Pour l'heure, elle ne voit pas. Elle quitte les sentiers balisés qu'elle a fréquentés toute sa vie pour s'aventurer sur le pur terrain de la morale, et ça l'excite prodigieusement. Comme aimantée, elle finit par suivre Myriam qui ne semble pas bien où se diriger. Elle s'engage dans les rues, s'attarde devant une vitrine, repart, hésite à des croisements puis finalement revient dans le parc, semblant cette fois connaître son chemin. Elle finit par s'asseoir sur un banc, devant un manège, et contemple les enfants en train de crier et de rire.

Car Myriam a aussi dit : « Je demande également réparation pour abandon de famille. »

27.

La porte s'entrouvre si lentement qu'Alexandra devine que c'est elle. De là où elle se cache, derrière un kiosque à journaux fermé de l'autre côté de l'avenue de Suffren, elle imagine les efforts de sa mère pour d'abord tirer le lourd panneau en bois, le contourner et glisser une jambe, la droite, de façon à utiliser ses deux mains pour maintenir le poids à distance, ramener la jambe gauche, tout lâcher, pivoter et se retrouver enfin face à la rue. Alexandra ne se détend pas, dans les poches de son jean les poings restent serrés. Elle compte jusqu'à vingt et lâche enfin une longue respiration : il ne sortira pas.

Sa mère avance à un bon rythme, les pieds rapprochés elle enchaîne des petits pas, donnant cette impression qu'elle est toujours pressée, obligée d'attendre les autres, hésitant à se retourner pour vérifier qui suit. Alexandra revoit une route qui longe une baie bretonne, c'est une départementale goudronnée, presque aucune voiture ne passe, ce sont les vacances, le temps pour une promenade digestive dans l'air tiède et iodé, mais sa mère avançait vite, juste par habitude. Vingt-cinq ans après, voilà le premier souvenir, insignifiant, qui remonte en la voyant. J'ai dix mille souvenirs, pourquoi celui-là ? songe Alexandra qui traverse la rue.

« Fais simple. Comme quand tu es allée voir Mortier, martèle Juliette depuis des jours. Tu la suis, tu choisis le bon moment pour ne pas déclencher le malaise cardiaque, pas de coucou en lui tapant sur l'épaule ! Tu patientes, tu t'approches pas trop vite, de façon à ce qu'elle ait le temps de te reconnaître, et puis tu dis… ben là c'est toi qui vois, et pareil pour la bise ou pas, je ne peux pas tout faire, hein ! » Aline semble savoir où elle se rend, elle n'hésite pas, petite dame qui respecte bien les passages piétons, attend sagement que le feu passe au rouge. Elle porte une jolie veste jaune pâle, un pantalon noir et des chaussures souples de couleur crème. Elle a maigri, songe Alexandra, mais de façon normale, lui semble-t-il, comme les personnes âgées qui se rabougrissent, dont la peau se tend et s'assèche. Vingt-cinq ans. Elle avait cinquante-quatre ans, quasiment l'âge d'Alexandra aujourd'hui mais, elle, ne peut pas imaginer un enfant lui tourner le dos. C'est encore irréel de suivre sa mère des yeux, et pourtant c'est plus simple qu'elle ne l'avait imaginé. Il fallait franchir le pas, comme lors de son retour dans leur quartier. De loin, on imagine que tout a changé, qu'on va être perdu, mais c'est prêter trop de pouvoir au temps et aux êtres. Tout ne se transforme pas si vite, sans accident physique majeur, même un quart de siècle n'est pas grand-chose.

Aline s'arrête devant un fleuriste. Elle tourne, renifle, palpe des feuilles pour en tester la fraîcheur, puis se décide pour un joli bouquet de myosotis. Elle paie avec deux billets, remarque Alexandra qui bloque sa respiration, le corps déjà en mouvement pour surgir sur le flanc droit, avant de se relâcher dans ces mots qui viennent, tout seuls, « Comme c'est gentil, madame ! », les mains tendues pour accueillir le bouquet, sourire aux lèvres, rire c'est quand même trop compliqué. Tandis que sa mère tourne la tête, Alexandra sait que déjà elle sait mais, mais malgré tout, un « Oh » puissant sort de sa bouche, un vrai « Oh » de surprise, le surgissement d'un réel qui s'était enfoui trop loin en elle. Puis un « Alexandra… », cette fois soufflé comme un soulagement, un mot sur lequel elle pourrait se reposer, s'arrêter sur le bord du chemin pour reprendre des forces. Alexandra se penche et étreint sa mère, il faut des gestes rassurants, tout de suite, ne pas être ambiguë sur son intention. Elles s'enlacent et s'embrassent maladroitement dans le froissement du papier qui emballe les myosotis. Elles sont si proches, mais encore si loin l'une de l'autre.

« Ça alors… », murmure Aline lorsqu'elles se séparent. « Tu savais où on habitait ? » « Pas depuis longtemps, depuis que je me suis décidée… Viens, on va se mettre au café, là, tu peux, tu as le temps ? » « Du temps, je n'en manque pas, tu sais… même si je ne sais pas pour combien de temps ! » Elles rient ensemble, sans faire semblant. Alexandra laisse sa mère choisir une table, juste à la frontière entre la salle et la terrasse, elles commandent deux thés. Alexandra a beaucoup réfléchi avant ce jour, elle ne veut pas tout dire, se raconter ces vingt-cinq années, là, tout de suite, serait hâtif et imparfait. Elle veut déjà espérer qu'il y a aura un besoin et une envie de se revoir. « Tu partais aux courses ? » « Non, non, j'apportais ces fleurs à une amie qui est tombée, col du fémur cassé, et qui est coincée chez elle. À nos âges… » Alexandra est attendrie par la beauté de sa mère. Une vraie belle petite vieille, se dit-elle en souriant. Aline s'est comme rétrécie, sa taille, son visage, ses mains lui apparaissent plus petites, mais ses traits, bien que légèrement affaissés, restent aussi délicats, pas enfoncés dans de profondes rides. Alexandra n'est pas surprise qu'elle se fasse encore des couleurs qui mêlent ses cheveux blonds aux gris, la coupe est courte, moderne. Elle aime que sa mère se tienne droite, que ses mains ne tremblent pas lorsqu'elle porte la tasse à ses lèvres. « Le quartier est très bien, je l'avais repéré il y a un moment, tu sais bien… Et puis on ne pouvait plus rester là-haut, avec tous ces étages. Nous sommes ici depuis une dizaine d'années, enfin Mortier a dû te le dire lorsque tu es passée… » Elles sourient, se comprennent. « Tu y retournes souvent ? » lui demande Alexandra. « Oh non, c'était la première fois depuis notre départ, presque un hasard… Et toi, tu es donc restée à Paris ? » Alexandra lui raconte Juliette, leur vie dans le Marais où elles ont pris racine, dans la même ville, à quelques kilomètres, si proche mais qu'elle a rendue invisible. C'est Aline, d'ailleurs, qui formule la première cette évidence, « Dire qu'on aurait pu se croiser… », sa fille acquiesce pour lui faire plaisir, mais non, seul un grand hasard aurait pu provoquer cette rencontre. Elle passe assez vite sur son travail qui associe presque naturellement le souvenir de Cannes. Les mots se bousculent, par instant elle ralentit, se contraint à ne pas trop entrer dans les détails. Ce n'est pas le moment, il faut balayer les grands chapitres, reprendre contact. Aline boit son thé en l'écoutant, les deux mains enserrant la tasse qu'elle ne repose pas. Une ombre de sourire éclaire son visage, Alexandra n'est même pas certaine que sa mère retient tout ce qu'elle raconte, la musique de sa voix semble la combler.

Quand vient son tour, Aline peine à raconter, bredouille des « Nous, ça va, ça va… ». Elle ne sait pas par où commencer, ne parvient pas à parler d'elle, toujours « nous ». Elle donne le sentiment que rien ne s'est passé hormis leur déménagement, le temps s'est écoulé, ils ont appris à vieillir, presque à survivre, voilà pour l'essentiel. Puis Alexandra comprend, coupe court à l'hésitation qui bloque sa mère, et qui ne la surprend pas. « Il va comment ? » Elle ne réussit pas à dire *papa*, elle comptait sur la spontanéité de la discussion mais non, ça coince toujours. Sa mère prend le temps de répondre. « Il est malade. Un cancer de la prostate diagnostiqué il y a quelques semaines. Un début de cancer, comme il dit… Début ou pas, peu importe, il est là. » Alexandra encaisse. Vingt-cinq ans de silence ajoutent à la difficulté d'absorber une telle annonce, comme si elle se retrouvait coupable d'avoir perdu tout ce temps. Mais elle n'est pas la coupable, elle redresse son dos et se tient droit. « Ce n'est de la faute de personne, une maladie comme ça, précise Aline qui a remarqué le malaise de sa fille. De toute façon c'est presque devenu chronique, les cancers, il y en a partout. Mais ça se soigne mieux qu'avant.

— Vous êtes très inquiets ?

— Lui, oui. Il ne dit pas grand-chose, mais je le vois bien. Il a basculé, ailleurs. Il parle moins, il mange moins, on dirait qu'il s'est arrêté de vivre, dans l'attente de l'évolution du traitement.

— Et toi ?

— Par principe, je vais contre lui. Je suis presque obligée de réagir comme ça, autrement on coule. Et de toute façon, à notre âge, notre temps est compté, inutile d'en perdre davantage à se morfondre. »

Les deux femmes restent un temps silencieuses. Alexandra observe les passants, songe que personne ne peut concevoir l'importance et l'intensité de ce qu'elles sont en train de vivre, cette mère et sa fille qui boivent un thé. Peut-être, autour d'elles, des hommes et des femmes vivent-ils un moment aussi décisif, comment savoir ? La réflexion la plonge dans un mélange de solitude et d'humilité. Un léger vertige la saisit, a-t-elle, malgré toutes ces semaines de réflexion, agi trop vite ? Ces retrouvailles ont-elles du sens, que va-t-il se passer désormais ?

« Tu voudrais le revoir ? lui demande Aline.

— Je ne sais pas… il me faut peut-être du temps. Ça a déjà été long de me décider à faire ce que je fais aujourd'hui, j'ai eu parfois peur que tu me claques la porte au nez…

— Vraiment ? Oh ! Comment as-tu pu penser ça ?

— Tu aurais pu me reprocher de vous avoir abandonnés, c'est tout.

— Je sais ce qui s'est passé. Je n'ai jamais oublié.

— Vraiment ?

— Bien sûr.

— M'as-tu cherché, toi ?

— Au début, oui. Les premiers mois, j'ai souvent marché dans ton quartier, en espérant que tu n'aies pas déménagé. Cela n'a pas suffi, je ne t'ai jamais croisée. Puis j'ai pensé que tu ferais signe un jour, mais tu ne répondais pas à mes lettres, alors j'ai espacé mes visites. Et cette période est devenue aussi particulière pour moi…

— Pourquoi ?

— Je te raconterai, plus tard. On ne va pas tout se dire aujourd'hui, non ? »

Un petit rire nerveux saisit Aline, qui surprend Alexandra, elle n'avait pas anticipé que sa mère allait se dissimuler derrière des secrets. C'est elle qui n'en a pas, comme si, finalement, elle avait vécu ce long vide avec moins d'intensité qu'Aline. Cette pensée la trouble, la déçoit presque.

Une grande fatigue l'envahit, une légère fraîcheur s'abat sur la terrasse.

28.

« On y va, il commence à faire frais, non ? » demande Aline en relevant le col de sa veste. Alexandra hoche la tête et avale sa dernière gorgée de thé. « Non, non, tu plaisantes », insiste Aline. « Mais c'est moi qui... » « C'est peut-être toi qui, mais c'est moi qui paie. » Aline reconnaît la petite moue de déception sur le visage de sa fille, les lèvres qui s'arrondissent et prennent une forme boudeuse. C'est si furtif qu'il faut être sa mère pour la repérer, s'amuse Aline. Elle reprend son bouquet de myosotis et regarde Alexandra s'éloigner vers les toilettes. Une bouffée de fierté l'envahit. Sa fille est grande, belle, elle parle vite, elle marche vite, elle a de magnifiques cheveux blonds, elle respire la vie. Elle souffre toujours, de cela aussi Aline est sûre.

Vingt-cinq ans de séparation ne suffisent pas à effacer l'instinct. Des siècles n'y suffiraient pas. Alexandra a construit sa vie mais elle porte encore la brûlure de leurs affrontements, voilà ce qui l'a guidée aujourd'hui, Aline le sent. Alexandra vient, même si elle ne le sait peut-être pas elle-même, solder des comptes, mettre de l'ordre dans sa vie. Très vite, sa mère a décidé de ne pas l'interroger sur les raisons profondes de ses retrouvailles, même si l'idée l'a traversée dès qu'elle a retrouvé la douceur de ses joues. Quel choc, tout de même ! La confidence de Mortier sur le passage d'Alexandra en banlieue ne l'avait pas quittée, mais de là à imaginer une démarche si rapide, si nette, et en même temps si simple, il y a un gouffre qu'elle n'avait pas osé franchir. Se retrouver était donc possible. Que de temps gâché.

Elles se sont quittées il y a moins de dix minutes. L'automne est en approche, c'est un de ces premiers après-midi où le fond de l'air bascule tôt dans une fraîcheur sèche, un peu coupante après la moiteur de l'été, surtout ces dernières années. Aline garde ses myosotis au creux du bras mais elle marche sans destination particulière. Il n'est plus question d'aller écouter sa copine se plaindre de son fémur fêlé, elle ne pourrait pas se concentrer et penser à autre chose. Alexandra n'a pas été très curieuse d'Anouk et Virgile, mais Aline sait que leurs relations se sont largement distendues. Elle aurait aussi aimé en savoir un peu plus sur le travail d'Alexandra, le monde de la mode et du cinéma la fascine toujours. Quand elle va voir un film, toujours sans Charles, elle regarde le générique jusqu'au bout, avec le temps elle a compris que les costumiers apparaissent en général vers la fin, c'est écrit petit et ça va vite. Elle a vu le nom d'Alexandra deux ou trois fois, partagée entre fierté et tristesse. Elle s'est toujours imaginé sa fille voyageant un peu partout en Europe, sans doute au-delà, peut-être même vivre dans un pays lointain, c'est une industrie mondiale après tout. Mais non, elle n'a pas quitté ce Marais qui lui a toujours inspiré une forme de peur irrationnelle, une sorte de zone interdite, codifiée, même si Aline, du moins à l'époque où elle y faisait un crochet – mais de cela elle ne lui a rien dit – a bien compris que le quartier s'est largement normalisé. Depuis dix ans, elles vivent donc à quelques kilomètres l'une de l'autre, et c'est sans doute la nouvelle qui l'a le plus attristée. Une sorte de précipité du gâchis que lui a toujours inspiré cette engueulade avec Charles, un concentré de son impuissance même si, à cinq ou cinq mille kilomètres, il a été un temps où, si elles étaient tombées nez à nez, la réaction d'Alexandra aurait invariablement été de changer de trottoir. Ce temps est donc révolu, mais maintenant ?

Elle s'est éloignée de son quartier, n'a pas été attentive aux noms des avenues et boulevards et, lorsqu'elle y prête attention, elle ne sait plus bien où elle se trouve. Le ciel a viré au bleu marine, elle préfère demander conseil à un jeune couple qui, en souriant, la met sur le chemin du retour et lui conseille de se renseigner à nouveau un peu plus loin. Elle a été surprise qu'Alexandra parle de son père la première. Sans doute un égard pour son grand-âge, un réflexe de protection, la conviction, peut-être, que la souffrance est d'abord dans le camp de la mère, tiraillée depuis l'origine. Très vite pourtant, Aline a su qu'elle devait mettre le sujet sur la table. La maladie l'y oblige. C'est, après leur emménagement dans ce quartier, l'information la plus importante de leur vie de couple. Et la plus urgente à transmettre.

Elle ne pouvait pas passer sous silence la vie de cet homme qui reste, même aujourd'hui, le principal obstacle entre elles. Alexandra n'a pas évoqué le désir de le revoir, du moins pas si vite, et Aline doute que cela soit une bonne idée. Cela fait des années qu'elle n'a pas évoqué avec Charles l'engueulade sur Cannes, tombée dans un trou noir, une zone de douleur silencieuse. Elle n'a pas oublié les excuses d'Ortigia, les années suivantes elle a ressenti la souffrance de son mari par des allusions, des regards. Mais, depuis leur arrivée dans le 15e, l'existence d'Alexandra s'est lentement effacée de leurs conversations, surtout à l'initiative de Charles, réagissant de moins en moins aux souvenirs d'Aline, jusqu'à garder un silence total. Au fil du temps, seule la chaise vide lors des repas de famille a témoigné de l'existence de leur fille.

Aline lève les yeux vers leur appartement. Aline est surprise par un sentiment inconnu en cinquante ans de vie commune : elle n'a pas envie de rentrer. À quatre-vingts ans, alors qu'elle a maintenant vraiment froid, qu'un bel appartement l'attend, lui prend l'envie absurde de se chercher une chambre d'hôtel, une de ces chambres confortables et anonymes dans laquelle n'importe quelle vie peut se glisser et s'y faire sa place.

Elle n'est ni triste ni amère. Une fureur comme elle en a rarement ressenti l'étreint, une brûlure si vive qu'elle ne semble pas venir de si loin. Elle serre ses lèvres à s'en faire mal. Elle se sent femme et mère à la fois, ces deux identités douloureusement unies dans un même corps, capable d'entendre la souffrance dans les silences de son enfant. Dans un mouvement presque simultané, la colère contre le temps perdu, la lâcheté et l'injustice se mêlent. Pour la première fois depuis vingt-cinq ans, elle a l'impression de se retrouver très exactement dans la peau d'Alexandra. D'être capable de devenir à nouveau sa complice.

29.

Son chemisier était-il blanc ou blanc avec des rayures bleues ? Aline revoit Alexandra, sa coupe de champagne à la main, courant dans la pente, le visage ravagé par les larmes, rien n'y fait : elle ne se souvient plus avec certitude des vêtements que portait sa fille, ni de ses derniers mots. Elle repense à la confidence d'une collègue qui lui avait raconté combien la dernière demande de son père avant de mourir, que personne ne prenne la parole pendant ses obsèques, l'avait frustrée.

Deux ans déjà. Ni appel, ni SMS, ni mail, quelques promenades alibis dans le Marais mais avec son métier, ses lettres restées sans réponse, Alexandra a sans doute quitté Paris. Peut-être même a-t-elle migré juste pour prendre ses distances avec eux.

Demain, c'est la rentrée. L'avant-dernière, comme l'a résumé une de ses collègues pour atténuer le virage de cette retraite qui approche. Elle a commencé à travailler jeune, aurait pu partir à soixante ans, mais elle a préféré avancer l'échéance, histoire de profiter de la vie. Elle redoute déjà son pot de départ, le discours hypocrite du proviseur, les applaudissements des collègues, peut-être quelques larmes, le cadeau, un chèque-voyage sans doute, tiens, ils pourraient retourner à Bangkok. Aline n'a plus besoin de préparer quoi que ce soit, elle maîtrise son programme sur le bout des doigts, peut-être jettera-t-elle un œil, ce soir, à quelques cours, mais ce sera purement par acquit de conscience. Elle descend dans la cave chercher son matériel de jardinage, l'été, encore très sec, a provoqué des dégâts dans le jardin, des plantes ont crevé, d'autres peuvent encore être sauvées *in extremis*, partout il faut tailler, remettre de l'ordre, un vrai travail de rentrée.

Elle remonte les escaliers en prenant appui sur la rampe. Elle aurait dû profiter de ses derniers jours de congés pour prendre rendez-vous chez le médecin. Toutes les vacances, elle s'est traînée sur les sentiers grecs, agacée de sentir ses jambes gonflées, son cul si lourd, toujours à la traîne derrière Charles. Un jour, elle a commencé à crier pour qu'il ne prenne pas trop d'avance, mais sa voix s'est perdue dans le meltem, il a poursuivi son chemin sans se retourner. Elle l'a rejoint sur la plage vingt minutes plus tard, furieuse et honteuse. Il ne s'est pas excusé.

Elle commence à tailler distraitement, assez vite elle manque de se couper la main. C'est la première année qu'elle n'apprécie pas ces quelques jours en solitaire de la fin de l'été. Cette année le séminaire de Charles est à Marseille, il le lui a annoncé au dernier moment mais c'était pratique pour rentrer d'Athènes. Elle aurait dû rester un peu plus longtemps à traîner à Plaka plutôt que de revenir dans cette maison qui lui paraît trop grande, presque vide. Quand elle aura fini le jardin, elle va commencer à jeter un œil sur les sites de logement. Elle s'amuse de son excitation à l'idée d'habiter dans le centre de Paris, même si c'est dans plusieurs années, ils ne sont pas pressés et la recherche peut s'avérer très longue. Première étape, elle a enfin convaincu Charles que c'était la bonne idée, lorsque leur mobilité sera réduite ils auront tout sous la main, commerces, restaurants, cinémas, parcs, « On ne va pas rester vingt ans perchés sur notre colline, hein ! ». « Mais pourquoi tu parles tout le temps de mobilité réduite ? On peut être en pleine forme jusqu'à quatre-vingt-dix ans ! » « On en reparlera en bas, tu verras, un jour tu me remercieras. » Elle sait qu'il fait semblant de résister, sur toutes les grandes décisions, elle a toujours gardé la main.

Le soleil commence à cogner, il n'est pas encore 11 heures. Aline se rend dans sa cuisine, un coup d'œil vers les résidents de la maison de retraite en bas, leurs fauteuils alignés au soleil sur la terrasse, et se sert un grand verre d'eau. En repartant vers le jardin, elle découvre Jean Mortier sur leur perron, qui s'apprête à sonner. « Jean, entre, ne reste pas sous ce cagnard ! » Jean est le voisin idéal, discret, gentil, toujours prêt à donner un coup de main, « Je t'ai aperçue bosser dans le jardin, tiens, si tu veux essayer, je viens d'acheter un nouveau sécateur électrique, hyper léger, hyper pratique, ça te fera gagner un temps fou… enfin si tu as envie de gagner du temps, après tout ! ». Il rigole de son mot, il aime jouer au sage. Il est une sorte d'assureur, Aline n'a jamais bien compris ce qu'il fabriquait concrètement, il en parle très peu, il semble même s'en foutre. « Euh… pourquoi pas, merci ! Je ne suis pas pressée mais je veux bien essayer, si c'est léger ça devrait me convenir. Un verre d'eau ? » « Allez, j'ai cinq minutes… » Elle repart en cuisine, lui tend son verre et ils s'installent sur le petit banc du jardin, à l'ombre. Jean est déjà passé deux jours plus tôt, ils se sont raconté leurs vacances, il a découvert l'Albanie avec sa femme, « une belle surprise, je n'aurais pas cru, avec un tel régime… remarque, le Myanmar, c'est beau aussi, ce que je dis n'a aucun sens », si bien qu'ils n'ont pas de sujets évidents. « C'est du boulot, un jardin, quand même… » Au-delà du peu d'intérêt, le ton de Jean intrigue Aline : lent, sans conviction, la voix presque chevrotante. « C'est certain… Ça va, Jean ? » Autant l'aider. Aline ne lui connaît pas de souci particulier, mais elle sait de longue date le poids de l'infertilité de Michelle, « notre plus grand regret », a souvent soufflé Jean à la fin d'un dîner. Il boit une grande gorgée, se tourne vers Aline, le regard un peu triste avant même de parler. « J'ai vu Charles mardi. Ici. » Nous sommes vendredi et il sait ce qu'implique sa phrase. Chaque année, au moment de leur départ, Aline leur donne leur programme au jour près, afin qu'il sache quand il peut cesser d'arroser le jardin, et de faire ses petites promenades de surveillance, le soir après le repas. Aline est rentrée la veille, comme prévu, mais, mardi, Charles aurait dû être à Marseille.

Comment doit réagir une femme dans un cas comme celui-là ? Ou un homme, d'ailleurs. Voilà ce qui vient à Aline. Mais elle sait que cette question n'est que pure diversion, une sorte d'exercice rhétorique pour faire barrage au choc de l'annonce. Car c'est bel et bien une annonce, il n'y a pas plus fiable que Jean Mortier, insoupçonnable d'une quelconque malveillance. « Mardi ? Ici ? Ah, il y a un souci alors… » Sa voix se fissure, elle finit son verre d'eau, songe un instant à le fracasser sur le muret qui leur fait face. Elle repense à son passage à l'IGPN, il y a cinq ans, ce soupçon irrationnel, à son air con devant les deux plantons, Dieu comme elle devait avoir l'air con. Elle forme une question théorique pour se protéger du réel, grappiller du temps : est-ce plus dur à encaisser à soixante ans qu'à quarante, quarante-cinq, cinquante ans ? Elle sait qu'il n'existe pas de réponse. Jean, plus que jamais hésitant, ose enfin passer un bras autour de ses épaules. Un seul élément atténue la violence du moment : cette colère sourde qui n'a jamais quitté Aline depuis l'épisode de Cannes qui, décidément, ne s'éloigne jamais de leur vie. Quand elle se concentre strictement, avec toute l'intensité dont elle est capable, sur ce moment, sur le visage dévasté d'Alexandra, sa rage est telle que la révélation de Jean devient un peu moins incandescente. L'acidité du souvenir la prépare presque à la deuxième phrase, qu'elle attend comme le coup de grâce, et que prononce Jean sur le petit banc de pierre : « Charles n'était pas seul. »

30.

Une semaine s'est écoulée depuis la révélation de Jean Mortier. Une semaine de torture. Ce matin, en déposant quelques vêtements dans la chambre d'Alexandra, qu'Aline n'a pas voulu transformer en sanctuaire inviolable, elle a déplacé une pile de livres dont est tombé *Au-delà de cette limite, votre ticket n'est plus valable*, que Charles a donc déposé ici, sans doute pour s'en débarrasser. Depuis une semaine, chaque souvenir prend une teinte nouvelle. Mentait-il déjà sur son bonheur ce jour-là ? Depuis combien de temps ? Ou était-il alors seulement sur le point de tricher ? Elle l'avait vu écraser une fourmi avec son couteau, ce souvenir remonte et la glace.

Elle n'a presque rien obtenu lorsqu'elle l'a harcelé le soir de son retour. Après le passage de Jean, elle ne pensait qu'à « ça ». Devant sa classe, le jour de la rentrée, pour la première fois elle s'est emmêlée en expliquant l'emploi du temps. Et pourtant elle ne pouvait pas encore définir « ça », ce qui ajoutait à ce mélange de colère et de frustration. « Ça », c'était le passage de Charles à Sèvres alors qu'il devait déjà être à Marseille. Pour un couple comme le leur, c'est déjà beaucoup trop, « ça » signifiait sans doute aussi qu'il avait rogné sur plusieurs jours de vacances pour faire autre chose. Et avec quelqu'un d'autre. Si Jean, si pudique, si mal à l'aise de sa découverte, n'avait pas voulu en dire beaucoup plus, il avait tout de même devancé sa question. Oui, Charles était accompagné, « par une femme ». Elle n'avait pas pu s'empêcher d'insister, mais il n'avait pas bien vu, « Je ne peux pas te dire si elle était plus jeune que lui, mais je crois... ». Sans doute le savait-il et le lui dirait-il un jour, dans dix ou vingt ans.

En attendant Charles, elle s'est remplie de colère, heure après heure, presque avec méthode. Elle a pensé aux enfants, aux vacances, aux repas de famille, aux soirées à la maison ou chez des amis, à l'énergie qu'elle a mise dans chaque moment, à sa mère qui avant elle avait fait la même chose, à ces dix minutes qu'elle avait volées, le déjeuner des cinquante ans de Charles, pour se changer à la hâte, inquiète de ne pas lui plaire dans sa robe verte tant elle l'avait choisie à la va-vite. Elle pense même à ce pyjama acheté la veille dans une boutique spécialisée vers Vincennes, à l'autre bout de Paris, parce que, même pour un pyjama, c'était ce modèle qu'elle voulait et aucun autre. L'amour est dans les détails, a-t-elle toujours considéré. La colère a pris sa place sans difficulté, un bloc brut, minéral.

Charles a admis être repassé par Paris, en niant la présence d'une femme. « J'irai dire deux mots à Jean, ce n'est pas possible de raconter une telle connerie », a-t-il cinglé lorsque Aline a livré sa source, en plein accord avec Jean, à quoi cela servirait-il de rajouter un mensonge à des mensonges ? « Ne change pas de sujet, ce n'est pas Jean le problème, pourquoi m'aurait-il menti ? Le problème, c'est toi. » Elle était appuyée contre le plan de travail dans la cuisine, lui contre la porte, les mains dans les poches de son pantalon, à tripoter des clés et des pièces de monnaie, leur tintement lui avait semblé si vulgaire. Ils n'avaient pas fait l'amour depuis plusieurs mois, songeait Aline en regardant sans envie la poitrine bronzée de Charles par la chemise entrouverte, mais elle n'avait même pas vraiment fait ce lien ces derniers jours. Ce n'était pas l'aspect le plus prioritaire, encore moins le plus urgent, cela n'avait même aucune importance à côté du sentiment de trahison qui la brûlait. Son corps lui échappait.

« J'ai dû revenir pour une enquête, une audition compliquée, un collègue qui ne s'en sortait pas. J'ai dormi à la maison, seul, puis je suis redescendu dès le lendemain à Marseille. Tu veux peut-être aller à l'IGPN pour vérifier si le séminaire s'est bien tenu? » Aline n'a rien dit, mais elle ne vérifiera pas, ce n'est pas la peine. Ou plus tard, peut-être, si l'envie lui vient d'en savoir plus. Elle a regardé Charles et n'a retenu qu'une seule chose : c'était un rapport au monde qui s'effondrait, disparaissait sous ses yeux. Cet homme, qui depuis presque trente-cinq ans répétait que sans des principes, des règles, des lois, la société entière menaçait de s'écrouler, s'effaçait dans son mensonge. C'était même cette intransigeance revendiquée qui le rendait impitoyable, l'exposait à ce que cette règle s'applique à lui-même, et ce jour était arrivé. Même son ton de voix incertain, subitement fragile, ne l'avait pas convaincue. Et ces secondes de trop, suspendues, lorsque Aline lui avait demandé « Elle est jolie, au moins ? », son absence de démenti, juste ce « Pfff… » jeté sans même le dédain de celui qui assume être pris en faute, avant de s'échapper vers le jardin, manquant de chuter sur le perron.

Un homme dans sa globalité s'effondrait devant elle, le mari, le père, l'amant, le flic. Dans les années qui avaient suivi l'épisode de Cannes, déjà, elle s'était battue pour vivre à contre-courant du dégoût que la scène lui avait inspiré. Pour ne pas y croire totalement. À Ortigia, elle avait écouté les explications et les excuses. Elle avait appris, vaille que vaille, à vivre sans Alexandra, et avec lui, seule avec lui. Elle s'était convaincue qu'il avait dérapé et qu'il souffrait. Aujourd'hui, en était-elle certaine ? Quelle était leur situation réelle à cette époque ?

Ce vertige va la poursuivre pour toujours, c'est impossible autrement, sauf à perdre la mémoire. Chaque matin, c'est la première pensée qui lui vient, et la cloue au lit. Si elle veut survivre, avec ou sans lui d'ailleurs, lorsqu'il sera l'heure de se confronter à cette idée, lorsque le choc sera digéré, il va falloir revisiter toute leur vie. Chapitre par chapitre, étape par étape, elle va fouiller, analyser, forcer les portes de ses souvenirs pour disséquer chaque moment, en évaluer l'authenticité ou y détecter la trace de la tricherie. Déjà, le mensonge de Charles sur son âge, au début de leur histoire, lui revient comme un début de torture, cet instant où les bourreaux posent un bandeau sur vos yeux, où l'envie de pisser vous saisit, la peur attrape vos entrailles. Elle sait déjà que la tâche sera trop vaste, impossible à abattre sinon à devenir folle, emmurée dans ses souvenirs. Mais si elle n'essaye pas, ce n'est pas la peine de continuer à vivre ici, elle peut déjà boucler ses valises. Car l'enjeu de ce mensonge va bien au-delà de l'adultère : c'est la trahison qui peut en faire surgir d'autres, n'être que la messagère des prochaines. Elle n'a que deux solutions : partir tout de suite, ou jamais. Elle n'exclut rien. Mais si elle reste, sa mission sera d'assumer parfaitement cette décision, de vivre avec jusqu'à la fin de ses jours. Et, peut-être, d'en tirer les conséquences, même bien plus tard si la colère ne s'efface jamais, si le pardon ne trouve pas son chemin dans son cœur.

Elle prend place derrière son bureau où le premier paquet de copies de l'année l'attend. C'est un joli samedi de septembre, Charles est au marché, il va bientôt rentrer avec un kilo de moules qu'il va passer sous l'eau avant de peler des pommes de terre pour quelques frites. De sa table, elle va l'apercevoir dans la cuisine, la radio en fond sonore mais juste ce qu'il faut pour ne pas la déranger. Elle sait que cela va se passer ainsi parce que c'est le premier week-end depuis ce premier séisme dans leur relation, Charles va donc agir comme si rien n'avait existé. Elle le connaît par cœur. Dans la tempête, il va revenir vers l'ordre, les habitudes.

Elle sourit, mais sa bouche pleine d'amertume se déforme. Ils auraient pu prendre la direction de la vieillesse en confiance, un regard valant bien des mots. Ils vont l'emprunter sous surveillance, avec des silences pleins, des paroles fragiles comme de la porcelaine. Et sans Alexandra.

Alors qu'ils dirigent vers leurs soixante ans, ils doivent tout reconstruire, ou finir de tout détruire.

31.

Antoine dort du sommeil du juste, sur le dos, les bras derrière la tête. Après quarante ans de vie commune, Dominique est toujours stupéfaite de la capacité de son mari à s'endormir, quel que soit le scénario de la journée. Ou de celle qui consiste à l'écouter, avec cette même infinie patience, raconter les étapes de ses enquêtes. La dégustation d'un ou deux verres de vin, en début de soirée, pendant qu'elle détaille ses auditions du jour, ses recherches, ses réflexions, ses doutes, jusqu'à ses réunions sur les statistiques ou les budgets, est un de leurs rituels. Selon l'intensité de la journée, Dominique trouve plus ou moins bien le sommeil, mais Antoine, toujours. Même son ronflement reste doux, régulier, parfois il berce Dominique. Pas cette nuit.

Depuis des semaines, et ce soir encore, elle a bassiné Antoine avec l'affaire qui envahit toutes ses pensées, bien qu'elle ne figure pas à son agenda, ni nulle part d'ailleurs : Myriam Desmures contre Charles Perrière. Antoine se passionne pour ce dossier qui comble son penchant pour la philosophie et les questions morales. « Elle est géniale cette histoire, quel merdier ! » s'enflamme-t-il régulièrement. Aujourd'hui, il s'est exclamé « Il y a tout et rien dedans, j'adore ! », une formule qui maintient Dominique éveillée, le cerveau à plein régime, son instinct à vif.

C'est vrai qu'il n'y a rien dans cette histoire : une femme, pas très équilibrée, qui aime en vain un homme depuis trente ans. Et il y a tout : une femme, pas très équilibrée, trahie par un ancien grand flic, figure publique, respectée, incarnation du respect de la loi, menant une confortable et discrète vie bourgeoise, marié et père de famille, père de trois enfants, puis d'une autre dont il ne s'est pas ou très peu occupé, selon la version de Myriam qui n'a pas voulu en dire plus, « C'est nous deux le plus important, madame Bontet, je m'en fous de sa famille, je n'en sais presque rien, et notre fille, c'est encore autre chose, je vous raconterai plus tard ». Un beau merdier, effectivement, songe Dominique en se roulant une nouvelle fois dans les couvertures. Antoine ne bronche toujours pas.

Dominique se répète qu'elle ne devrait pas se mêler de tout ça. Elle le sait depuis le premier jour, lorsque Myriam a quitté son bureau. Mais c'est impossible. Pas après ces décennies à recevoir ces femmes trompées, frappées, humiliées, arnaquées, ruinées. Dominique ne s'est jamais définie comme une juge militante. Elle a fait condamner des femmes pour violences sur leur mari, elle a visité des prisons de femmes, elle garde un souvenir glaçant de celle de Rennes. Elle connaît tout cela, mais qu'on ne vienne pas lui raconter d'histoires : 98 % des auteurs de violences sexuelles et sexistes sont des hommes. Point.

Charles Perrière n'est pas dans ces 98 %, ni même dans les deux pour cent restants. Il est encore inclassable, dans une zone grise. Même lorsque Myriam a affirmé, pleine d'assurance, qu'une « défaillance de paternité pouvait le mettre à genoux, au moins au niveau du portefeuille », Dominique lui a patiemment expliqué que les choses n'étaient pas si simples car ils n'étaient pas mariés. Myriam a bondi de sa chaise, arpenté le bureau avant de lâcher, les mains jointes, « Mais alors les mecs peuvent faire ce qu'ils veulent ? Mais à quoi vous servez, alors, les juges ! » Dominique lui avait demandé de se rasseoir.

À quoi sert-elle ? C'est une question que Dominique se pose depuis les premiers jours de sa carrière. C'est Antoine, un soir, qui y a répondu, alors que Dominique se lamentait sur le sort d'un homme violent qui n'avait écopé que de six ans de prison, quatre en décomptant sa détention provisoire : « À réparer. Voilà, ma Dominique, à quoi tu sers : réparer. C'est le plus beau dans ton métier. Tes victimes comptent davantage que tes coupables. »

La semaine dernière, Dominique n'a pas pu s'empêcher. Cela faisait une bonne heure qu'elle observait Myriam assise sur son banc des Buttes-Chaumont, elle occupe désormais toujours la même place, prenant soin de la frotter avec un mouchoir avant de s'asseoir. Elle fumait, consultait son téléphone, parlait toute seule, passant une main nerveuse dans sa tignasse brune. Dominique, de son poste d'observation, un peu plus haut dans la pente, s'était élancée, la démarche rapide, passante pressée lancée par hasard. Elle avait marqué un temps d'arrêt devant Myriam, comme si elle mettait du temps à la reconnaître, « Madame Desmures, ça alors ? Bonjour, vous habitez dans le coin ?

— Oui, oui... pardon, bonjour madame Bontet.

— Je peux ?

— Si vous avez le temps, oui...

— Vous en voulez une ? »

Elles avaient allumé leur cigarette.

« Quel hasard ! J'en avais assez d'être enfermée sur mes dossiers.

— Vous habitez aussi par ici ?

— Oui, vers le quartier des Pyrénées. Depuis deux ans. C'est calme et vivant à la fois. Et vous, c'est où exactement dans la rue de Crimée ?

— En haut du parc, vers là-bas... Ce n'est pas grand mais ça va. Et puis, vous vous en souvenez peut-être, ma fille ne vit plus en France, alors...

— Oui, je m'en souviens, bien sûr. Vous allez bien ?

— Comme ça peut. Je tue le temps, je n'attends plus grand-chose de rien, vous savez bien. Vous avez pu réfléchir à mon dossier, il y a quelque chose à faire ?

— J'y ai réfléchi, c'est compliqué, madame. Pénalement, monsieur Perrière n'a rien fait de mal, d'après ce que vous m'avez dit jusqu'ici. La loi ne sanctionne pas un homme, ou une femme, parce qu'il mène une double vie. Et pourtant, votre histoire m'intéresse, j'y pense souvent... Vous êtes courageuse.

— C'est bien beau le courage, mais en attendant, j'ai gâché ma vie. Je n'ai plus rien.

— Comment ça ?

— Pas de famille, pas de boulot, pas d'argent.

— Vous avez votre fille quand même… Pourquoi n'en parlez-vous jamais ?

— Elle vit loin, je vous raconterai un jour… Mais laissez tomber ma plainte pour abandon de famille, ça n'a aucun sens, je veux laisser ma fille à l'écart de tout ça.

— Et l'argent ? Vous vivez avec quoi ?

— C'est lui qui me paie tout. Qui m'a acheté l'appartement. Il me fait des virements quand j'en ai besoin. C'est tout.

— Ah bon ? Vous n'avez aucune aide ?

— J'ai renoncé à mes droits, avec ce qu'il me donne, ça suffit. Et puis avec mon affaire, l'État ne m'a fait aucun cadeau…

— Vous ne m'avez toujours pas raconté cette affaire…

— Un jour peut-être, on verra. C'est très long, très compliqué, je ne suis pas sûre que vous y pourrez grand-chose, et puis c'est du passé. »

Elles avaient encore allumé une cigarette, mais, très vite, Myriam l'avait écrasée sous le talon de sa botte.

« Au fait, vous êtes au courant ? Plusieurs morceaux d'une femme ont été découverts dans le parc, je suis sûre que c'est le mari qui a fait le coup, c'est toujours eux. Bon, il faut que je vous laisse, c'est presque l'heure, il va passer.

— Qui ?

— Eh bien lui, Charles, quoi. Il passe tous les jours, ou presque… C'est chez lui, après tout. »

Myriam avait ri, s'arrêtant aussi brusquement qu'elle avait commencé.

« Charles Perrière passe encore chaque jour chez vous ?

— Ah, peut-être que je ne vous l'avais pas dit, je ne sais plus… »

Dominique en avait eu le souffle coupé : elle avait déduit du récit de Myriam que ce vrai-faux couple n'avait plus aucune relation. Elle a croisé une quantité incroyable de familles et de couples dysfonctionnels, mais encore jamais un tel mélange de passion et de distance, d'incandescence et de cruauté, de jeu malsain. Jusqu'à cette enfant, dont elle ne se souvenait même plus du prénom, et cette « affaire » au sujet de laquelle elle n'avait pas encore le temps de mener des recherches, peut-être n'était-ce d'ailleurs qu'une affabulation.

« Vous voulez le voir ?

— C'est possible ?

— Oui, il ne devrait plus tarder, il est réglé comme une horloge. L'ordre, les règles, souvenez-vous… »

Dominique avait sauté sur l'occasion. Elles avaient traversé le parc, et s'étaient postées en retrait dans une petite rue. Myriam était formelle, elle connaissait le trajet de Charles par cœur, il allait apparaître dans quelques instants. Dominique avait attendu, excitée, anormalement nerveuse, comme si elle dirigeait une planque. « Le voilà, là-bas. En noir. Je vous laisse, je vais faire semblant de déboucher par hasard dans la rue. À bientôt. » Et Myriam avait filé, la démarche lente. Dominique n'avait pas encore essayé d'imaginer le physique de Charles Perrière, elle ne connaissait que son âge. Mais s'il marchait effectivement lentement, les mains croisées dans le dos, elle lui trouvait une certaine allure, le buste droit, plutôt grand, la chevelure abondante. Il donnait l'impression d'un bourgeois à la découverte d'un quartier populaire, ses chaussures à l'évidence de marque et sa lourde veste en velours noir lui conféraient une touche aristocratique, comme s'il découvrait avec tendresse et curiosité un territoire inconnu. Et, pourtant, c'était pleinement sa zone : un appartement acheté, des passages quotidiens, ou presque. Dominique était fascinée par la fausse banalité de cette scène, par les vies hors norme de cette femme qui venait de glisser une main sous le bras droit de ce vieux monsieur, surpris par cette arrivée imprévue. Mais ce geste avait déplu à Charles Perrière qui s'était vivement dégagé, brandissant sa paume face au visage de Myriam, comme pour lui intimer l'ordre de ne pas le toucher. Elle avait rentré la tête, courbé les épaules, reculé de deux pas, comme un chien s'avouant vaincu. Charles avait saisi le coude de Myriam, la faisant avancer à ses côtés, de force et non de gré, vers l'appartement qu'il lui avait payé, dans lequel elle subsistait grâce aux virements qu'il lui faisait, à sa guise, et dans lequel il se passait quoi d'autre, d'ailleurs ?

À chaque enquête, Dominique attendait cet instant-là, cette sensation physique qui se fondait dans la dimension intellectuelle de son travail, et formait sa plus belle preuve : l'intime conviction.

Rassurée par cette pensée, Dominique s'endort alors.

32.

En rentrant de leur séminaire estival, deux ans après le fiasco en Roussillon, Myriam est convaincue qu'elle ne reverra jamais Charles. Le séjour à Marseille a été morose, Charles était persuadé qu'un voisin les avait aperçus lorsqu'ils s'étaient rejoints à Sèvres. Depuis des mois, de toute façon, elle franchit la ligne rouge avec son projet d'enfant. Elle lit sur le visage de Charles une distance jusqu'alors inconnue, la possibilité qu'il disparaisse de sa vie. Il répond de moins en moins au téléphone, et plus du tout depuis la fin septembre. Il a toujours fixé les règles, elle doit se le rentrer dans le crâne une bonne fois pour toutes. Il décidera quand ils se reverront. S'ils se revoient un jour.

De guerre lasse, Myriam décide de s'investir dans son travail comme jamais. Elle arrive tôt, ne compte pas ses heures. Au bout de quelques semaines, elle est nommée greffière d'une nouvelle jeune juge d'instruction réputée brillante, chargée d'enquêtes importantes. La hiérarchie de Myriam l'a choisie car elle lui fait confiance pour intégrer la magistrate. Myriam rosit de fierté, cette reconnaissance l'aide à oublier un peu Charles, juste un peu mais c'est déjà ça. Le soir, en sortant du Palais de justice, elle prend parfois un verre avec une collègue, au milieu des avocats, du personnel du Palais, elle est contente de saluer des gens, d'appartenir à un collectif. C'est là, au début de cette nouvelle vie rigoureuse, équilibrée grâce au travail, qu'elle rencontre Jean-Do. C'est un bel homme, grand, baraqué, les cheveux noirs bouclés ramenés vers l'arrière, qui ne dépare pas dans ce lieu mondain avec son costume anthracite et ses belles chaussures. Depuis le bar, devant lequel il se tient, il fait porter deux verres de vin blanc à Myriam et sa collègue. Elles pouffent devant une drague aussi *old*, mais acceptent qu'il prenne place à leur table. Il est courtier dans l'immobilier, Myriam s'en amuse car elle vit dans un minuscule studio, Jean-Do lui promet qu'il regardera, le marché est très compliqué mais les professionnels peuvent parfois donner un petit coup de pouce. Jean-Do, dont l'agence est dans le quartier, revient le lendemain, puis le surlendemain, et un soir il invite Myriam à dîner, une fois sa collègue partie. Elle pense à Charles, tous les jours, sa brutalité et sa douceur lui manquent, les règles auxquelles elle s'était habituée, l'attente de ses coups de fil, « au parc, dans deux heures », « au même hôtel que l'autre jour, 16 heures, chambre 25 ». Mais elle ne peut pas gâcher sa vie, la passer à l'attendre. Elle arrête complètement de l'appeler. Elle espère qu'il souffre aussi.

Les premières semaines, ils alternent les nuits dans son studio et chez lui, puis ils prennent le plus souvent leur quartier dans le grand trois-pièces de Jean-Do, près de la place de Clichy. Il est gentil, rassurant, se démène pour la faire rire, par exemple en lui racontant des visites cocasses d'appartements, comme cette vieille dame qui souhaitait absolument un miroir au-dessus de son lit, « pour se rappeler d'avant ». Il est payé à la commission, c'est difficile, « la bagarre, la vie quoi », dit-il souvent, et alors elle lui trouve un visage brutalement dur. Myriam aime que Jean-Do se passionne pour son métier, pour la première fois elle se sent la plus importante dans son couple. Auprès de Charles elle n'était pas grand-chose, c'est lui qui racontait les plus belles histoires, même s'il les choisissait avec soin, il connaît tellement de secrets, y compris des affaires impliquant des commissaires de police que la presse n'a pas réussi à débusquer. « Mais pas un mot, Mi, à personne, tu me le promets ? » Souvent elle s'est dit qu'elle l'aidait à se libérer, à s'enlever de la pression. Désormais c'est Jean-Do qui, à l'apéritif, la titille, la supplie de raconter, « Encore une histoire, Mimi ! », elle se marre lorsqu'il se met à genoux. Il regarde plein de séries policières, il adore *Engrenages*, ses yeux brillent lorsque Myriam lui raconte que des flics ont passé une tête dans le bureau de la juge d'instruction, « Alors, ils se disent quoi ? ». Elle n'oublie pas son devoir de réserve, comme Charles elle fait attention aux anecdotes qu'elle raconte, mais Jean-Do est tellement craquant, ça le passionne, et avec l'arrivée de cette nouvelle juge d'instruction, Myriam entend vraiment des « grosses » histoires, les trafiquants défilent dans le bureau, l'autre jour il y avait un tueur, un type aux yeux vides. Elle existe d'une manière nouvelle dans les yeux d'un homme, cette fois elle domine. Les semaines passent encore, elle s'intoxique de Jean-Do et elle s'oblige, le sourire béat, à admettre la situation : elle est amoureuse.

Tellement amoureuse qu'elle met du temps à comprendre ce que Jean-Do lui raconte, un soir, alors qu'ils s'apprêtent à s'endormir. Il se met à lui parler d'un « ami, un très vieux pote, on est comme frères, tu vois, sauf qu'il a mal tourné ». Si mal qu'il est impliqué dans un trafic de stupéfiants, « d'abord un petit réseau qui vendait dans sa cité, mais qui a grossi, a été racheté par des mecs coriaces, des vrais durs tu vois, mon pote est coincé, il est vraiment dedans maintenant. Et les mecs lui demandent plein de trucs ». Et le pote en question a réclamé un coup de main à Jean-Do, qui se tourne vers Myriam, maintenant bien réveillée. Elle a déjà pu penser à cette situation, ils en ont même déjà rigolé en regardant une mauvaise série sur TF1, mais c'est autre chose lorsque Jean-Do lui demande si elle peut trouver une info sur une prochaine perquisition, « C'est ta juge qui mène l'enquête, d'après ce qu'il m'a dit. Il a aussi dit que ce serait 5 000 euros pour toi. En cash. Putain, c'est dingue que ce soit ta juge qui enquête sur mon pote ! » Myriam regarde ce bel homme, qui la rassure depuis des mois, qui l'a remise sur pied après la séparation avec Charles. Elle en rigole, tant elle a conscience de son ridicule, mais elle commence par se demander, avant même de réfléchir à la trahison qui lui est proposée, et à l'argent, si Jean-Do est dans son lit par hasard. Elle met une seconde à y répondre.

Cela lui prend deux jours, puis Myriam accepte, avec une forme de pragmatisme du désespoir dont elle ne se pensait pas capable. Le lendemain de la proposition, elle écoute par hasard à la radio un historien expliquer pourquoi la guerre pouvait séduire, remplir le vide de l'existence de certains individus. La proposition de Jean-Do, c'est un peu pareil. L'idée finit par lui convenir, l'excite presque, elle habille sa vie d'une telle intensité, elle en frissonne parfois lorsqu'elle regarde son bureau de fonctionnaire, froid et banal. Car si, sans être dupe, elle se contente de ruminer que Jean-Do l'a manipulée dès le début, elle va replonger, se recroqueviller dans son minuscule studio, ne parviendra plus à regarder la juge d'instruction en face, et se remettra à harceler Charles et à attendre qu'il appelle. Soit elle se persuade que Jean-Do a débarqué dans sa vie par hasard, qu'il l'aime, que son pote, bien renseigné, lui a remis le grappin dessus, que le risque est énorme mais que 5 000 euros aussi. Et que, comme Jean-Do le lui a indiqué le lendemain matin, « Mon pote dit aussi que si ça marche bien cette fois, il pourrait y avoir d'autres demandes, beaucoup d'autres, et jusqu'à 10 000 balles l'info ». Elle peut perdre ou gagner beaucoup. Elle va gagner.

Un matin, elle arrive encore plus tôt au travail. Son badge la trahit, mais la veille la juge a signé deux longues ordonnances de renvoi, Myriam doit tout relire, cela peut justifier une arrivée si matinale. Ses mains tremblent mais elle connaît les lieux par cœur, comme si c'était son propre bureau, c'est ça, être une bonne greffière. Elle a besoin d'un peu de temps pour fouiner dans les différentes chemises cartonnées qui parsèment le bureau de la magistrate et dans le logiciel Cassiopée, qui enregistre les rapports officiels d'enquête. Myriam sait que la juge partage les infos sensibles entre son ordinateur et des versions papier, dont les rapports de synthèse de la police, ceux qui annoncent une perquisition. Cela lui prend une dizaine de minutes, voilà, elle trouve l'info dans une chemise cartonnée rouge, celles des « actes en cours ». Elle ne note rien, ne prend aucune photo, comme Jean-Do le lui a demandé, elle se contente d'enregistrer la date de la perquisition prévue au domicile du pote de Jean-Do. C'est simple, en fait. Il suffisait d'accepter le risque.

Cela la surprend, mais Jean-Do lui-même lui donne l'enveloppe, quelques jours plus tard, « Mon pote veut limiter au maximum les intermédiaires, il me fait pleinement confiance ». Elle est posée, gonflée, sur la table de la cuisine. Myriam hésite. « Mais c'est dangereux pour toi de te balader avec un tel paquet de fric, non ? » « T'inquiète, je gère. Mon pote ne me fera pas de mauvais plan. Allez, ouvre, c'est pour toi ce pognon, pas pour moi ! » Sa main s'avance lentement vers l'enveloppe. Ça fait quand même un joli paquet de billets, 5000 euros, ils tiennent bien dans la main. Elle regarde Jean-Do, à l'aise dans son costume bleu et sa chemise blanche. Jean-Do le courtier : elle décide d'éclater de rire. Elle est heureuse, elle n'a pas d'enfant, elle est libre de ses choix. Advienne que pourra.

Le trafic dure pendant un an. Sans régularité, parfois deux fois le même mois, puis rien pendant un trimestre, Jean-Do transmet une demande à Myriam. Souvent une info sur une perquisition, parfois des éléments sur une audition. Du sensible et du plus banal. Elle apprend que ce n'est pas toujours pour le pote de Jean-Do, mais pour d'autres potes encore, c'est une sorte de grande famille qui se serre les coudes. Leurs relations s'inversent, à elle d'être fascinée par cet univers de voyous. Elle presse Jean-Do de questions, il fait celui qui ne sait pas grand-chose, il essaye de jouer à la simple boîte aux lettres mais, petit à petit, elle comprend qu'il joue un vrai rôle dans l'affaire, sous sa couverture de courtier, job qu'il effectue effectivement. Le tarif pour certaines infos a augmenté, la promesse des 10 000 euros est tenue. Au bout de quelques semaines, Myriam descend à la cave pour aménager un petit coin secret dans lequel elle glisse un sac Ikea bleu rempli de billets de 50, 100 et 200 euros.

Le commanditaire, dont Myriam ne connaît toujours pas le nom, est loin d'être bête. Jean-Do explique un soir que solliciter aussi des infos immatérielles, comme un changement hiérarchique chez les flics ou l'arrivée d'un nouvel enquêteur, est volontaire, c'est sa manière de rassurer Myriam et de l'utiliser le plus longtemps possible. Elle comprend que l'info sur la perquisition, la première fois, était une manière de tester ses nerfs, son grand oral. La plupart du temps, elle fait comme d'habitude : elle écoute les conversations téléphoniques de la juge, papote dans les couloirs avec les enquêteurs. Elle devient une éponge dont la mémoire s'imprègne de la vie du cabinet d'instruction. La juge la félicite régulièrement pour la qualité de son travail, son « engagement, surtout ». Cette vie extraordinaire devient une routine.

Un matin, Myriam se réveille en sursaut, seule, dans un silence anormal. Elle se laisse retomber sur l'oreiller, puis sourit. Comme toutes les femmes de voyous, elle savait que ça allait arriver. Son premier geste est de s'assurer que l'armoire et les tiroirs de Jean-Do sont bel et bien vides. Son deuxième est de s'habiller avec ce qui lui tombe sous la main et de descendre à la cave : le sac Ikea est intact. La loyauté de Jean-Do ne la surprend pas. C'est un vrai voyou. Elle remonte, se douche et prend la direction du Palais de justice où une grosse journée de travail l'attend. Le soir, elle repasse à l'appartement, remplit une valise de ses affaires, récupère le sac Ikea à la cave, et reprend ses quartiers chez elle. Elle se replonge dans une nouvelle routine, pas si différente mais sans frissons. Parfois elle entend une bonne info, elle repense à Jean-Do dont elle a tout de suite effacé le numéro de téléphone.

Malgré ses efforts, elle craque au bout de quelques semaines. L'ennui la gagne, ce sentiment de ne plus servir à rien, à personne. Parfois, la juge d'instruction se réjouit d'une belle affaire, d'un gros réseau qui vient de tomber, Myriam partage sa satisfaction mais, au fond d'elle-même, pense que le pote de Jean-Do et « sa famille » vont survivre, ou d'autres si ce sont plus eux les cadors. Ils sont plus forts que le système, si nombreux, un trafiquant tombe, dix le remplacent. Au café, après le boulot, elle boit un peu trop. Elle dort mal, s'aide avec un antidépresseur de temps en temps. En fait, enrage-t-elle les soirs où ça ne va vraiment pas, elle a quand même été bien manipulée par cette bande de mecs. Elle le savait, elle l'a accepté, elle en a profité, mais ça fait quand même mal. Elle est la petite main restée au bord du chemin. La femme. La conne de service.

Il lui reste un atout, songe-t-elle un soir où elle se décide à reprendre le dessus : les treize ovocytes qu'elle a congelés un peu avant la séparation avec Charles. Ils peuvent la sauver, même si Myriam sait que ce n'est pas une garantie absolue. D'ailleurs peut-être est-elle fertile, elle n'en sait rien, elle n'a jamais essayé. Mais en cas de difficulté, ils sont là. Elle a franchi la barre des quarante ans, Virginie Efira vient d'accoucher à quarante-six, il est encore temps. C'est le moment. Elle n'a jamais pensé à devenir mère avec un autre homme que Charles. Jean-Do père, l'image seule l'a toujours fait rire. Charles est l'évidence, l'incarnation de l'équilibre, du confort, du père, même s'il n'a jamais voulu lui donner le moindre détail sur sa vie de famille, c'est une règle absolue. Myriam reprend ainsi le fil de son projet vieux de plus de dix ans déjà : se glisser dans la vie de Charles, faire cesser cette intermittence, le capturer. Avec un enfant, elle y parviendra peut-être. Elle n'y croit pas tellement, ils en ont déjà beaucoup parlé, elle sait combien Charles voit leur histoire comme une expérience, une double vie comme symbole de la liberté, il déteste qu'elle dise « aventure ». Vivre avec Jean-Do, ou plutôt tricher avec Jean-Do, lui a fait ressentir le plaisir profond de jouer avec les règles, les lois même. Elle comprend encore mieux Charles, son plaisir à défier dans sa vie privée des principes qu'il défend avec autant d'acharnement dans sa sphère professionnelle. Réfléchir à tout cela la ramène au plus près de son projet : prendre la plus grande place possible dans la vie de Charles. Leur enfant sera son meilleur allié. Et si elle n'y parvient pas, elle aura son bébé à elle, ça sera déjà beaucoup.

33.

L'ennui la prend au dépourvu. Aline avait pourtant le sentiment d'avoir bien préparé le virage de la retraite. Au début, elle a apprécié sa liberté, ces journées à construire qu'elle commence invariablement en buvant un thé dans le jardin, hésitant entre la piscine, un saut à Paris, un cinéma, un roman à découvrir dans la méridienne qu'elle vient de s'offrir. Elle grignote à midi, le plus souvent à la maison, parfois dans un petit bistrot qu'elle a découvert en ville. Sa seule réelle contrainte est les courses et la préparation du dîner pour eux deux, d'autant que Charles continue à rentrer tard, parfois en ne la prévenant qu'au dernier moment d'une réunion fixée en début de soirée.

Et puis, un jour, la maison lui semble immense. Trop grande, trop vide, ou alors trop pleine de souvenirs. Depuis chaque mur, ou presque, les photos de ses enfants l'oppressent subitement, un pincement au cœur la saisit lorsqu'elle s'attarde à les observer, un jour elle s'écroule en larmes. Elle rôde dans leurs chambres, rangeant un ours en peluche sur un oreiller, époussetant une collection de petites voitures sur une étagère, regardant, assise sur les lits, les vieux posters jaunis, les livres dans les petites bibliothèques. Un matin, comme prise de panique par le silence, elle se rue en ville pour acheter plusieurs petits postes de radio qu'elle place dans sa chambre, le salon, la salle de bains, celui de la cuisine ne lui suffisant plus. Il lui faut une présence, tout le temps.

Elle commence aussi à ruminer, l'image de Charles et d'une femme, sans doute jeune, ici, dans leur maison, leur salon, leur cuisine, leur lit, devient peu à peu une obsession. Elle s'efforce de garder son cap, de se convaincre que son mensonge estival était une passade, une crise. Elle n'a jamais remis le sujet sur le tapis, mais elle ne peut pas s'empêcher de visiter leurs souvenirs, leurs vacances d'été presque toujours ponctuées par un séminaire de rentrée. Que faire puisqu'elle a choisi de rester ? Le harceler de questions pour se heurter à un mur, s'humilier à fouiller son téléphone et ses poches comme une vulgaire femme trompée ? Aline ne veut pas tomber si bas. Elle n'a pas mérité ça.

Un jour, elle décide de se ressaisir : elle doit mener sa vie de son côté. Se nourrir de nouveautés, se montrer curieuse. Il lui reste peut-être trente ans à vivre.

C'est Charles qui lui donne une idée. Depuis toujours, il ne raconte presque jamais ses histoires de boulot à la maison, ou alors il faut vraiment que l'affaire soit d'importance. Lorsque son téléphone sonne, il s'isole le plus souvent, dans leur chambre ou le jardin, une habitude que déteste désormais Aline, d'autant que le ton de Charles est égal pour chaque appel : ferme, rassurant, elle est incapable de deviner à qui il parle. À l'autre ou à un collègue, elle ne sait pas. Mais, un soir, à la fin du dîner, il lui dit : « Aujourd'hui j'ai assisté à quelque chose d'incroyable, je ne pensais pas que je verrais cela un jour. » Il avait passé la journée au procès d'une magistrate corrompue par des voyous corses : restaurants, argent liquide, voyages en jet privé, deux frères, bien connus à Bastia, avaient en quelques mois retourné la tête de la juge qui enquêtait sur plusieurs de leurs proches. « Je te jure, tout le monde était scotché. La double vie parfaite. Je connais les magistrats de la cour, les avocats, ce sont des types expérimentés, mais ils étaient tous abasourdis. Tu vois, je ne raconte pas que des conneries, depuis le temps que je te le répète. »

Les jours suivants, Aline se met à lire les comptes rendus des audiences. Puis elle écoute les flashes à la radio. Elle attend avec impatience le jugement, elle est déçue lorsqu'elle comprend qu'il faudra attendre plusieurs semaines. Excitée quand elle apprend que la magistrate a été condamnée et placée en détention.

C'est ainsi, par petites touches, en lisant à droite à gauche, que son goût pour les faits divers se développe. Par chance, le procès de l'affaire d'Outreau se profile, pendant deux mois elle se passionne, déteste Fabrice Burgaud, si arrogant, vibre lorsque Myriam Badaoui se rétracte. Pour bien comprendre, Aline relit les articles publiés depuis que l'affaire a explosé, trois ans plus tôt. L'année suivante, c'est le procès des pédophiles d'Angers, avec soixante-dix prévenus, qui la tient en haleine pendant plusieurs semaines. Elle est soulagée lorsque David Hotyat est condamné à perpétuité dans l'affaire Flactif, le meurtre de cette famille, dont trois jeunes enfants, la révulse. Elle a ses chroniqueurs judiciaires préférés, surtout celui du *Figaro* et celle du *Monde*, dont elle dévore les comptes rendus d'audiences. Elle aime par-dessus tout lorsque, parvenue à un niveau d'informations complet sur un dossier, il lui reste à comprendre le « pourquoi ». Elle a lu une interview d'une juge d'instruction, Dominique Bontet, qui parlait de l'immense frustration qu'elle éprouvait parfois en bouclant une affaire : elle avait le « qui », le « quand », le « comment », mais pas le « pourquoi ».

C'est aussi en lisant un article qu'elle a découvert l'existence de ces habitués des Palais de justice qui se massent dès 8 heures ou 13 heures devant les portes des salles d'audience pour s'assurer les meilleures places. Elle a vite intégré un petit groupe de passionnés, et prendre la direction du Palais, plusieurs fois par semaine, est devenu une habitude. Ils, ou plutôt elles puisque ce sont en grande majorité des femmes, ont même leur brasserie préférée, Le Petit Palais, la patronne les aime bien. Le premier procès d'Aline est celui d'Antonio Ferrara et de Joseph Menconi, « les rois de la belle », pour une spectaculaire évasion de prison, Aline ne peut pas s'empêcher d'éprouver une sorte de fascination, surtout en observant « Nino » Ferrara et ses boucles brunes. Elle est intriguée, aussi, par un des avocats du dossier, Éric Dupond-Moretti, et par ses allusions à un collaborateur de la police qui aurait tuyauté les détenus. Le soir, elle en parle à Charles, « Tu vois, je ne raconte pas que des bêtises », soupire-t-il.

Aline s'aventure en banlieue, où ont aussi lieu de « belles » audiences. Elle passe une semaine au procès de Jamal Derrar, dix-neuf ans, coupable d'avoir torturé, puis brûlé, Sohane Benziane, dix-sept ans, découverte dans un local à poubelles dans une cité de Vitry-sur-Seine. L'affaire connaît un immense retentissement médiatique, Aline ressent une étrange excitation lorsqu'elle découvre les images du procès en fin de journée à la télé. Un soir on l'aperçoit faire la queue devant la salle d'audience, elle se sent presque fière. Elle découvre aussi la face sombre de la misogynie, du machisme, elle est stupéfaite de l'ampleur du phénomène. Elle a bien eu à régler quelques différends entre garçons et filles au lycée, mais elle n'avait jamais soupçonné qu'un tel niveau de violence soit possible entre de si jeunes gens. Devant les assises du Val-de-Marne, à Créteil, elle assiste au procès de Jean-Claude Bonnal, alias « le Chinois », jugé avec ses complices pour un quadruple homicide et un double meurtre de policiers. Aline est captivée par le soutien apporté au « Chinois » par sa propre épouse, Martine, qui trouve « qu'on met tout sur le dos » de son mari.

Les coupables l'intéressent beaucoup plus que les victimes. Elle partage leur peine, mais la simplicité de ce qu'elle éprouve lui semble presque fade en comparaison de l'incroyable complexité que lui inspirent les prévenus. Elle repense souvent au « Pourquoi ? » de la juge Bontet. Pourquoi peut-on torturer et brûler une jeune femme de dix-sept ans ? Pourquoi peut-on abattre de sang-froid deux policiers ? Pour quelle raison parvient-on à tuer un membre de sa famille ? Qu'éprouve-t-on ? Du plaisir ? Un pur sentiment de vengeance ? A-t-on des regrets, plus tard ? Les silences et le manque d'explications des coupables la frustrent parfois, d'autant qu'elle sent bien qu'il y a des stratégies d'audience à l'œuvre, il est impossible qu'ils n'en disent pas davantage. Elle aimerait tant avoir accès à leur dossier d'instruction pour lire l'intégralité de leurs déclarations et les expertises des psychiatres.

Un jour, en fouillant la presse quotidienne régionale, qui est pleine de bonnes histoires, Aline tombe sur celle de Simone Cambou, condamnée à la perpétuité pour avoir tué d'un coup de fusil son jeune amant qui l'avait brutalisée pendant des années. C'est le fils de Simone Cambou qui a dénoncé sa mère, des mois après les faits. Elle trouve cette peine si injuste, elle ne comprend pas comment l'avocat général a pu écarter si facilement l'argument de la légitime défense, « Aucune souffrance ne peut se transformer en un permis de tuer », pendant des jours Aline retourne la phrase dans sa tête. Ce continent du mal, infini, la laisse souvent éveillée. Même après avoir longuement raconté sa journée à Charles, pas mécontent de n'avoir rien à dire sur la sienne, elle cherche encore à comprendre, relit des articles en attendant impatiemment ceux du lendemain.

Parfois, au terme d'une semaine de procès, elle se surprend même à n'avoir pas songé une seconde à la trahison de Charles. Mais quand elle y repense, la douleur l'irradie.

34.

Charles, les yeux dans le vide, se demande si l'élection de Nicolas Sarkozy va avoir des conséquences sur son poste, quels réseaux il doit mettre en œuvre pour faire parler de lui. Il peine à se concentrer tant le volume sonore est intense. Charles déteste les parcs à enfants. Le bruit, la poussière, cette vague et permanente angoisse, dont il ne montre rien, que Lila tombe d'un toboggan ou d'une balançoire, tout l'insupporte. Ils ne s'y retrouvent que deux fois par mois, a-t-il imposé à Myriam. Pas une de plus. Leurs autres rencontres ont lieu dans le studio de Myriam, près de la place des Fêtes, à l'hôtel, car Charles aime garder cette habitude, cette forme de froideur, de quasi-anonymat, au restaurant, dans le café à quelques rues de l'IGPN. Lila crie pour qu'ils la rejoignent, « Mais vas-y, Charles… » « Non, Mi, il n'y a pas de "mais". Lila, c'est toi ». Lila a deux ans. Elle ne lui témoigne pas grand-chose quand il l'installe sur ses genoux ou dans ses bras, elle ne se débat pas pour partir mais ne crie pas de joie, elle semble attendre que cela se passe. Charles, lui, n'apprécie pas vraiment ces gestes, il les effectue un peu machinalement pour faire plaisir à Myriam, et à la petite peut-être. Il se fait l'effet d'un grand-père, lui le père de trois enfants qu'il voit de loin en loin, même le souvenir d'Alexandra s'estompe. Après tout, si elle garde le silence c'est qu'elle doit réussir sa vie, il ne peut pas passer la sienne à s'inquiéter. Il pourrait la localiser en trois coups de fil, mais c'est hors de question. À elle de revenir. Ou pas.

Lila a repris ses jeux en solitaire. Lila, son piège, son risque. L'aventure dans l'aventure. Lila, la monnaie d'échange, qui a surgi juste après leurs retrouvailles. Pendant leur séparation, Charles a résisté, perdu dans leur grande maison où Anouk et Virgile ne passaient plus qu'en coup de vent, désertée sans doute pour toujours par Alexandra, et dans laquelle Aline restait la courageuse vigie, si vaillante qu'elle parvient encore à lui donner l'envie d'y rentrer chaque soir, lorsqu'il accroche son manteau à la patère il se sent encore à sa place. Car ses projections ne se démentent pas : il continue à aimer Aline d'un amour profond, enraciné. Si elle se doute de quelque chose, ce qui n'est même pas certain, elle ne mesure pas l'ampleur de la situation. Si tel était le cas, elle serait partie, il en est convaincu. Il n'a même pas à se forcer pour lui donner le change tant la division de son être est parfaite : il l'aime et ne regrette rien de son histoire avec Myriam. Mieux, il sait chaque jour davantage ce qui l'attire : il a depuis le départ perçu de grandes failles chez cette femme, vastes comme ces couloirs qui creusent les océans. Myriam a besoin de lui et il aime cette dépendance. Dans ce désespoir se niche une autre dimension qu'il a peu à peu identifiée, sur laquelle il a appris à mettre un mot : le pouvoir. Celui de la sauver, d'imprimer un cours à sa vie, de la dominer. Durant leur séparation, il a donc attendu, résisté à l'appeler, laissant cette tension grandir, prête à exploser. Il savait que Myriam allait à nouveau lui imposer l'ultimatum d'un enfant. Il n'avait plus vraiment le choix, car pour une femme cet enjeu dépasse tous les autres, c'est « l'intérêt supérieur de la Nation » des militaires. Alors, pendant cette année de distance, il s'est glissé dans cette idée, ce projet, pour en explorer les moindres risques. Il s'est projeté, tâchant d'éprouver à l'avance ce qu'il allait vivre. Il a d'ailleurs réalisé que cette façon de réfléchir était le signe du temps qui passe. Il vieillissait et ne devait plus dilapider la moindre année. Il a surtout fini par comprendre qu'en acceptant cet enfant, il allait de façon définitive poser son emprise sur Myriam.

C'est elle qui a recommencé à le harceler, dix, vingt fois par jour il sentait son téléphone bourdonner. Il a donc fini par céder. Myriam avait tenu promesse : grâce à une nouvelle loi, elle avait congelé treize de ses ovocytes pour se donner « un maximum de chances ». Ce n'était même pas certain qu'ils en aient besoin, avait-elle précisé pour moins l'effrayer. Les semaines précédant le passage à l'acte, et malgré les leçons qu'il avait tirées pendant leur éloignement, un profond vertige a envahi Charles : quel sens cela avait-il de devenir père alors qu'il filait vers ses soixante ans ? Cet enfant en aurait vingt lorsqu'il approcherait les quatre-vingts. Cet enfant le connaîtrait peu, sans doute mal, tant ses absences seraient béantes, il ne pouvait en être autrement. Cet enfant leur en voudrait peut-être un jour, surtout à lui. Il naîtrait avant tout pour casser l'infinie solitude de la vie de Myriam. C'est elle qui devrait l'assumer. Et pourtant cet enfant serait aussi le fruit d'un amour, cabossé, venimeux, toxique, mais d'un amour. En maître des règles, Charles, lors de leurs promenades dans les parcs, a martelé toutes ces préventions, « Alors tu es toujours sûre de toi, Mi ? ». Elle l'était et le regardait avec les yeux de la rescapée, de celle qu'on ramène à la vie après un long coma. « Oui, j'en suis certaine », se contentait-elle de répondre. Elle ne voulait plus de mots. S'il renonçait au projet, il la perdrait. Définitivement, cette fois. Il a senti qu'elle en était capable.

Lila est née un matin de mai. En début d'après-midi, alors qu'il dirigeait une réunion importante impliquant un trafic de faux papiers mis en place par des policiers de la préfecture pour des immigrés clandestins, Charles a vu apparaître sur son écran la photo d'un petit être plein de cheveux emmailloté dans une couverture jaune pâle. Une boule s'est formée dans sa gorge, écrasant toute la distance qu'il avait exprimée à Myriam, et il a instantanément compris qu'une nouvelle schizophrénie venait de s'installer dans sa vie : il ne devrait pas s'approcher trop près de cet enfant, pour ne pas en tomber raide dingue. Le piège était béant, jamais il ne devrait s'écarter de son cap : cet enfant avait été conçu pour Myriam.

Jamais ils ne parlent de la famille de Charles, c'est non négociable. Myriam évoque parfois sa trajectoire solitaire, fille unique d'un couple décédé dans un accident de voiture alors qu'elle avait dix ans. La vie, ensuite, chez une tante, une sœur de son père, au fin fond des Landes, l'adolescence terne, les études comme boussole pour s'en sortir, les concours de la fonction publique, le succès, l'arrivée à Paris, le premier poste, les premières années. Puis Charles. « Ma vie a commencé avec toi », murmure-t-elle parfois. « Redis-le », lui demande-t-il alors. Cette phrase le terrorise et le remplit à la fois, car il comprend pourquoi il est tombé amoureux de Myriam, et de sa fragilité absolue. Cette femme traverse la vie seule, il est devenu à la fois son rempart et son lien avec le monde. Il se sent investi d'une immense responsabilité. Puissant. Tout puissant.

Tiraillé, aussi. L'arrivée de Lila, ce retour au réel, enraye parfois leur belle mécanique. Il arrive que Myriam, occupée par sa fille, l'écoute d'une oreille distraite. Un jour, elle a osé refuser de le rejoindre à l'hôtel, vingt minutes avant leur rendez-vous, car la nounou venait de la prévenir que Lila avait de la fièvre. Lorsque de telles contrariétés surgissent, Charles en éprouve un vif sentiment d'injustice. Car, après tout, il répand le bien en aimant deux femmes, en ayant participé à la conception d'une existence, et de trois autres auparavant, en luttant chaque jour contre le poison qui tente de s'infiltrer au cœur de l'État : qui peut lui reprocher sa vie ? Ceux qui oseraient lui jeter au visage sa duplicité auraient raison, c'est indéniable, mais son projet ne pouvait se concevoir sans mentir, sans tricher. Il est obligé de faire mal pour construire tout ce bien. Il passe de longues heures à méditer, la porte de son bureau fermée, et se console en pensant à Aline, son amour si profond pour la vie, cette retraite qu'elle embrasse avec appétit.

Avec Myriam, ils sont plutôt heureux, même si elle râle souvent contre ce studio trop petit, mais elle manque d'argent pour en acheter un plus grand. Charles reste sourd lorsqu'elle insiste pour qu'il laisse quelques affaires chez elle, « Ça serait davantage chez nous, et puis tu pourrais y passer une nuit, de temps en temps ». Il constate pourtant qu'elle semble à l'aise financièrement, et même de plus en plus. Il connaît son salaire, mais il remarque que de temps en temps elle s'achète une nouvelle robe ou une belle paire de chaussures. « Tu as gagné au Loto ou quoi ? » lui lance-t-il un jour, et Myriam pique un fard. Charles s'amuse, après tout elle a bien le droit d'avoir aussi ses petits secrets.

35.

Elles ont repris leurs habitudes au grand café, près de l'IGPN, qui n'a pas beaucoup changé depuis le retour d'Alexandra à Paris, il y a un quart de siècle. Elles s'amusent de cet immobilisme, comme si l'endroit les avait attendues pour qu'elles reprennent le fil de leur histoire dans un cadre rassurant. Alexandra regrette qu'elles n'aient aucune photo de cette époque, pour comparer, alors, dès leur premier rendez-vous de retrouvailles, elle a immortalisé l'instant avec son smartphone. Sa mère a souri, très timidement, tout en retenue, les deux mains sagement posées sur la table, les yeux bien dirigés vers l'écran, solennelle. Alexandra s'est promis de prendre une image à chaque fois et de l'envoyer à sa mère dont elle a découvert avec un peu de surprise qu'elle avait aussi un smartphone. « Ma carte bancaire est même enregistrée dedans, regarde. Ton père est contre, mais je m'en fiche ! »

Aline s'arrange toujours pour arriver la première. Elle veut choisir leur table, de préférence celle juste derrière la vitre, entre la salle et la terrasse, à l'angle. Elle aime ces quelques minutes précédant l'arrivée d'Alexandra, ce plaisir simple de dire au serveur qui souhaite prendre sa commande, « Oh, quelques instants s'il vous plaît, j'attends ma fille ». « J'attends ma fille. » Alors que, non, elle ne l'attend plus, elle va arriver, ce n'est qu'une question de minutes, sa longue silhouette se détachant clairement de la foule, ses foulées déterminées, droit vers elle, cette bouffée vanillée qui explose lorsqu'elle s'assoit et l'embrasse. Aline repense en souriant à cet article qu'elle a lu, il y a plusieurs années, dans lequel des parents racontaient avoir recruté des enquêteurs privés pour retrouver leurs enfants disparus. L'autre jour, elle l'a sorti du tiroir du bureau et l'a jeté à la poubelle en poussant un petit cri de joie. Elles commandent du thé. Comme avant.

C'est compliqué à raconter, vingt-cinq ans. C'est même impossible, songe souvent Alexandra, si l'on veut vraiment, *in real life* comme disent les plus jeunes, expliquer les raisons d'un choix, raconter une rencontre, trouver les mots pour décrire un paysage, les traits d'un visage, la cause d'un chagrin. On peut vite se comprendre si mal, les malentendus se tiennent en permanence en embuscade. Les dates, aussi, représentent un sacré défi, parfois Alexandra se replonge dans la galerie photo de son téléphone pour être certaine de l'année d'un film sur lequel elle a travaillé, d'un voyage, d'un restaurant mémorable. Aline scrute chaque image, les yeux plissés, très concentrée, comme si elle voulait la mémoriser pour toujours, rattraper tout ce temps perdu. Elle pose de nombreuses questions, parfois elle a voyagé dans le même pays, la même ville, et fille et mère rient de leurs souvenirs communs, comme surprises de cette complicité retrouvée, « À quatre ans près, on s'y serait croisées ! » lance un jour Aline.

À d'autres moments, le flot des mots se tarit. L'une et l'autre éprouvent alors le besoin de reprendre leur souffle, de ne pas se laisser porter par ce courant anarchique et joyeux. Surtout Alexandra, dont la vie est toujours en plein mouvement, tandis qu'Aline se contente d'embrasser la sienne en découpant les grands chapitres, en ciblant les temps forts et faibles. L'autre jour, Alexandra a senti la question silencieuse de sa mère lorsqu'elle a achevé le récit de sa rencontre avec Juliette. « Nous avons essayé, mais ça n'a pas marché. » Elle lui a raconté leurs « années PMA », décrit les rendez-vous, partagé l'espoir, l'attente, la déception, l'énergie à retrouver, l'attente, la douche froide, glacée, même, quand arrive le jour où il faut admettre la défaite, renoncer, cesser de se battre. Aline écoute, curieuse et intriguée, elle est emportée dans des territoires qu'elle connaît si mal, « J'en ai entendu parler, bien sûr, mais tu es la première femme à me raconter, ça change tout ». Aline s'efforce de ne rien montrer, ou si peu, mais elle souffre pour sa fille, jusqu'à percevoir dans sa chair des échos anciens, les vibrations étouffées de ces moments où la vie prend forme, gonfle, prend sa place, jaillit. Elle n'en dit rien, écoute, montre qu'elle comprend. « Vous êtes heureuses toutes les deux, c'est déjà beaucoup, c'est même l'essentiel. »

C'est à ces mots, d'ailleurs, qu'Alexandra perçoit un voile dans les yeux de sa mère. C'est tellement fugace que d'abord elle ne s'y attarde pas, « Oh oui, mais on n'en est pas à cinquante-cinq ou soixante ans de vie commune, nous ! » enchaîne-t-elle, mais Aline ne répond pas. Elles se regardent, conscientes, comme lors de leur premier rendez-vous, qu'elles ne pourront pas toujours éviter cet homme qui à la fois les relie et se dresse entre elles. Ces derniers jours, Alexandra a souvent pensé au cancer de son père. L'attitude mesurée, presque excessivement rassurante, de sa mère a perturbé sa propre réaction. Elle ne parvient pas à s'inquiéter complètement, à se demander si la maladie risque de la priver de le revoir, d'autant qu'elle n'est toujours pas certaine d'en avoir envie. Aujourd'hui, elle se décide à franchir une étape. « Tu as une photo de lui ? » Aline lui jette un regard étonné, mais elle s'empare de son téléphone et, avec habileté, tourne l'écran vers elle : il est assis, presque allongé, dans un canapé, la tête légèrement en arrière. « Je l'ai prise quand je suis rentrée, le jour où tu m'as retrouvée. Il dormait devant la télé, il passe un temps fou devant ce maudit poste, à râler contre la terre entière, enfin surtout contre la police. C'est la plus récente, mais j'en ai d'autres. » Alexandra est saisie par la vieillesse qui a pris possession du visage de son père, même si elle le reconnaît bien. C'est tellement plus puissant que chez sa mère, au point que les effets de la maladie ne lui sautent pas aux yeux. Le creux des joues est bien celui causé par le temps, tout comme la peau distendue dans le cou, qui lui rappelle celle des poulets, celle du visage qu'elle devine si fine, cette bouche moins pulpeuse, comme scellée par une amertume. Alexandra est soulagée par la présence de ses cheveux, ramenés en arrière par une paire de lunettes. Elle revoit ce visage crispé, rouge, ces traits déformés par la colère, lui criant l'irrémédiable, cet index brandi, et mesure l'écroulement de cet homme.

Aline range son téléphone dans son sac à main, lâche un petit rire nerveux. « Quoi ? » ne peut s'empêcher de demander Alexandra. « Cinquante-cinq ans de vie commune, tu as raison, c'est beau mais… » « Je sais, tout n'a pas été simple, j'en suis la preuve vivante, c'est tout de même une vie de couple réussie. » Des mots encore accueillis par un silence. Alexandra commence à s'y perdre. Depuis leur premier rendez-vous, elle sent combien son père représente une gêne pour Aline, embarrassée dans son récit, comme empêchée. Aujourd'hui, ce nouveau silence l'agace : « Non ? Ces cinquante-cinq ans ne signifient pas une vie réussie ? Je dis des bêtises ? J'ai loupé autant d'épisodes que ça ? » Cette fois, sa mère prend une longue inspiration, Alexandra remarque ses lèvres qui se frottent nerveusement, sa langue qui apparaît furtivement. « Depuis plus de vingt ans, la confiance est rompue entre nous. Tu ne pouvais pas le savoir, évidemment, mais le bonheur, tu sais… »

« Ça veut dire quoi, la confiance rompue ? » Brutalement, Alexandra regarde sa mère d'une tout autre manière. Avec ces quelques mots, elle lui semble incarner l'épaisseur d'une existence, le sens d'un silence, le poids des secrets. L'image d'une femme qui a vécu. Surtout, cette petite dame âgée reprend vie, la voilà d'ailleurs qui s'agite sur sa chaise, se tortille pour avancer ses fesses bien au bord, prête pour une discussion importante. Ses yeux s'animent, Alexandra est fascinée par cette métamorphose. « Ça veut dire que depuis vingt ans, je ne sais plus précisément avec quel homme je vis. »

Aline prend son temps pour raconter la confession de Jean Mortier, cette femme aperçue en cette fin d'été, la confrontation avec Charles, ces semaines pourries pendant lesquelles elle a failli tout quitter. Elle se souvient avec une grande précision des mots prononcés, de ses émotions, des étapes de sa réflexion. C'est la première fois qu'elle raconte, qu'elle perçoit au fond d'elle un mélange troublant de lucidité et de colère intacte. Même le timbre de sa voix vient de changer, plus métallique, saccadé.

« Mais alors, il avait quelqu'un d'autre ?

— Je pense, oui, c'est une longue histoire… Tu comprends, maintenant, ce que représente une confiance absolue qui explose ? Tu imagines Juliette te mentir pour te cacher ce qu'elle a fait pendant une semaine ? Avec une autre femme ? Tu mesures l'abîme que cela ouvre ? C'est de la trahison pure et simple. Et nous avions presque soixante ans, tu te rends compte ! »

Aline se racle la gorge, elle a trop parlé d'un coup, avec trop d'intensité, Alexandra commande un verre d'eau au serveur. « Pourtant je suis restée, pour mille raisons, sans doute des mauvaises. Et puis je suis fatiguée, je ne vais pas tout te raconter maintenant. Je suis restée mais, depuis, je vis sur mes gardes. Ce ne sont pas des simagrées, des histoires d'une vieille dame qui cherche à tromper l'ennui, hein ! Alors, si tu veux revoir ton père, ce que je comprendrais parfaitement, je dois être honnête avec toi. Tu devras tout savoir. »

Alexandra se cale sur sa chaise. Elle en rirait presque tant le récit de sa vie, qui a jusqu'ici occupé l'essentiel de leurs discussions, lui semble subitement fade, gentiment heureux, presque dérisoire. Sa mère l'a écoutée, attentive, sincèrement intéressée, mais dans l'attente de son moment, celui où elle allait faire basculer leurs échanges dans une autre dimension. Car c'est bien de cela qu'il s'agit, de cet homme qui les a éloignées, qui fait encore souffrir Aline, et qui inspire à Alexandra des sentiments si contradictoires.

Le récit maternel vient, encore une fois, de le placer au centre de l'histoire, sur le devant d'une scène qu'il n'a jamais vraiment quittée, et qu'il a d'ailleurs depuis toujours occupée seul. Alexandra hésite à prendre les mains veinées de sa mère, finit par serrer les pans de son gilet sur sa poitrine. Elle réalise combien leurs discussions sont d'une folle intensité émotionnelle.

La fatigue la gagne, ainsi qu'une légère tristesse. C'est comme si, après ces vingt-cinq années de silence, la colère contre son père n'avait attendu qu'une occasion pour se reformer, telle une voile attendant que le vent se lève. Rien n'a vraiment changé, et surtout pas cette place particulière qu'elle occupe entre ses parents, au cœur de ce déséquilibre qui les unit pourtant.

Et puis, il y a les yeux d'Aline, maintenant si vivants, sur le qui-vive. Elle la regarde avec une telle intensité qu'Alexandra prend une autre photo. Ces yeux lui disent que l'histoire est loin d'être finie.

36.

Il s'habitue à Lila. La semaine dernière, elle lui a offert un dessin, des fleurs et un cœur, signé Lila, trois ans et demi (elle tient beaucoup à ce « demi », la maîtresse n'a pas dû avoir le choix), qu'il garde dans son portefeuille. Au fond, il lui doit une fière chandelle. Depuis sa naissance, Myriam a trouvé une forme d'équilibre. Elle ne lui a pas encore raconté grand-chose de cette année de séparation, mais Charles sent que tout n'a pas été simple. Elle travaille moins, elle est plus discrète sur sa juge d'instruction et ses enquêtes, il en rigole car désormais c'est Aline qui est devenue intarissable avec ses faits divers et ses procès. L'autre jour, elle a émis l'idée d'aller suivre des audiences aux assises d'Aix-en-Provence, une histoire de flics ripoux qui prostituent des migrantes, avant d'y renoncer au dernier moment. Il s'étonne d'avoir plus souvent envie d'être gentil avec elle. Il l'écoute longuement les soirs où elle a envie de partager sa nouvelle passion, mais le plus souvent elle demeure silencieuse, fermée, il sait combien elle reste sur ses gardes depuis les indiscrétions de Jean Mortier. Il n'exclut toujours pas qu'elle se soit résignée. Aline fait partie de ces femmes brillantes, assez autonomes pour s'accommoder d'une telle situation, vivre avec un doute. Ils se sont aimés, désormais c'est autre chose, voilà peut-être le fond de sa pensée.

Et puis, au fil des mois, ce début de bonheur se voile lentement. La stabilité retrouvée de Myriam commence par ennuyer Charles, puis par l'agacer. C'est comme un vide, ou plutôt une routine qu'il sent s'installer, percutant son besoin de tension. Son impression d'apaisement s'étiole, déchiré entre la certitude de ne pas être un sale type, sa capacité à aimer qu'il sent grandir et dont il est fier, et cette violence sourde qui lui saisit les tripes, comme un alcoolique en manque. Ils continuent pourtant à mener une vie anormale, celle qu'il a toujours souhaitée pour eux, faite de passages en coup de vent, de moments volés au parc, mais de plus en plus souvent avec Lila. Quand au parc il observe, autour d'eux, ces couples de parents qui s'extasient devant leur enfant, le malaise l'envahit. Puis vient un léger dégoût lorsqu'il les voit le regarder, le papa faussement détaché, attentif à chaque geste de Lila, l'amant un peu âgé en train de couver Myriam du regard. Il se souvient que le jour de ses cinquante ans, il avait repensé à cet ami qui avait eu envie de se flinguer en observant ses enfants s'amuser dans le jardin, sa magnifique femme se prélasser.

Pour lui, aussi, il est temps de réagir. De retrouver le sens profond de leur histoire.

Un jour, alors qu'il la sait occupée par un document important qu'elle doit finir avant la fin de la journée, il lui fixe un rendez-vous à 16 h 15. « Je ne peux pas », lui répond-elle par texto. « Si, tu dois pouvoir. Je quitte le bureau. » « Mais Charles, JE DOIS FINIR CE TRAVAIL ». « Je quitte le bureau, je te dis. » Myriam arrive, transpirant, au bord des larmes. Le plaisir que ressent alors Charles est intense, il la console en lui expliquant qu'il aime ce besoin impérieux de la serrer dans ses bras, même quelques minutes. Il en a besoin. Un autre jour, alors qu'elle s'est organisée pour le retrouver à l'hôtel, qu'elle l'attend déjà à moitié dévêtue sur le lit, une mise en scène qui leur plaît, il refuse de lui faire l'amour, s'assoit dans un fauteuil et bande en la regardant pleurer. Un autre, encore, alors qu'il était sur le point de jouir, il l'a frappée plus fort que d'habitude, trop fort, jusqu'à la marquer, il en a retiré une extrême volupté, trouble, pas tout à fait coupable. Il l'engueule parce qu'elle fume trop, néglige sa santé, ne pense pas assez à lui, « et à Lila, tu l'imagines avec sa mère malade, tu l'imagines sans toi, tu crois que je pourrais m'en occuper ? ». Il la harcèle au sujet de ces billets de 100 euros qu'elle sort de plus en plus souvent, toute fière, de son portefeuille, « mais ça vient d'où ? Je t'ai toujours connue ric-rac, et maintenant tu claques à tout va, c'est quoi ce bordel ? ». Myriam ne répond rien, elle sourit avec un air mystérieux. L'été qui suit, il annule leur séminaire à la dernière minute, provoquant une crise de plusieurs jours qui s'évanouit lors de retrouvailles frénétiques, dans la douceur de septembre, puis il écoute, le même soir, Aline se passionner pour l'affaire Patrick Chabert, condamné à perpétuité pour le meurtre de sa femme dont le corps n'a jamais été retrouvé, « C'est quand même un problème, ce manque de preuves, non ? ».

En quelques mois, Charles recouvre son équilibre tandis que Myriam perd à nouveau le sien. Il se sent comme un torrent de vie, elle redevient un ruisseau. C'est notre ordre des choses, songe Charles qui ne lui dit pourtant rien, conservant une apparence nerveuse, insatisfaite, alors qu'au fond de lui il rayonne. Pas d'un bonheur béat, mais d'une puissance complexe, construite comme une œuvre, fidèle à sa promesse depuis qu'il a croisé le regard de Myriam. Constatant son trouble croissant, il brouille encore davantage les pistes en laissant davantage libre cours à sa tendresse pour Lila, qui le lui rend bien, au point que des éclats d'amour envahissent peu à peu Charles. Il apprend à regarder Lila comme sa fille, et continue d'observer Myriam comme sa maîtresse, son invention, pas comme une mère.

C'est une ligne de crête si étroite qu'ils manquent à chaque instant de tomber, et Charles aime ça. Myriam aussi, il en est certain, même si elle refuse de l'avouer. Elle n'a jamais été une grande bavarde, préférant s'exprimer par des gestes, des expressions, les postures que son corps prend parfois, comme ses jambes croisées pour exprimer son irritation, ou sa poitrine projetée bien en avant lorsqu'elle est fière. Au fil de ces quelques mois où il accentue son emprise, il la sent à plusieurs reprises sur le point d'exploser. Mais à chaque fois elle se tait, consciente du rapport de forces qui les unit, lui l'homme de pouvoir, elle le petit rouage. Lui, qui ne triche qu'avec sa conscience, elle, qui a franchi la ligne rouge de l'illégalité, connaît les racines de sa fragilité, ces histoires qui restent endormies parfois pendant des années, comme des maladies tapies, qui un jour se réveillent brutalement et foudroient.

Charles vit un moment presque parfait de son existence. Il maîtrise leur histoire au quart d'heure près. Il alterne, en parfait contremaître, les moments où il est dur, exigeant, Myriam se pliant à tous ses caprices, avec les instants d'amour, de tendresse, de compréhension. Et puis, quand c'est nécessaire, il lui rappelle qu'il lui a offert Lila, le rêve d'une vie. Tantôt il fait le Bien, tantôt le Mal, ne changeant jamais de costume. Même au bureau, des ondes positives semblent se propager autour de lui, ses adjoints filent droit. Les affaires de corruption se multiplient, certes, validant ce qu'il répète depuis des années, mais la Justice embraye, les procès s'enchaînent, la presse s'intéresse à ces histoires. Il a commencé à se rapprocher de certains réseaux socialistes, la campagne démarre lentement, Hollande a ses chances.

Non, décidément, Charles ne voit pas ce qui pourrait gâcher son bonheur.

37.

Le vent d'automne, arrivé de l'ouest pendant la nuit, gonfle son manteau, colle ses cheveux sur son visage. Charles est parti sans son chapeau, à cause du stress de son rendez-vous, auquel s'est ajoutée l'annonce par la radio de la mort de Keith Richards, « Mauvais présage, ça… ». Il peste lorsqu'une bourrasque encore plus forte l'oblige à accélérer le pas, presque à courir. Avec la tempête, les branches des arbres jonchent les rues quasiment désertées par les passants, mais pas question de rentrer sous terre, Charles veut respirer à pleins poumons, et de toute façon il l'a annoncé à Aline : « Quel que soit le diagnostic, je rentrerai à pied, attends-moi au Mi-Chemin vers 11 heures. »

Il lui reste deux séances de radio, Dupieux a été très clair, en tout cas aussi clair que peut l'être un oncologue : « Vous pouvez être optimiste, monsieur Perrière, le traitement agit, vous réagissez bien, on va aller jusqu'au bout mais ça se présente bien. Vraiment bien. » Une étrange sensation traverse Charles, celle de retrouver en un instant un corps propre, comme neuf. Il s'est souvent demandé ce qui se passait dans ses organes, à quoi pouvaient bien ressembler des métastases, comment elles s'étaient logées dans sa prostate, comment était née cette brûlure qui s'était installée dans son bas-ventre. N'écoutant plus Dupieux, désormais lancé dans des explications techniques, Charles se laisse porter par une vague de soulagement qui lui donne envie de pleurer. Il se concentre sur les mots du médecin pour ne pas craquer, son regard est sans cesse attiré vers le ciel, comme s'il le découvrait. Il prend conscience de la peur qui l'a envahi ces dernières semaines. C'est toujours trop tôt pour mourir.

Mais il reste Myriam, qu'il revoit hier soir les coudes posés sur le bord de la fenêtre, allumant une cigarette avec le mégot de la précédente ; Myriam qui esquive ses incessantes questions sur son humeur sombre ; Myriam qui l'a à peine interrogé sur Bangkok, si peu curieuse au sujet de Lila. Son « affaire » est désormais loin derrière elle, dans quelle situation s'est-elle encore fourrée ? Quel secret la bâillonne ? Qui lui bourre le crâne ? Elle ne lui dit pas tout, mais elle ment mal. Face à la bonne nouvelle, qu'il va lui annoncer demain, elle sera bien obligée de réagir. Sinon…

Charles rejoint donc le Mi-Chemin de mauvaise humeur. Il aperçoit Aline déjà installée, un thé devant elle, les yeux fixés sur son smartphone. Il s'en étonne car elle n'a jamais aimé le téléphone, même le fixe, redoutant un coup de fil qui lui apprendrait une mauvaise nouvelle des enfants, et encore moins le portable de Charles qui, trop souvent, bourdonnait sans relâche. « Alors ? » lui lance sa femme avant même qu'il ne soit assis. « C'est bon ! » répond-il, mais le vent étouffe sa réponse. « Quoi ? » « C'est bon ! » crie-t-il maintenant, des clients tournent la tête, amusés. « Dupieux dit que le traitement est efficace, on va quand même jusqu'au bout, mais ça marche vraiment bien, ce sont ses mots. Pour ce genre de mec, prudent comme un Sioux, c'est déjà énorme. Tu ne crois pas ? »

Aline ne réagit pas tout de suite. Elle reste le regard dans le vide, fixant une femme se débattant avec son parapluie que le vent vient de retourner. Le serveur s'approche pour prendre la commande de Charles : « Expresso. Alors, qu'est-ce que tu en penses ? » Le serveur bougonne une phrase dans laquelle « malpoli » émerge lorsque Aline réagit enfin : « Oui, si le docteur le dit, c'est que ça doit être vrai. Mais j'aurais bien aimé l'entendre de sa bouche. »

Charles marque un temps d'arrêt :

« Qu'est-ce que cela aurait changé ? Tu sais bien que je préfère aller là-bas tout seul, pas la peine de subir ça à deux.

— On a traversé notre vie à deux, enfin presque, pourquoi pas la maladie ?

— Pour t'épargner, c'est tout ! La maladie, ça s'affronte seul !

— Ah bon, première nouvelle ! Ta fatigue, tes humeurs, je ne les partage pas peut-être ? Tu peux décréter de ces choses, parfois, c'est incroyable. »

Le serveur dépose le café sur la table, repart sur la pointe des pieds.

C'est indicible, mais Aline n'est pas soulagée. Un peu, mais pas totalement. Par instinct, elle n'est jamais parvenue à se persuader de la dangerosité de la maladie pour Charles. Même si c'est irrationnel, elle a toujours pensé qu'on sent quand la mort rôde vraiment.

« Mais c'est une bonne nouvelle, ajoute-t-elle, pour casser le silence.

— Ah quand même... »

Il boit une gorgée, grimace sous l'effet de la brûlure.

« Pourquoi as-tu dit "enfin presque" ?

— Quoi ?

— Tu as dit qu'on avait traversé notre vie à deux, enfin presque...

— Parce que c'est juste la vérité, on ne traverse jamais tout à deux.

— Pourquoi ? Donne-moi un exemple !

— Alexandra.

— Quoi, Alexandra ?

— On ne l'a pas vécu de la même façon, c'est tout. J'ai beaucoup plus souffert que toi. Depuis quand n'en avons-nous pas parlé ensemble ? Dix ans, quinze ans ?

— Mais qu'est-ce que tu racontes ? Je t'annonce que mon cancer est sans doute derrière nous, et tu me parles d'Alexandra, à quoi ça rime ?

— Je l'ai revue.

— Hein ?

— Alexandra m'a contactée. Je lui ai parlé. Plusieurs fois. »

Charles se dit que depuis toujours un instant chasse l'autre, c'est le cours du monde. Mais désormais tout va plus vite, trop vite, même Aline est emportée dans ce tourbillon, incapable de s'attarder.

« Tu n'aurais pas pu choisir un autre moment pour m'annoncer ça ?

— Pourquoi ? C'est le jour des bonnes nouvelles, alors allons-y !

— Donc depuis des jours, ou des semaines peut-être, tu me mens par omission ? »

Aline pouffe et avale son thé de travers.

« Depuis quelques jours seulement…

— Très drôle, effectivement. Et alors, que devient-elle ? Si tu es autorisée à me le dire…

— Je m'autorise à tout, je te rassure, ce n'est pas à mon âge que quelqu'un va me dire ce que je dois faire. Alexandra va très bien. Elle est belle, vivante, elle est amoureuse de Juliette, elle réussit sa vie. Elle fait tellement plaisir à voir. »

Charles demeure longtemps silencieux, scrutant sa femme comme s'il cherchait à la décoder après soixante ans de vie commune.

« Elle a demandé de mes nouvelles ?

— Oui, je lui en ai donné. Je lui ai même parlé de ton début de cancer, de ton attente… Elle m'a semblé triste.

— Tu crois que….

— Je ne sais pas. En tout cas, c'est encore trop tôt.

— Tu ne m'as pas répondu : pourquoi tu me dis ça maintenant ?

— Parce qu'à un moment, il faut dire les choses, voilà tout. On ne peut pas garder un secret toute sa vie.

— Qui parle de toute la vie, si tu revois Alexandra depuis quelques jours seulement ?

— J'aurais pu la revoir secrètement, sans rien te dire, je me suis posé la question, figure-toi. Cela aurait été facile, en fait, le fantôme serait resté fantôme jusqu'au bout, ni vu ni connu. Mais j'ai réfléchi, et j'ai pensé qu'un minimum de respect pour toi m'obligeait à te le dire. Oui, du respect.

— Encore heureux, Aline, quand même ! Moi aussi j'ai souffert de cette absence, s'il faut absolument te le rappeler.

Moi aussi, j'aimerais revoir ma fille avant de claquer, j'y ai assez pensé ces derniers temps, si tu veux tout savoir. Merde alors, c'est quoi ce climat de défiance, on dirait que tu aurais préféré que je t'annonce que je n'en avais plus que pour deux ou trois mois !

— Pas du tout, ne mélange pas les sujets. Mais n'oublie pas, en tout cas je ne l'ai jamais oublié, à cause de quoi nous n'avons pas vu notre fille pendant vingt-cinq ans.

— Toi aussi tu mélanges les sujets. Tu me parles d'Alexandra, mais tu parles d'autre chose… »

Ils ne se sont pas parlé ainsi depuis Ortigia. Depuis vingt-cinq ans. Même sa demande d'explications après la révélation de Jean Mortier n'avait pas les mêmes accents. Ils avaient davantage louvoyé, elle pour le piéger, lui pour s'échapper. Aujourd'hui, comme à Ortigia, c'est une sincérité brutale qui les guide. Cela n'exclut pas les mensonges, au contraire, mais ils restent à leur place. Ce qui est dit est dit, seule la brutalité de la vérité émerge, ce qui est tu relève du tabou absolu, d'un indicible qui ne peut appeler que des actes. Aline conserve un ton feutré, elle déteste les cris inutiles, mais elle mesure sa violence, sait s'arrêter brutalement sur un mot, laisser Charles au bord du vide. Elle lit une forme de panique dans ses yeux. Elle ne s'en veut pas.

Aline serre son écharpe autour de son cou, le signal d'un départ proche, reprend la parole, « Tu vas encore me dire que j'aurais pu choisir un autre jour, mais au point où on en est : j'ai rédigé mes directives anticipées, s'il m'arrivait quelque chose et que je n'étais plus en état de décider quoi que ce soit. C'est une feuille rangée dans un tiroir de mon bureau.

— Effectivement, c'est le jour des grandes annonces, on solde les comptes ou on rentre quand même à la maison ensemble ?

— On ne sait jamais ce qui peut nous arriver maintenant, tu le sais bien. Et puis avec tous ces débats sur la fin de vie, j'ai beaucoup lu, tu devrais faire pareil d'ailleurs, c'est passionnant. Eh bien j'ai appris qu'à peine dix pour cent des Français ont rédigé leurs directives, c'est fou quand même. On se plaint toujours de l'administration, et là un outil existe et personne ne s'en sert. Maintenant, fais comme tu veux.

— Je vais regarder, puisque j'ai encore un peu d'avenir… Ils l'ont pondue, cette nouvelle loi ?

— Oui, ça y est… Ils l'ont appelée l'aide active à mourir.

— Ah… il leur fallait bien deux ans pour trouver ça. »

38.

C'est un soir avec « papa Charles ». Un de ces rares soirs, mais Lila rayonne, on fête ses cinq ans. C'est une enfant plutôt joyeuse, quoique discrète, qui a trouvé sa place mais pas davantage, comme dans cet appartement qu'elle occupe avec Myriam. Une petite chambre qu'elles partagent, un salon avec la kitchenette dans l'angle, une salle de bains-toilettes, le couloir d'entrée. Malgré le gâteau, Lila voit que sa mère fait semblant de lui sourire, elle est si triste de ne pas avoir eu le temps de lui trouver un cadeau, « Maman va vite se rattraper, pardon ma puce. » Elle fume à la fenêtre pendant que Charles ouvre une grande boîte et dévoile une magnifique poupée, presque aussi grande que Lila qui, en un instant, oublie tout et court dans l'appartement, se cogne au canapé et à la table car, sa mère le répète chaque jour, cet appartement est vraiment trop petit. Lila, elle, aime habiter « place des Fêtes, c'est la fête ».

Myriam, quand elle ne veut pas sombrer, regarde Lila et repense à sa naissance. Elle n'avait pas eu besoin de ses ovocytes congelés, mais peut-être les savoir à l'abri dans un labo, comme une garantie sur l'avenir, avait-il suffi. Elle est tombée enceinte quelques semaines après avoir retrouvé Charles. Tout est d'ailleurs allé si vite après le départ de Jean-Do, à travailler comme une brute avant d'aller boire au verre près du Palais, en envoyant des SMS à la chaîne à Charles, puis en l'appelant, encore et encore, frénétique, méthodique dans son désordre. Et, un jour : « Rdv aux Buttes jeudi 16h, sur le banc habituel. » La sécheresse du message, sa brutalité après ce silence, l'avait fait frissonner de plaisir, Je suis dingue, s'était-elle dit. Mais la preuve était là : il avait besoin d'elle comme elle avait besoin de lui. Pour elle, il est un chemin vers l'avenir, pour lui, elle est une voie parallèle, mais leurs deux routes ont toujours voulu se croiser. Elle le sait depuis le premier jour, au point qu'ils n'ont jamais eu besoin de vivre beaucoup ensemble. Myriam se demande souvent combien de jours ils se sont vus en presque quinze ans, leur séparation déduite, cela doit représenter deux ans, et encore. Mais c'est si intense, à chaque fois, leurs besoins se répondent parfaitement, même le sexe occupe une place à part, parfois ils parlent tellement, enfin surtout lui, qu'ils manquent de temps. Dès leurs retrouvailles sur « leur » banc, l'évidence a repris sa place, les regards sans un mot, les mains qui se frôlent, les mots, tantôt un torrent, tantôt un filet.

Charles travaille toujours autant, sous une pression permanente face à « l'effondrement du monde ». Il le répète souvent, comme une obsession et, même s'il semble toujours se contrôler, elle se demande parfois s'il ne devient pas un peu paranoïaque. Il anticipe des attaques terroristes ultra-sophistiquées, il redoute que les rangs de la police soient infiltrés, le niveau baisse, « On recrute des types qui savent à peine lire et écrire, c'est insensé, n'importe qui peut les retourner pour 200 euros ». Myriam est persuadée qu'il a vu l'arrivée de Lila comme un espoir dans ce chaos. Elle a retrouvé aussi cette douleur qu'elle a vite détectée, quelque chose se passe dans sa vie familiale dont elle ne sait toujours rien sinon qu'il a une femme et des enfants. Parfois, elle insiste, pour comprendre, mais il ne sort pas de son mutisme. Elle a cherché, lu quelques portraits de Charles dans la presse, jamais il ne dit un mot sur sa vie privée, quand un journaliste lui pose la question, il répond invariablement : « Jardin secret. » Il leur refusera toujours une vraie vie de famille, mais à chaque anniversaire, il est là, avec un cadeau. Lila l'amuse, Lila qui ne comprend toujours pas très bien qui est « papa Charles », si peu présent mais tendre dès qu'il la voit. Myriam explique souvent à l'enfant que Charles a beaucoup de travail, qu'il n'est pas souvent à Paris, que peut-être un jour les choses changeront. Un jour, Lila a dit « papy Charles », Myriam n'en a pas dormi.

Lila cesse de courir, elle s'installe dans le canapé avec sa poupée. Myriam allume une nouvelle cigarette. C'est le moment. Il va bien falloir expliquer pourquoi elle n'a pas de cadeau.

Un matin, la semaine dernière, comme à chaque fois en remontant de la cave, son cœur battait un peu plus fort. Ses gestes sont toujours les mêmes. Au fond de ces neuf mètres carrés qui sentent l'humidité, Myriam dégage quelques cartons remplis de vieux vêtements, les siens ou ceux de Lila petite. Puis elle saisit un grand sac poubelle qui en renferme plusieurs autres, des pelures qui protègent de l'humidité le dernier sac, bleu, Ikea. Myriam l'ouvre et frissonne toujours en humant l'odeur, mélange de papier, de neuf, des billets dont la plupart ont gardé leur craquant. Elle en prélève une quinzaine d'un paquet tenu par un élastique, la moitié de 50 euros, quelques-uns de 100 euros, deux de 200, et referme soigneusement tous les sacs, avant de les replacer derrière les cartons. Elle utilise cet argent pour des dépenses discrètes, des petites courses alimentaires et des vêtements, pour l'essentiel. L'autre jour, elle a repéré une jolie robe, l'été approche, 120 euros, parfaite pour « un petit moment Jean-Do », et pour l'anniversaire de Lila. Elle y pensait si fort qu'elle a à peine remarqué les trois hommes qui se trouvaient dans la cour de l'immeuble. Elle a alors repéré leur brassard orange.

Ils ont été courtois. « Madame Desmures, veuillez nous suivre s'il vous plaît. » Elle a compris sans comprendre, mis à part le sac Ikea et les billets tout neufs de temps en temps dans son sac à main, tout ça était devenu de l'histoire ancienne. Pas une seule fois, depuis son évaporation, elle n'a eu la moindre nouvelle de Jean-Do. Au cabinet, elle a surveillé, lu attentivement les documents qui lui passaient sous les yeux, jamais elle n'a vu apparaître son nom. Mais lui ne l'avait pas oubliée, ont rapidement expliqué les policiers, une fois qu'ils avaient rejoint les bureaux de la brigade des stups. La juge d'instruction de Myriam répétait si souvent « C'est ici que ça se passe », si ambitieuse, si fière des grosses enquêtes qu'elle pilotait, que Myriam avait bêtement, inconsciemment, négligé que beaucoup d'autres juges œuvraient contre les trafics de drogue, qui ne cessent d'enfler, de déborder la France, Charles lui parle souvent de ces « douaniers et de ces flics ripoux » de plus en plus nombreux à défiler dans les locaux de l'IGPN. « En revanche, c'est la première fois que nous avons une greffière dans nos bureaux », lui a dit un commissaire, qui semblait sincèrement étonné de la présence de Myriam.

Jean-Do l'avait balancée, une semaine plus tôt, après une longue cavale de six ans. Ils l'avaient interpellé en Espagne où il vivait de petits boulots au noir en écoulant son cash. « Je suis désolé de vous l'apprendre, madame, mais il n'a pas mis longtemps à nous raconter votre petit trafic. Cela a dû bien arrondir vos fins de mois. Pas d'état d'âme, Jean-Dominique Fratelli. Cela vous surprend ? » Myriam a découvert que le réseau entier était tombé au terme d'une longue enquête qui avait démarré peu après qu'il s'était volatilisé de Paris. « Des types coriaces, très organisés. Ils ont des complices dans la police, étiez-vous au courant ? Avez-vous des contacts dans ce milieu ? » a lâché un enquêteur. Myriam a nié, tremblante, savaient-ils ? Son premier interrogatoire fini, ils l'ont emmenée chez elle, ont fouillé l'appartement avant de descendre dans la cave, où ils ont saisi le sac Ikea. À l'intérieur, 173 000 euros.

Lila dort depuis longtemps lorsque Myriam achève son récit, il ne lui reste presque plus de cigarettes. Charles n'a pas bougé du canapé, il ne l'a jamais interrompue, l'écoutant les bras croisés ou les mains serrées. « Ils m'ont laissée sortir après quarante-huit heures de garde à vue. Je suis libre mais mise en examen et sous contrôle judiciaire.

Interdiction de travailler. Le procès aura lieu dans un an environ, d'après ce que m'a dit l'avocate, une commise d'office, tu en connais un pour la suite ? »

Ils se taisent. De la rue montent les bruits des bars voisins, des jeunes chantent et rient, ils leur semblent vivre dans un autre monde. Myriam sait que son récit vient de plonger leur histoire dans une dimension nouvelle, vertigineuse. Charles se frotte le visage.

« Pourquoi ne m'as-tu rien dit ? » « Pour te protéger. Pour nous protéger. Si tu avais su, tu m'aurais quittée sur le champ, non ? » « Je ne sais pas… » Mais il sait : oui, évidemment, il aurait dû couper les ponts avec une femme receleuse d'un trafic de stupéfiants. Oui, il aurait dû alerter ses collègues de la police judiciaire, la simple connaissance d'un tel délit l'aurait placé dans cette obligation. « Si, tu sais bien, Charles. En gardant le silence, je nous donnais une chance. En te racontant, je tuais notre histoire. J'ai choisi. »

C'est absurde, mais Charles se demande pourquoi Aline n'a, elle, pas encore « choisi » de le quitter. C'est comme si la situation de Myriam venait de le ranger une bonne fois pour toutes dans la catégorie des salauds, des infréquentables, des types qui flirtent avec la ligne rouge, et qu'il aurait été logique qu'Aline l'ait déjà foutu à la porte. Mais de quelles preuves dispose-t-elle ? Depuis que Jean Mortier a cafté sur son passage estival à Paris, un épisode dont elle ne lui a parlé qu'une seule fois et qu'il a nié, il n'a commis aucune autre erreur. Ils ont abandonné les séminaires de fin d'été, sauf une fois afin que le scénario demeure crédible. Même si Aline est devenue plus lointaine, que leur vie sexuelle n'est plus qu'un souvenir, autant de traces du temps qui s'écoule, la vie reprend son cours. Cependant, face à Myriam qui commence à pleurer, Charles sait que tout vient de changer.

Son récit signe un désastre, et pourtant Charles embrasse la situation avec une immense clarté. Il regarde cette femme qui extirpe de son paquet chiffonné sa dernière cigarette, l'allume en tremblant, et comprend encore plus intensément le sens de leur histoire. Un long frisson le traverse : pour toujours, désormais, Myriam sera à sa main. Il devient son dernier recours, son fil qui la retiendra à la vie. Car il ne pourra pas en être autrement : elle va être condamnée, radiée de la fonction publique, sans doute va-t-elle éviter la prison, mais sa peine va inclure une lourde amende. Dans un an environ, après le procès, Myriam, qui n'a aucune famille, ne sera socialement plus rien. Sans lui, elle ne sera plus de ce monde.

Depuis quinze ans et ce séminaire où elle lui est apparue, il a su qu'il l'aimait pour ce qu'elle était, mais aussi pour ce qu'elle allait devenir. C'était l'intuition originelle, qu'il ne pouvait pas définir à l'époque. Myriam était un aimant, c'était tout. Cette soirée représente une forme d'aboutissement à son besoin, profond et impérieux, de dominer totalement quelqu'un. Il repense à ces quelques années précédant ses cinquante ans, son ennui croissant, ces pathétiques séances chez le psy au cours desquelles il n'avait pu qu'exprimer un bonheur réel, indiscutable, mais si balisé et formaté que seul un mur allait se dresser au bout de la route. Il avait besoin de partager une fragilité, un désespoir naissant, de s'y engouffrer pour faire le bien, devenir indispensable, tout-puissant. S'il aime cette femme depuis si longtemps, c'est avant tout parce qu'elle lui permet de jouer ce rôle. Aline, elle, est douée pour son bonheur, tout en étant capable de le construire pour deux. Cela, aussi, il l'a saisi dès le départ.

Même l'arrivée de Lila n'a pas changé la nature profonde de leur relation. Depuis cinq ans, Charles respecte la ligne qu'il a décrétée à sa naissance : à Myriam d'assumer cette enfant, rien ne devait changer le cœur de leur histoire. À son âge, il était hors de question qu'il redevienne un « vrai » père. Il est un mentor, un guide, un amant. Un repère. Mais, là aussi, tout vient de changer.

« Je dois y aller, tu sais bien. » Il s'absente très rarement de chez lui si tard le soir. Il est « officiellement » au pot de départ en retraite d'un collègue. Le sol du studio est couvert de petits morceaux de papier cadeau, il en ramasse quelques-uns avant d'enfiler son manteau, « laisse, laisse, je rangerai… »

Charles est intrigué par cette nouvelle donne, c'est comme une partie qui recommence. Il est même excité par les dangers qu'elle comporte, y compris par le premier d'entre eux : un mot de Myriam, le propulsant dans la lumière judiciaire et médiatique, et sa vie entière s'écroule. Comme si, presque, il n'aurait jamais existé.

39.

Lorsqu'elle se lève pour écouter le verdict, à côté de cet avocat qui n'a servi à rien, Myriam est si pâle que le public a l'impression de ne voir que sa chevelure brune, ses traits se sont comme effacés. Elle ne s'en rend pas bien compte, car elle a choisi de ne rien lire, ne rien écouter pendant les audiences, mais depuis cinq jours c'est elle, la star du procès. La presse s'est délectée de cette « figure de l'ombre », « la trahison de la greffière, symbole d'une corruption banale mais extraordinaire. C'est une première dans l'histoire de la Justice », a écrit un quotidien de droite. « Nous connaissions les douaniers et les policiers ripoux, mais jamais une petite main comme Myriam Desmures n'avait autant mis ainsi en lumière la dérive de l'institution judiciaire », a aussi cinglé le journaliste. Jean-Do l'a à peine regardée pendant les audiences. Même le règlement de compte mortel, qui a coûté la vie à « son meilleur pote » et qui les a tous amenés devant les assises, est apparu presque banal au regard de « l'histoire de la greffière ».

La présidente de la cour égrène les peines d'une voix blanche : les cinq trafiquants sont condamnés à des peines de prison ferme, dont vingt ans de réclusion pour le tueur. Myriam écope de cinq ans avec sursis, le seul point sur lequel son avocat avait raison ; elle est radiée de la fonction publique et condamnée à une amende de 150 000 euros. Elle est ruinée, pour toujours. Elle s'accroche à la barre du box des accusés, en proie à un léger vertige.

Personne, dans la salle qui est lentement évacuée dans un silence presque religieux, ne peut mesurer l'autre enjeu de ce procès. Il y a eu ses mots, ses réponses aux magistrats, le récit de son idylle avec Jean-Do, ses recherches dans les dossiers de la juge d'instruction, tôt le matin ou tard le soir, les enveloppes de cash remises par Jean-Do, ses petits achats pour se faire plaisir, le gros du butin caché dans la cave. Mais personne n'a pu percer son plus grand secret.

Pendant ces cinq jours de procès, Myriam a mesuré son pouvoir. Dès le début de l'enquête, un an plus tôt, elle a compris que sur le strict plan pénal, Charles serait intouchable. Ils étaient séparés, ou plutôt éloignés, pendant le trafic, elle ne lui en a pas parlé jusqu'à son interpellation. Il n'est donc pas son complice. Mais devant ses juges, en voyant défiler à la barre les enquêteurs des stups, en regardant les nombreux journalistes serrés sur le banc de la presse, elle a compris la bombe que constituerait une simple phrase : « Depuis plus de quinze ans, je suis la double vie de Charles Perrière. » En treize mots, la réputation d'un des plus grands flics de France serait détruite, la suspicion de tous, ses collègues, la presse, les nombreux politiques qu'il lui raconte fréquenter, s'abattrait sur sa vie entière. Car Myriam connaît mieux que quiconque la fragilité qui accompagne la puissance. Passer sa vie en haut de l'affiche impose de ne commettre aucune erreur, la plus belle des carrières, la plus brillante des réputations s'écroulent sur une seule faute, parfois juste un soupçon. Surtout au poste qu'occupe Charles, gardien de la probité, et parce qu'il a bâti tout son personnage sur cette image d'absolu incorruptible. Il lui raconte souvent le respect qu'il impose à tous, le silence qui s'installe lorsqu'il pénètre dans une pièce ou qu'il ouvre une réunion. Il EST la règle. Qu'importe s'il n'a pas pris part à son trafic, il sera, si elle parle, celui qui partage sa vie avec une femme qui incarne désormais le visage de la trahison, de la tricherie, de la cupidité au service de trafiquants eux-mêmes symboles d'un des fléaux les plus destructeurs qui traversent la société. Pire, Charles portera le sceau de la trahison domestique, c'est même peut-être celle que tout le monde retiendra. Il rentrera dans les foyers, par les médias qui ne le laisseront jamais en paix car l'histoire sera trop belle, avec l'image du salaud, de l'infidèle, du coureur de jupons, du père indigne, et sa puissance s'écroulera encore davantage par là, entachera pour longtemps la probité de la police entière, des élites françaises. Cela se passera ainsi, car pour tous il sera inconcevable que Charles Perrière ne savait pas. Il pourra répéter qu'ils étaient séparés pendant la durée du trafic, personne ne l'entendra.

Elle n'a pas prononcé ces treize mots. Elle a failli, les quatre jours où Charles n'était pas présent, mais il était inconcevable qu'il assiste à l'intégralité du procès. De même, ils avaient décidé de ne pas se voir le soir après les audiences car les paparazzi rôdaient près de son immeuble.

Elle a compris cette absence, l'impossible explication qu'il aurait dû fournir aux journalistes sur les raisons d'un tel intérêt pour ce procès, mais elle s'est brutalement sentie si isolée : sans famille, sans collègue ou ancien collègue avec lesquels elle n'a jamais noué de relations personnelles, seule avec cet avocat qu'elle connaît à peine, elle n'avait que Charles comme allié. Elle a failli parler, aussi, le cinquième jour, celui des plaidoiries, lorsqu'il est apparu, s'installant au deuxième rang, superbe dans son costume bleu nuit, aussitôt interpellé par une journaliste qui s'est déplacée exprès pour quelques questions et à laquelle il n'a consenti que quelques mots. L'avocat de Myriam a parlé, longtemps et mal, sans conviction. Elle a à peine écouté celui de Jean-Do et des autres trafiquants, qui n'ont pas évoqué son existence. Elle a surtout failli craquer lorsque le procureur de la République l'a accablée, « faussaire », « infamie pour cette profession essentielle à la Justice », en la regardant les yeux dans les yeux. Elle a ressenti une telle honte à cet instant, les regards de la salle entière braqués sur elle, qu'elle a eu envie de faire diversion, de détourner l'attention en lâchant sa bombe : « Mais si cet homme, oui, lui, cet homme du deuxième rang, oui, lui, l'incorruptible, m'aime, alors comment puis-je être à ce point le diable ? »

Elle n'a pourtant pas desserré les dents, consciente que ses mots n'auraient rien changé à son cas, l'auraient peut-être même aggravé. Sans doute serait-elle passée définitivement pour une folle, une déséquilibrée qui n'aurait jamais dû occuper un tel poste, peut-être triche-t-elle depuis le début de sa carrière, cette dingue au visage pâle, les cheveux mal coiffés, les traits creusés. Quand l'envie l'a traversée de se lever et de crier, elle a aussi pensé que seul Charles pouvait les aider, elle et Lila. Il est leur unique bouée, son repère, sauf pendant la période Jean-Do, oui mais voilà où elle l'a menée. Pendant le réquisitoire du procureur, elle a souvent regardé Charles, qui n'a pas détourné les yeux, elle y a lu de l'amour, mais aussi de l'inquiétude, une pointe d'affolement même. En se voyant si peu, depuis toutes ces années, elle a développé une capacité à se concentrer comme personne pour ne pas perdre une seconde de leurs moments, se souvenir de chaque trait de son visage, et elle a vu dans ses yeux que Charles avait parfaitement compris le dernier pouvoir qui lui restait.

Elle a raison.

Charles a été soulagé lorsque la journaliste du *Monde* s'est faufilée jusqu'à son banc pour l'interroger sur les raisons de sa présence. Il lui a expliqué en deux phrases que dans ses fonctions, un cas de corruption chez une fonctionnaire l'intéressait au plus haut point. « Les affaires de violences policières dans les manifestations augmentent, tout comme les comportements privés, je pense aux violences conjugales par exemple, mais il ne faut pas perdre de vue la corruption, le cœur du sujet. » Il voulait donc observer, comprendre les arguments des avocats puisqu'il connaissait déjà le fond de l'affaire. Dès qu'il a aperçu son homologue, l'inspecteur général de la Justice, il s'est vite rapproché pour entamer une brève conversation en notant avec satisfaction que la journaliste les regardait bien et essayait de lire sur leurs lèvres.

La légitimité de sa présence acquise, il a pu prendre place au deuxième rang au milieu d'un groupe de femmes, comme les bons élèves, les plus passionnés. Il s'est assuré de ne pas voir Aline rentrer dans la salle, sans doute assiste-t-elle aux audiences d'une affaire de grand banditisme qui vient de commencer à Créteil. Il voulait être au plus près de Myriam, saisir son regard et peut-être, même si l'espoir était mince, capter une fragrance de son parfum. Depuis un an, ils ont longuement préparé l'audience. Pendant des heures, dans le petit studio de la place des Fêtes, il a joué à l'avocat de Jean-Do, qu'il connaît bien, puis au procureur, qu'il connaît encore mieux. Il a bombardé Myriam de questions, parfois sous les yeux intrigués de Lila qui aimait leur jeu, jusqu'à l'amener près du point de rupture : comment n'a-t-elle pas compris qui était Jean-Dominique Fratelli, et ses amis, comment a-t-elle pu trahir une juge d'instruction d'une telle qualité, qui lui accordait une confiance totale, quelle vision avait-elle de son métier, de la Justice, mesurait-elle l'exemple qu'elle allait incarner pour toujours ? Myriam avait parfois craqué mais Charles la rassurait, c'était bien, il valait mieux pleurer maintenant, à l'audience ça serait encore plus impressionnant, la salle allait paraître immense, les regards hostiles, le silence épais, le procureur ne lui ferait pas de cadeau. « Tu connais bien les cabinets d'instruction et les interrogatoires, Mi, mais l'audience, ça n'a rien à voir, n'oublie pas. » En préparant l'interrogatoire de personnalité, ils ont marqué un temps d'arrêt. « Bien sûr, je n'existe pas… », s'est senti obligé de rappeler Charles, sans dureté particulière dans la voix, mais avec un ton qui n'appelle pas de réponse, « Évidemment… », a murmuré Myriam.

Charles ressent malgré tout ses muscles se relâcher, ses épaules s'affaisser, lorsque l'énoncé du verdict prend fin. Jusqu'au dernier instant, Myriam aurait pu prendre la parole, même de façon anarchique, comme une désespérée. Il n'a pas vraiment douté de sa loyauté, mais il connaît assez le pouvoir de l'audience, la peur qui s'installe, celle de tout perdre, de sombrer dans une sorte de trou noir, de se parer des habits du banni, qui donne envie de dire n'importe quoi, parler juste pour exister encore, avant de disparaître par la petite porte du box des accusés dans la peau d'une condamnée. Mais Myriam a résisté, n'a pas trahi. Il a bien fait de venir, c'était plus prudent. Rien ne peut plus être dit dans cette enceinte, le silence va reprendre ses droits. Leur histoire va regagner sa place, juste entre eux deux, là où personne ne pourra jamais se glisser, comme depuis le départ. Un mélange de soulagement et de tristesse étreint Charles, qui s'autorise ce qu'il s'est interdit toute la journée : regarder Myriam qui se tient là, à portée de main, à écouter son avocat. Elle capte les yeux de Charles et s'y ancre. Cela dure six ou sept secondes mais elle en a tant besoin qu'un sourire se forme, redonne un peu de vie à son visage éteint. Charles ne résiste pas et lui fait un petit geste de la main.

Charles perçoit l'immense vulnérabilité de Myriam, mais songe qu'il ne devra pas oublier son pouvoir. Jamais il ne devra desserrer sa vigilance. En cinq jours, elle est devenue un personnage public, sa parole a acquis une nouvelle puissance. Elle pourra toujours, dans cinq ou dix ans, appeler un journaliste pour lui raconter son histoire. Leur histoire. Tout a changé. Il va devoir s'occuper davantage de Myriam, la veiller, la surveiller, moins la laisser seule, davantage l'écouter, peut-être prêter plus attention à Lila, même s'il ne veut pas faire trop de concessions sur ce sujet. Il pense à tout cela depuis des mois, il est prêt, mais alors que la foule s'écoule lentement, il mesure la difficulté de la tâche.

Deux jours plus tard, Charles ouvre la porte bleue, ce bleu qu'il a aimé dès sa première visite rue de Crimée, il y a quelques semaines, s'efface pour laisser Myriam rentrer la première. Elle s'avance de quelques pas et sourit, pour la première fois de la journée, en découvrant la vue sur les arbres depuis le salon. « Ce n'est pas immense, mais vous serez mieux. » « Tu es dingue, Charles… », finit-elle par lâcher en s'écroulant dans un canapé. Il ne sourit pas, absorbé par l'impression qu'il vient de lui ouvrir la porte d'une cellule.

40.

Aline sort de la salle d'audience parmi les premières. Avec l'expérience, elle connaît les meilleures places pour à la fois bien voir, bien entendre et se déplacer rapidement sans être engluée dans la foule. Elle n'est pas pressée, la retraite lui a redonné le temps dont elle rêvait depuis des années. Elle a appris à reconnaître deux catégories de procès : ceux qui lui donnent envie de traîner un peu dans les couloirs pour papoter avec son groupe de copines du Palais, Béa, Aude, Caroline, comparer leurs impressions, raconter leur moment préféré, celui où d'après elles tout a basculé, voter pour la meilleure plaidoirie. Elles ont fait leur propre classement, c'est Béa qui tient un tableau Excel où les performances de dizaines d'avocats sont notées, elles ont même séparé les Parisiens des provinciaux. Ce sont les procès où la part de doute est faible, même si les audiences ont été intéressantes. Et puis il y a les audiences à l'issue desquelles Aline a besoin de rester seule, pour réfléchir, décortiquer les faits, les analyser, répéter des extraits des plaidoiries ou du réquisitoire, et surtout comprendre le « pourquoi ». Elle relève le col de sa veste et s'engage dans la grande avenue qui longe le Palais, elle a le temps avant d'attraper son métro.

Ce procès-là est encore différent. Il l'a plongée dans une autre dimension.

Le vent est frais mais ça lui fait du bien, elle en a besoin après ces cinq jours d'audience dont elle n'a pas loupé une minute. Dans leur groupe, Aline passe pour la spécialiste absolue de l'histoire de la greffière. Elle a tout lu, tout vu, tout entendu. Pas une date ne lui échappe, elle connaît les prénoms et noms de toute la bande de trafiquants de stups, ceux de leurs avocats, des principaux enquêteurs. Elle peut raconter le fonctionnement du réseau, où sont leurs points de deal, dans quels ports d'Europe ils se fournissent, leurs tarifs, y compris le prix de la corruption des douaniers, des agents portuaires (« 60 000 euros pour la copie d'une carte magnétique d'accès au port, t'imagines, Béa ! »)… et de Myriam Desmures. Quelle femme étrange ! À la barre du tribunal, elle a fasciné Aline par son sang-froid, cette distance par rapport à ses actes, d'ailleurs elle a reconnu qu'elle n'avait pas un immense besoin d'argent, c'était « une sorte de défi », « presque un jeu » à un moment très compliqué de sa vie, alors qu'elle affrontait « une sorte de grand vide qui semblait sans fin ». Aline a aussi apprécié que la greffière n'essaye pas de tirer les larmes des jurés et des magistrats, elle a assumé ses choix, froidement, presque trop, Aline s'est par instant demandé si cette femme avait toute sa tête. Sa solitude l'a aussi saisie, ni famille ni collègues présents dans la salle, juste son avocat, un grand type qui a semblé dépassé par les événements. Aline est frustrée de ne pas avoir encore lu un vrai portrait fouillé de cette femme, et contrariée parce qu'elle avait prédit huit ans de prison avec sursis pour la greffière, et non cinq.

Et puis il y a eu ces quelques secondes.

Ce matin, très exceptionnellement, elle est arrivée un peu en retard à cause de celui du RER. La foule était déjà nombreuse devant la salle d'audience, elle n'a trouvé qu'une place dans les deux derniers rangs. Elle a mis un peu de temps à prendre ses repères. C'est pour ça qu'elle aime être sur les tout premiers bancs, pour rester concentrée, ne pas être sans cesse tentée de regarder autour d'elle, de se demander qui est qui. Elle s'est donc focalisée sur Myriam Desmures. Dans son axe de vision, Aline a reconnu les nuques de Béa et Caroline, toujours bien placées, celle d'un enquêteur de la police qui a suivi tout le procès, celle d'une fonctionnaire au ministère de la Justice, qui a témoigné hier.

Et celle de Charles. Nette, il est allé chez le coiffeur la semaine dernière. Avec son petit tic, se gratter le cou et passer sa main à la limite entre les cheveux et la peau, comme pour s'assurer que tout est en ordre. Aline s'est tassée sur son siège. Il connaît sa passion pour les procès, mais elle ne lui a pas raconté cette affaire de greffière. Ils se sont très peu parlé ces derniers jours, ils traversent une de ces périodes de froid qui rythment leur vie depuis la trahison, ces moments où Aline choisit de ne penser qu'à elle, et qui deviennent de plus en plus nombreux. Alors que l'heure du déjeuner approchait, Aline s'est discrètement éclipsée de la salle en demandant à sa voisine, qu'elle connaît de longue date, de lui garder son siège pour l'après-midi. Elle a mangé un sandwich en tournant dans les rues autour du Palais, puis elle est revenue juste avant après la reprise de l'audience. Charles était à la même place que le matin. Elle a essayé de comprendre sa présence. Il est normal qu'une telle affaire de corruption de fonctionnaires l'intéresse, même s'il ne s'agit pas de policiers. D'ailleurs, elle l'a vu parler avec la journaliste du *Monde*, puis avec un homme en costume, peut-être un hiérarque du Palais de justice, ou du ministère.

Alors que le verdict venait d'être rendu, Aline s'est dissimulée derrière un pilier au fond de la salle. Elle a regardé la foule s'écouler lentement en commentant les peines, nombreux étaient les observateurs qui étaient soulagés que Myriam Desmures n'ait pas écopé de prison ferme. Elle a observé Charles, debout à l'extrémité de sa rangée, les mains croisées derrière son beau costume bleu nuit, son préféré. Elle a attendu. Et elle a saisi ce regard. Puis elle a vu les mains de Charles se décroiser pour exprimer un petit geste, poing droit serré, vers Myriam Desmures, qui a acquiescé, une ombre de sourire balayant ses traits épuisés. Cela a duré moins de dix secondes. Une sorte de froid a envahi Aline, l'impression de ne plus être à sa place, exclue par l'intimité silencieuse du tableau. Cet instant a suffi pour faire d'elle l'intruse, la voyeuse, celle qui force une porte blindée. Elle n'a aucune certitude, encore moins de preuve, mais l'intuition d'avoir assisté au prolongement de la trahison était si forte qu'elle en a eu le souffle coupé. Comme les juges, elle venait de se forger son intime conviction.

Quelques secondes sont donc largement suffisantes pour faire basculer une vie. Depuis des années, elle se sent souvent en colère, puis ça passe. Désormais, la rage vient de prendre le contrôle de son existence. Aline voit son métro surgir, un léger étourdissement l'envahit. Elle recule de deux pas et ferme les yeux.

Il est plus facile de reconstruire une histoire lorsqu'on en possède l'épilogue. C'est un peu comme lors d'un procès, au fond, songe Aline en observant un couple de jeunes femmes s'embrasser. Certaines déclarations à la barre seraient incompréhensibles si, plus tôt, le magistrat n'avait pas longuement expliqué la personnalité du prévenu, ses actes, les zones d'ombre qui subsistent. C'est pareil avec Charles : depuis quelques mois, elle l'a senti plus léger, parfois carrément joyeux. C'est lui qui a proposé cette semaine printanière à New York, le matin il laissait même son téléphone à l'hôtel, et ne se jetait pas dessus en rentrant en fin de journée. Il a repris le jardinage, s'occupe bien du jardin, revient parfois dans la cuisine avec un petit bouquet de fleurs qu'il lui offre. Il a aussi recommencé à écouter de la musique, le soir elle aime entendre des notes de jazz ou d'opéra s'échapper de son bureau où il travaille. Car, sur ce point, rien n'a changé, il continue de rentrer tard, avec ces maudites réunions fixées à la dernière minute. Mais il est plus heureux, il n'y a aucun doute.

Désormais, Aline est certaine de savoir pourquoi.

QUATRIÈME PARTIE

41.

Aujourd'hui, Charles n'a pas la force de monter dans le nord-est. Dupieux continue de lui assurer que les bilans intermédiaires sont encourageants, mais la fatigue du traitement l'emporte en ce début d'après-midi. Aline est sortie rendre visite à une amie victime d'une chute, à leur âge se casser le col du fémur devient un drame qui signifie des semaines d'isolement. Charles s'installe dans le canapé et branche sa petite caméra sur la télé. C'est une Canon dernier cri. Même les vendeurs du centre commercial de Bangkok, qui apparaissent sur les premières images, ne connaissaient pas encore ce modèle. Ils se la passaient de main en main dans un incroyable brouhaha, jusqu'à ce que l'un d'entre eux, plus audacieux, la déclenche puis s'approche d'eux, s'amusant à leur tourner autour, à zoomer, « *Smile, smile!* » criait-il sous les rires de ses collègues. Et les leurs.

Lila, surtout, avait adoré cette mise en scène. « Regarde, mais regarde, papa ! » Charles était débordé par toute cette agitation. Il était arrivé deux jours plus tôt et ne s'était pas encore adapté au rythme de cette ville qu'il connaissait pourtant bien. L'inquiétude des médecins avait occupé ses pensées pendant tout le vol, l'empêchant de dormir, si bien qu'il prenait de plein fouet le décalage horaire, la chaleur et l'humidité. Il se demandait, chaque minute s'il fallait qu'il partage son inquiétude avec sa fille, dont la joie de vivre lui explosait au visage. Après tout, il avait parcouru dix mille kilomètres pour fêter ses vingt ans, c'était un motif amplement suffisant, il n'était pas nécessaire de gâcher la fête. Depuis son dernier passage à Paris, l'an dernier, Lila avait fondu, avait noté Charles dès leurs retrouvailles à l'aéroport. Non pas qu'elle était devenue maigre, mais sa silhouette, parée d'une tunique turquoise, avait gagné en légèreté, en fluidité, elle semblait effleurer le sol plutôt que de le toucher, ce qui avait renforcé son impression d'être lent, lourd, pataud. Si vieux. Mais si heureux de la serrer dans ses bras, de plonger ses mains dans ses cheveux bouclés, de caresser ses joues si douces.

Lila vit seule dans une grande tour pas très loin de la pagode du palais royal. L'appartement n'est pas grand, une quarantaine de mètres carrés, mais il est moderne, lumineux, avec une chambre qu'elle a cédée à son père. Il a tout de suite aimé vivre au vingt-sixième étage, contempler la ville illuminée. Lorsqu'ils étaient venus avec Aline, ils avaient toujours loué des chambres d'hôtel de ce type, situées dans les étages le plus élevés possible. Il a d'ailleurs cru reconnaître un de ces hôtels à la forme ovale de sa piscine, au bord du fleuve, qui leur semblait minuscule depuis leur terrasse, ils en avaient ri. À plusieurs reprises, depuis la retraite, Aline a suggéré qu'ils reviennent en

Thaïlande, il n'a jamais voulu, soucieux de continuer à découvrir de nouveaux pays tant qu'ils le pouvaient, « On n'a plus le temps de revenir sur nos pas ».

Charles sursaute, il a cru entendre la clé dans la porte d'entrée. Il coupe le son, mais non, rien, juste son souffle, sa peur d'avoir été surpris. Sur l'écran, Lila achète des légumes sur un marché, sautille en traversant une rue, lèche une glace en riant, essaye un T-shirt, ferme les yeux dans le métro, et lui qui filme, inlassablement, « Mais arrête un peu, papa, profite, on dirait que tu veux me capturer pour toute la vie ! » C'était un peu ça, petite Lila, ton père avait peur de ces analyses en cours, tétanisé en imaginant que dans un labo, à des milliers de kilomètres, un homme découvre le pire avant de rentrer chez lui le soir, retrouver sa famille et l'oublier sur le champ, transmettre le lendemain ses résultats à Marois qui allait les ranger dans un tiroir de son bureau, y jeter un œil une fois Charles rentré de voyage, préparer quelques mots, s'il en avait encore besoin tant il avait annoncé les mauvaises nouvelles des centaines de fois. Alors Charles filmait, sans cesse à vérifier que la caméra enregistrait bien, pour être certain que ces instants de bonheur ne seraient pas les derniers. Et qu'une fois de retour sur son canapé parisien, il pourrait les revivre à l'infini, en repensant à leur étrange vie.

Un soir, peu après les dix-huit ans de Lila, il lui avait tout raconté. Dès le début de son adolescence, Lila avait compris que la vie de son père n'était pas normale. Jamais là pour dîner, quelques moments le week-end, un cinéma le samedi, un passage en coup de vent le dimanche, « Ça va les devoirs ? Ne te couche pas trop tard ce soir ». Petite, elle acceptait la situation sans rien demander, après tout elle avait des copines qui vivaient seules avec leur mère, ne voyant leur père qu'un week-end sur deux ou pendant les vacances scolaires. Longtemps Myriam a expliqué que Charles avait un travail très prenant, c'était un grand chef de la police, il partait souvent hors de Paris, et même parfois pour de longues missions à l'étranger, en Afrique, aux États-Unis, parfois plus loin encore mais c'était top secret, Lila écarquillait les yeux, fascinée et effrayée par les risques que semblait prendre son père. Vers quinze ou seize ans, même si elle avait trouvé une sorte de stabilité dans ce rythme chaotique, elle avait commencé à en demander davantage, les différences entre sa vie et celle de ses copines devenaient trop criantes, toujours les vacances avec maman, si papa ne venait pas plus souvent c'est donc qu'il ne les aimait pas. Elle projetait sa colère sur sa mère incapable de convaincre son père de passer plus de temps avec elles, elle commençait à prendre ses distances, à se renfermer ou à s'énerver en exigeant des explications.

Alors, en tête à tête dans un restaurant près de Bastille, Charles avait raconté sa double vie à Lila. « Je t'aime, j'aime ta maman, mais depuis longtemps déjà j'aime aussi une autre femme avec laquelle j'ai construit une première famille. J'ai trois enfants qui sont bien plus âgés que toi. Voilà pourquoi je ne suis pas souvent à la maison. Tu dois me croire, Lila, quand je dis que je vous aime et que je prendrai toujours soin de vous. Depuis ma rencontre avec ta maman, je ne veux faire de mal à personne, c'est peut-être une erreur mais c'est ainsi. » Il s'attendait à ce que Lila se lève et quitte la table, mais elle l'avait écouté. « Ton autre femme et tes enfants savent pour nous ? » « Non, ils seraient trop malheureux, je ne veux pas leur infliger ça. » « Mais c'est un peu comme si on n'existait pas, alors ? » « Non, Lila, vous êtes aussi importantes que mon autre famille, sinon tu ne serais pas là. J'aurais pu quitter ta maman mille fois, mais elle a besoin de moi, et j'ai besoin d'elle. » Lila avait hoché la tête, puis s'était perdue dans ses réflexions.

Un an et demi plus tard, elle leur annonçait son départ pour Bangkok. Charles a toujours pensé qu'elle avait pris cette décision dans ce restaurant, pendant ces quelques minutes où elle était restée silencieuse. Lila acceptait la situation mais, lucide et étonnamment mûre pour son âge, elle en tirait les conséquences. Peu après son arrivée, elle leur avait écrit un long mail en justifiant son choix de partir si loin, cela aurait pu être l'Amérique du Sud ou même l'Australie, Bangkok était un peu un hasard, elle ne connaissait pas l'Asie. L'idée était en effet de s'éloigner très loin de sa première vie, de lui, d'eux, elle s'excusait, mais elle en avait besoin.

Les deux semaines avaient filé. La première, Lila ayant posé des vacances auprès de la société de datas qui l'avait recrutée peu après son arrivée, ils avaient sillonné Bangkok, plutôt l'après-midi pour ne pas trop fatiguer Charles. Lila lui avait proposé de passer deux jours dans le nord du pays, à Chiang Mai, mais il avait décliné, préférant flâner à ses côtés, la regarder vivre, tout simplement, même s'il ne le lui avait pas dit ainsi. Il lui offrait ce qu'elle aimait, même si elle ne réclamait rien de particulier, une robe, des petits bijoux sans valeur sur un marché de nuit, ils entraient dans le resto devant lequel elle s'était arrêtée, ou grimpaient sur une terrasse perchée en haut d'une tour pour boire un cocktail en regardant le soleil décliner. Parfois, des clients les observaient et Charles avait alors l'impression de revoir les regards jaloux et suspicieux portés sur Myriam et lui, sur leur différence d'âge, au début de leur histoire. Lila lui montrait ainsi sa vie au quotidien, c'était sa manière de raconter, sans plonger dans de longs discours. Implicitement, ils savaient tous deux que leur absence de vie commune, pendant toutes ces années, les empêchait de faire comme un père normal et une fille normale. Ils avaient si peu de souvenirs communs qu'ils n'avaient d'autre choix que de saisir l'instant, le vivre, le partager avec une sincérité qui devenait leur langage. En revanche, Lila semblait avoir abandonné son passé, pas une fois elle n'avait demandé de nouvelles de sa mère, elle avait juste confié à Charles qu'elles se passaient un coup de fil de temps en temps, le plus souvent à son initiative. Charles était toujours aussi impressionné par la maturité de Lila, capable de comprendre intuitivement les codes que leur relation si particulière leur dictait. Et malgré ces figures imposées, il sentait souvent dans ses yeux une douceur qui se glissait dans sa poitrine et la serrait doucement.

La deuxième semaine, alors que Lila avait repris le travail, Charles avait arpenté seul la ville. Dès le premier jour, il s'était surpris à refaire un de leurs parcours, puis il avait continué les jours suivants. Il était ainsi retourné dans chaque endroit, les pagodes, les bords de la Chao Phraya, les marchés, les centres commerciaux, les restaurants, les bars, les parcs, sans Lila. Il laissait sa caméra à l'appartement et s'efforçait de mémoriser chaque instant, revoyant sa fille rire et sautiller autour de lui, ou simplement marcher. Il entendait sa voix claire et légère, ses mots en thaï, courts et suaves, qu'elle commençait à maîtriser. Il avait ainsi vécu dans le souvenir de leur merveilleuse semaine, tout en la retrouvant le soir. Le matin de son départ, il avait tenu à ce qu'elle ne l'accompagne pas à l'aéroport. Charles avait ressorti sa caméra et avait filmé Lila sur sa terrasse, derrière elle brillait la pagode. « À bientôt, papa », avait-elle murmuré en soufflant un baiser sur sa paume.

42.

Puisque Myriam n'a pas voulu lui raconter « son affaire » lors de leur dernière rencontre au parc, Dominique Bontet a cherché par elle-même. Elle aurait dû le faire plus tôt, mais voilà, à enquêter hors de tout cadre judiciaire, c'est comme si elle n'avait pas osé aller trop loin. Et puis ses rencontres avec Myriam Desmures ont instauré une sorte de confiance. Dominique ne la croit pas sur parole, loin de là, mais elle s'est retrouvée comme bercée par une fable, un récit à trous. Il était temps de tirer les choses au clair. Cela n'a pas été compliqué, elle a vite trouvé les articles de presse relatant le procès de la greffière. Dominique se doutait, puisque Myriam avait, de façon allusive, évoqué ses démêlés avec « l'État », que l'affaire concernait sa vie professionnelle. Dominique avait vaguement songé à une affaire banale, peut-être un litige financier, une mutation mal vécue, une question de reconnaissance professionnelle, c'était si courant. Le fond du dossier l'a donc surprise : Myriam Desmures corrompue, faussaire, embarquée dans un trafic de drogue ! Elle a pourtant achevé sa lecture frustrée : le mutisme de Myriam lors des audiences, se contentant de relater platement et chronologiquement les faits, contraste tellement avec la rage qui l'habite, cette obsession à régler ses comptes, à solder ce passé encore brûlant. Elle n'a plus la même femme devant elle, d'autant que tout remonte à une bonne dizaine d'années. Même les rapides descriptions physiques par les chroniqueurs judiciaires, dépeignant « une belle femme brune, plantureuse, à l'allure mystérieuse », lui paraissent en décalage avec la Myriam d'aujourd'hui, amaigrie, les traits tirés, la peau marquée par le tabac, ne restent que ses cheveux si noirs, lourds, semblant la protéger.

Dominique en veut plus. Ce matin, alors qu'une pluie fine trempe Paris, elle prend l'ascenseur pour se hisser au dernier étage du Palais, celui au-dessus de son bureau. La Justice est un petit monde, elle connaît bien Martine Delaunay, la présidente de la cour d'assises qui a jugé le réseau auquel appartenait Jean-Dominique Fratelli. Hier, elle lui a passé un coup de fil pour préparer leur rendez-vous, expliquant à sa consœur qu'il s'agissait bien d'un échange « off », hors procédure, « en tout cas à ce stade », mais qu'une personne du dossier « l'intéressait ». Martine Delaunay lui a promis qu'elle allait « tout préparer ».

C'est une magistrate aguerrie qui, comme Dominique, achève sa carrière, « l'année prochaine, ça m'angoisse si tu savais ! ». Dominique prend place sur une de ces chaises qu'elle connaît bien, se débarrasse de ses escarpins et caresse la moquette du bout de ses pieds. Sa consœur se souvient bien de « l'affaire Fratelli, pas la plus compliquée que j'ai eue à juger tant les preuves étaient accablantes, une des plus fascinantes en revanche, c'est certain, en raison de cette incroyable Myriam Desmures, quel personnage ! C'est à elle que tu t'intéresses ? » « Oui… mais pas seulement. Pardonne-moi si je ne t'en dis pas davantage, je suis complètement hors des clous, aucune enquête n'est ouverte, je t'avoue que je ne sais même pas bien où je vais. » Face à la moue de Martine Delaunay, Dominique lui raconte tout de même le jour où Myriam a débarqué sans prévenir dans son bureau, son sentiment très étrange de se retrouver face à une femme authentiquement en souffrance, « peut-être un peu dingue aussi. Je veux comprendre pourquoi. Tu me connais, quand j'ai une idée en tête… ».

Martine Delaunay lui tend deux dossiers. « Le bleu, ce sont les minutes du procès, le rouge, la procédure d'instruction, toutes les auditions, les expertises, l'ordonnance de mise en accusation, etc.

— Merci Martine. Tu vois ce que je veux dire ?

— Oui… enfin, je ne sais pas ce que tu cherches, mais j'y ai repensé depuis hier soir, et je partage ton sentiment. À l'audience en tout cas, je suis restée sur ma faim : Desmures a raconté, sans se battre d'ailleurs, mais n'a pas expliqué grand-chose. J'ai bien compris qu'elle n'a pas résisté à la tentation de l'argent, de là à se mettre dans un tel guêpier, je n'ai pas tout saisi. Parce que Fratelli est assez séduisant, d'accord, mais le jeu n'en valait pas la chandelle… Enfin, tu verras, les interrogatoires de Desmures pendant l'enquête sont plus intéressants.

— Pourquoi ?

— Une phrase m'a notamment marquée : “Je n'ai pas peur de la justice. Ma vie est ailleurs, je suis protégée.”

— Étrange, c'est vrai… Tu savais qu'elle avait une petite fille ?

— Oui, mais elle n'en a jamais parlé, elle voulait la laisser en dehors de tout ça, bien sûr, quand même j'ai toujours eu l'impression qu'il y avait une autre raison. En fait, elle n'a pas parlé de sa vie privée, elle a juste expliqué qu'elle vivait seule avec sa gamine, alors que cela m'aurait permis, et à tout le tribunal, de mieux comprendre son geste, au moins son intérêt pour cet argent…

— Pareil de mon côté, elle veut laisser la gamine à l'écart de son affaire, c'est comme si avec le temps elle avait disparu de l'histoire, mais peut-être est-ce elle qui a abandonné sa mère… As-tu eu l'impression que violer les règles était une motivation en soi pour Myriam Desmures ?

— Peut-être, maintenant que tu le dis. Tu reliras les procès-verbaux, parfois Desmures a pu évoquer un goût pour les prises de risque, le besoin de tromper l'ennui, de vivre avec intensité, d'expérimenter une double vie, des trucs comme ça. Elle a aussi dit qu'avec Jean-Dominique Fratelli, elle "avait appris à s'embourgeoiser", qu'elle passait avec lui "des moments légers, pour oublier tout le reste, le temps d'avant, des gens". Je n'ai jamais compris à quoi elle faisait allusion, de qui elle parlait. Ça paraissait à la fois un peu fou, compte tenu des risques qu'elle a pris, et en même temps elle semblait profondément convaincue par sa démarche…

— Elle aurait pu être protégée par qui ?

— Aucune idée, elle semblait si seule, elle n'a plus de famille, aucun collègue n'est venu à l'audience. J'en ai parlé avec la juge d'instruction, qui partageait cette impression, elle m'a dit avoir clos le dossier comme si elle avait refermé “un grand mystère”, je me souviens de son expression. Ah, elle a dit aussi qu’à côté de Myriam Desmures, “Fratelli et la bande étaient transparents comme de l’eau de roche…” »

Dominique Bontet hésite : doit-elle parler de la double vie de Myriam ? Évoquer le nom de Charles Perrière, que Martine Delaunay connaît évidemment ? Elle choisit le silence, tout en redoutant de passer elle-même pour une magistrate un peu cintrée qui enquête sur du vide.

« Qu’est-ce qu’elle est devenue, d’ailleurs ? relance Martine Delaunay.

— Pas grand-chose, elle vit dans un petit appartement dans le 19e, elle n’a pas retrouvé de travail, elle manque d’argent, je n’ai aucune idée de ce qu’est devenue sa fille. À vrai dire, je ne sais pas bien ce qui s’est passé depuis tout ce temps…

— Et elle vit de quoi ? On a saisi tout l’argent, tu te doutes bien…

— Je ne sais pas, elle doit bien avoir une aide de quelqu’un, je n’en sais pas plus. Bon, je te remercie en tout cas, je te tiendrai au courant. Je fais une copie des dossiers et je te les rapporte demain ? »

Dominique rejoint son bureau, pose les deux dossiers qui pèsent lourd. La pluie continue de noyer les hautes vitres du Palais, elle s’agace de ne pas pouvoir descendre fumer sur le parvis. Elle enlève à nouveau ses chaussures et se met à arpenter la pièce. Quelques minutes lui suffisent pour retrouver la phrase qui a fait écho à ce qu’elle vient d’entendre.

Elle avait une quarantaine d'années quand elle a rejoint l'instruction, après quinze ans comme juge aux affaires familiales. « Ce n'est pas un cadeau, mais pour vous faire la main, rien de tel ! » lui avait lancé son procureur de l'époque en lui confiant son premier dossier, sans mesurer qu'il allait marquer sa carrière au fer rouge, et faire d'elle une précurseure en matière de féminicides, bien avant MeToo. La victime s'appelait Laurence Girard, quarante-deux ans, mariée, pas d'enfants, secrétaire de mairie. Une femme a priori sans histoires. L'affaire n'avait pas débuté par une plainte, mais par l'interpellation d'un homme lors d'une rixe à la sortie d'une boîte de nuit. Tellement bourré, il avait passé la nuit dans une cellule de dégrisement, à hurler contre la terre entière, mais surtout « contre l'autre enflure de Girard, celui qui fait jouer la pute à sa femme ». Il l'avait tant de fois répété qu'un gendarme avait fini par être intrigué. Dans cette petite ville, tout le monde connaissait tout le monde, et le gendarme voyait très bien de qui parlait cet homme : Jacky Girard, un carrossier à la mauvaise réputation, buveur, bagarreur. Au petit matin, à peine dessaoulé, le fêtard avait été passé sur le gril par le gendarme, un des rares à l'époque à s'intéresser au sort des femmes. Par chance, l'accusateur avait un gros contentieux avec Girard, et n'avait pas mis longtemps à balancer le nom d'un site Internet sur lequel, disait-il, « on peut trouver des femmes faciles ». C'est ainsi qu'il avait rencontré Laurence Girard, et découvert qu'elle se prostituait à la demande de son mari. Toujours sous la pression du gendarme, de plus en plus curieux, l'homme avait révélé qu'ils étaient « un paquet » à défiler chez le couple, « souvent, quand j'arrive un type sort de la maison, et quand je pars un autre attend dans la rue. C'est bon, je peux y aller maintenant. Y a rien d'illégal, non ? ». Alerté par les gendarmes, le parquet avait saisi Dominique, qui avait demandé le placement sur écoute de Jacky Girard. En à peine un mois, souvent avec stupéfaction, les enquêteurs avaient enregistré le carrossier « prendre la commande », « une demi-heure à 18 heures jeudi », « une heure, vendredi 22 heures, c'est noté », « ah tu reviens, toi, j'en étais sûr. Cent euros, comme l'autre fois ». Cent cinquante-deux « rendez-vous » avaient été fixés. Dominique avait lu l'intégralité des retranscriptions, quand elle n'était pas interrompue dans sa lecture par la nausée. Son procureur avait donc raison. Mais Dominique n'était pas au bout de ses surprises. Les analyses toxicologiques pratiquées sur Laurence Girard avaient montré que son mari la droguait pour qu'elle supporte les assauts des clients. Plusieurs avaient d'ailleurs décrit une femme « passive », « dans les vapes », « qui ne réagissait à rien ».

Dominique n'a jamais oublié l'audition de Laurence Girard. Une femme quelconque, ni belle ni vilaine, taille moyenne, blonde, le regard éteint. Dans le silence qui se prolongeait, Dominique se demandait souvent si elle avait entendu ou compris la question qu'elle venait de lui poser. Pendant des heures, elle avait protégé Jacky Girard. « Il ne m'a forcée à rien », « On avait besoin d'argent, il fallait bien trouver des solutions », « La drogue, j'en ai jamais eu conscience ». Et puis, peu avant qu'elle ne craque, comme dans un ultime effort pour résister : « Je n'ai pas peur de vous. Ni de personne. Faut pas croire les apparences, Jacky m'a toujours protégée. »

Je suis protégée. Les mêmes mots que Myriam. Dans son premier dossier, dans son dernier dossier, à vingt-cinq ans d'écart. La boucle est bouclée, songe Dominique en ouvrant le classeur bleu.

43.

Alexandra marque un arrêt dans l'escalier recouvert d'un lourd tapis rouge. Son cœur bat trop vite, son souffle est court. Elle aurait dû emprunter l'ascenseur. Elle pose sa main sur la rampe en fer, respire lentement. Ça va mieux. Elle arrive au sixième étage, souffle encore, se recoiffe. Tout est silencieux, comme souvent dans ces immeubles bourgeois où l'on se demande si quelqu'un vit derrière les lourdes portes. Dans l'air flotte un parfum de cirage. Elle peut encore partir, elle pense à sa mère, « Tu devras tout savoir », qui l'a encouragée au moment de lui glisser un petit papier avec l'adresse et le code, et appuie sur la sonnette. De longues secondes s'écoulent, son cœur s'emballe à nouveau, elle se prend à espérer qu'il soit absent. Puis elle entend des pas traînants, et la porte s'ouvre lentement.

Heureusement que sa mère lui a montré une photo, l'autre jour, tant le choc est puissant. Alexandra a laissé un quinquagénaire enragé bondissant sur les marches du perron, un père au ventre plat, aux traits secs et aux cheveux noirs, elle retrouve un vieux monsieur, grand, toujours, mais chez qui tout s'écroule : les épaules basses, la peau qui pend sous le menton, le nez épaté, les lèvres fines. Elle découvre un nouvel homme. « Bonjour… c'est moi », se surprend-elle à préciser, comme s'il y avait un risque à ce qu'il ne la reconnaisse pas. « Je peux rentrer ? » Il n'a toujours rien dit, comme s'il ne savait pas comment réagir, une main sur la poignée de la porte. « Bonjour Alexandra, euh oui… maintenant que tu es là. »

Alexandra le suit dans le couloir, une odeur de fleurs fraîches la rassure, signant l'existence de sa mère. Ils pénètrent dans un salon, sur l'écran de la télévision l'image s'est arrêtée sur les vendeurs asiatiques d'un centre commercial qui rigolent face à la caméra. Charles surprend son regard, « Je regardais mes souvenirs de Bangkok, j'y suis retourné il n'y a pas longtemps… Je venais d'apprendre pour mon cancer, j'avais besoin de prendre l'air. Bref, ta mère a dû te raconter… » « Oui. » Alexandra pose son sac sur un fauteuil, reste debout, son manteau sur le dos. Elle n'a rien prévu, ne sait pas quoi faire, ni quoi dire. Vingt-cinq ans. Quand elle avait abordé sa mère, elle savait qu'elles allaient se débrouiller, au moins tromper le silence en lançant des bêtises. « Tu aurais un café, s'il te plaît ? » « Ah bien sûr, vas-y, assieds-toi là », répond-il avant de retrouver la télécommande dans les plis du canapé et d'éteindre l'écran. Il s'éloigne vers la cuisine, ses mules en cuir frottent le parquet, elle entend les cafés couler. Si la pièce lui est étrangère, Alexandra retrouve le goût de sa mère, les couleurs vives des coussins et du tapis, la qualité des rideaux, le design des chaises. Et puis, sur chaque mur, leurs photos, elle, Anouk, Virgile, bébés, enfants, ados, adultes. « Tu verras, je n'ai pas changé mes habitudes », a prévenu Aline. Il revient avec un petit plateau, s'installe sur le canapé. « Tiens, si tu veux du sucre… »

Il la regarde sans expression particulière, peut-être, espère-t-elle, parce qu'elle n'a pas changé tant que cela. De jeune femme, il la retrouve femme. Il ne semble toujours pas décidé à engager la conversation, comme s'il la laissait assumer son choix d'être venue jusqu'à lui. « Alors, ta santé ? » Il sourit, la question est tellement évidente. « Oh ben tu vois, ça laisse des traces, quand même, le matin je ne fais plus rien, je reste ici, je garde quelques forces pour aller me promener dans l'après-midi. Mais bon, ta mère te l'a peut-être dit, le médecin est quand même assez optimiste. Ça a été pris tôt, c'est ma chance dans mon malheur. Ensuite on verra bien, à mon âge une récidive serait dure. Et puis peut-être que c'est en train de flancher de partout, je n'en sais rien… Tu es peut-être venue à temps. » Alexandra découvre une voix plus éraillée, plus lente. Mais toujours cette façon d'occuper tout l'espace.

« Pourquoi es-tu venue, d'ailleurs ? » La question déstabilise Alexandra, elle ne l'avait pas imaginée si directe, si rapide, presque brutale, elle s'attendait à une simple prise de nouvelles. « Euh… parce que vingt-cinq ans, c'est très long, et que j'ai fait ma vie. Et j'ai eu plaisir à revoir maman. » Elle ne peut pas dire la vérité, redoute de rougir, prise la main dans le sac. Depuis les sous-entendus de sa mère, lors de leur dernier thé, Alexandra a compris qu'elle n'a plus le temps d'enquêter sur son père. Elle doit aller à l'essentiel, faire confiance à sa mère : « je ne vais pas tout te raconter maintenant », « je vis sur mes gardes ».

Ces derniers jours, Alexandra a été traversée par un sentiment qu'elle n'a jamais éprouvé depuis leur affrontement au sujet de son homosexualité : le regret. Pas celui de sa décision, elle reste fière de sa radicalité, mais celui de ne pas avoir préservé sa mère. Elle ignore encore tout de ce qui a pu se passer entre eux deux, mais la fureur et la détermination qu'elle a lues dans les yeux d'Aline l'ont glacée. Sa mère est une femme en guerre. Par sa fuite, Alexandra s'est protégée, elle n'avait pas d'autre choix. Quand même, comprendre, à presque cinquante-cinq ans, qu'elle s'est montrée égoïste la rend triste. Mais elle peut encore devenir l'alliée de sa mère.

« Je crois qu'elle aussi en a été heureuse. Elle ne m'a rien dit, mais je crois... » Lui tend-il une perche, sur leur silence ? Que peut-elle en dire ? Alexandra boit une gorgée de café, déjà froid, se contente de sourire. « Et tes mémoires, tu as commencé ? Tu nous en as tellement parlé... » Dresser un pont avec le passé, surtout, pour que sa visite ait du sens.

« Figure-toi que je viens de commencer, enfin, la semaine dernière ! C'est si étrange de se replonger dans tous ces souvenirs, se revoir jeune, pourquoi étais-je si à cheval sur le sens de l'État, la loi, à vingt ans ? J'ai presque du mal à l'expliquer, peut-être était-ce pour me rassurer, je ne sais pas trop...

— Tu es fier de ta carrière ?

— Ah oui ! Je sais très bien que ça fait vieux con, mais

c'est important la police, surtout une "police propre", pas corrompue, si tu savais tout ce que j'ai vu et entendu... C'est tout ça que je veux raconter, j'espère que j'en aurai le temps. Il y a juste la fin qui a été compliquée...

— Que s'est-il passé ?

— Oh, des vieilles histoires, ça serait trop long à raconter. Mais... et toi ? »

« Moi... J'ai l'âge auquel je vous ai quittés, où je t'ai quitté. Je n'ai pas d'enfants, je suis toujours en couple avec Juliette », Charles est pris d'une légère quinte de toux, « nous sommes heureuses », ajoute Alexandra lorsque le silence revient. « Tant mieux alors... », répond son père qui s'empare de sa tasse, la repose, elle est vide. « Sinon, je travaille toujours dans la mode, surtout pour le cinéma, je suis costumière en fait. Je suis souvent retournée au Festival de Cannes. » C'est faux mais c'est venu comme ça. Une étrange colère prend possession d'Alexandra, un mélange de distance et d'instant présent, de fierté et d'amertume. Une envie de porter des coups, aussi, de clore des chapitres, presque de laisser entendre que c'est peut-être la dernière fois qu'ils se verront. Parfois, songe-t-elle, les mots dévoilent les intentions, elle n'avait pas forcément prévu de dire tout cela, ni de le dire si vite. Elle n'avait pas projeté de mentir, non plus. En fait, elle n'avait pas anticipé grand-chose concernant le récit de sa propre vie, mais elle réalise qu'au fond d'elle était tapie l'envie de solder leurs comptes. De ne pas lui laisser le dernier mot, cette fois. « Oui, tant mieux. »

Avec quel homme vit sa mère depuis plus d'un demi-siècle ? C'est, en vérité, la seule question qui compte pour Alexandra, celle qui la torture depuis leur dernier rendez-vous. Elle regarde ce vieil homme, malade, la barbe affleurant, en pantalon de velours noir usé, enfoncé dans son canapé. Elle voit aussi un homme qui s'est montré capable de rejeter les choix de sa fille, de rendre malheureuse sa femme, jusqu'à quel point elle l'ignore encore, et elle ne sait même plus où en sont ses relations avec Virgile et Anouk. Un homme qui a d'abord vécu pour lui. Il lui fait l'effet de ces vieux dictateurs qui croupissent dans une prison depuis vingt ou trente ans, qu'on finit par regarder avec une pointe d'indulgence en oubliant presque les méfaits qu'ils ont commis. Elle se ressaisit, se redresse dans son fauteuil : « As-tu déjà trahi maman ?

— Quoi ?

— As-tu déjà trahi maman ? Avec une autre femme ? Lui as-tu déjà menti ?

— Mais qu'est-ce que tu racontes ? De quel droit tu me demandes ça ?

— Je suis ta fille, j'ai le droit de protéger ma mère.

— Mais elle se défend très bien toute seule, je te rassure ! Tu n'as qu'à lui demander ! En fait, tu n'es venue que pour me demander ça ?

— Pas du tout. Je voulais te revoir avant qu'il ne soit trop tard. Te dire combien je suis heureuse. Combien je ne regrette rien. »

Elle ment un peu, mais il ne le saura jamais.

« Bon, Alexandra, c'est sans doute mieux qu'on en reste là. C'était ton idée, tu ne m'as pas vraiment laissé le choix. » Charles prend appui sur l'accoudoir du canapé, pousse et finit par se lever. Une grimace déforme son visage, Alexandra ne parvient à déchiffrer si elle vient de la douleur, de l'effort, de la colère, de l'amertume. Elle enfile son manteau, récupère son sac.

Cette fois, c'est elle qui part la première. Elle ne claque même pas la lourde porte.

44.

12 h 50, il devrait être là. Comme chaque mardi, chaque jeudi, parfois le vendredi. Myriam ne cesse de se lever puis de s'asseoir sur la chaise près de la fenêtre, d'où l'on voit bien les arbres, le fauteuil n'est que pour lui, il déteste que quelqu'un d'autre puisse y prendre place. « Mais qui ? Je ne reçois personne, il faut que je te le rappelle ? » lui répond-elle parfois. La table est dressée pour deux, Lila mange à la cantine, parfois elle revient mais de moins en moins. Myriam a préparé un risotto, elle aime ce plat, c'est long à préparer, ça l'occupe une partie de la matinée.

Myriam reconnaît enfin les pas, lents et lourds, dans l'escalier. Elle enlève son tablier fleuri qu'elle pose sur une chaise dans la cuisine, passe une main dans ses cheveux, jette un coup d'œil à son rouge à lèvres dans le petit miroir à l'entrée. Un regard lui suffit pour comprendre qu'il n'est pas dans un bon jour. C'est de plus en plus fréquent. Il claque la porte derrière lui, l'embrasse distraitement, le manteau à moitié enlevé, se dirige vers la salle de bains pour s'y laver les mains. Myriam retourne dans la cuisine, éteint sous le risotto et apporte le plat à table. Le mardi, il est plus pressé, elle en ignore la raison.

« Tu veux du vin ?

— Non, non… Tu sais bien que j'ai une grosse réunion cet après-midi.

— Non… je ne savais pas », répond-elle en le servant.

Charles desserre le nœud de sa cravate, souffle longuement.

« Des ennuis ?

— Toujours, tu sais bien. On a reçu une grosse affaire : une capitaine, à Marseille, en cheville depuis des années avec un Serbe, pseudo-homme d'affaires, vrai trafiquant, qui lui a fait tourner la tête. On a retrouvé dix-huit paires de Louboutin chez elle. Dix-huit paires ! Enfin, tu connais la musique… »

Myriam encaisse, même si elle voudrait ne plus jamais entendre parler de ce genre d'histoire. Mais depuis le procès, c'est une des autres règles qu'a fixées Charles : s'il ne peut pas parler de son boulot, quitte à rappeler de mauvais souvenirs à Myriam, alors autant mettre un terme à leur relation. Elle a accepté. Elle n'a pas le choix. Alors elle l'écoute, presque à chaque fois, détailler un interrogatoire, ou lui faire un récit d'écoutes téléphoniques. La vie des « ripoux » et de leurs corrupteurs.

« Tu l'as raconté à ta femme ?

— Celle-là, oui, avec sa passion pour les histoires de flics, les faits divers… Elle a même assisté à ton procès, elle me l'a avoué il y a pas longtemps, dire que je ne l'ai même pas vue…

— Tu lui parles des mêmes affaires qu'à moi ?

— J'en sais rien, parfois oui, parfois non, ne m'emmerde pas, Mi, c'est pas le jour ! »

Depuis un moment, c'est rarement le jour, songe Myriam.

« Ils sont un paquet à me faire chier ces temps-ci, toujours à chipoter pour un oui ou un non, à ralentir les procédures, à pinailler sur chaque dépense, on doit pondre un rapport dès qu'on va aux chiottes, j'ai toujours défendu les règles, mais il y a des limites quand même ! Je t'en mettrais volontiers deux ou trois dehors. »

Charles saisit son couteau et écrase une fourmi qui s'approche de son morceau de pain. Myriam est surprise de la rapidité de son geste. Puis, lentement, il essuie la lame dans sa serviette.

Elle aussi a ses soucis, elle préfère attendre le café pour en parler. Encore quatre jours avant le prochain virement de Charles, et il ne lui reste que 70 euros. La banque a été claire : avec son casier judiciaire, aucun débit n'est autorisé. Pas un euro, sinon sa carte est bloquée. Elle est encore passée à l'agence hier, mais son conseiller s'est montré inflexible. « Vous connaissez la règle, madame Desmures, je ne peux rien faire. Si je cède une fois, vous en profiterez, vous le savez bien. Alors, vous ne voulez pas que je cède, n'est-ce pas ? » Elle a longuement fixé le type, la cinquantaine, une gueule passe-partout, l'haleine pas nette, le costume qui brille aux coudes, les chaussures à bouts carrés. Un pauvre mec avec un petit pouvoir. Elle s'est levée sans rien dire, le cœur au bord des lèvres.

Myriam n'est déjà plus grand-chose, mais sans Charles elle ne serait rien. Il y a un an, il a payé les deux tiers de son amende, environ 100 000 euros. Un chèque en son nom, il n'y avait pas d'autre moyen, en espérant que l'information reste enfouie dans les tréfonds de la comptabilité du tribunal. « Je sais comment fonctionnent ces services, ils sont tenus au secret, franchement je ne vois pas pourquoi l'info en sortirait. C'est un risque, malgré tout, mais avons-nous le choix ? » Non, puisque Myriam a dévoré toute son épargne pour payer le dernier tiers de l'amende. C'est la partie de la peine la plus difficile à vivre, encore pire que la radiation de la fonction publique. Avec de la chance, et quand elle aura l'énergie d'en chercher, elle trouvera peut-être un jour du travail, même si son casier judiciaire ne l'aide pas. Mais découvrir un matin un compte courant crédité de quelques dizaines d'euros, comme une ado, et une épargne vide, est d'une violence inouïe. Charles lui verse 1 000 euros chaque mois, nourriture incluse, en plus du remboursement de l'emprunt pour l'appartement dont elle ignore le montant. « Mais c'est de la folie, Charles ! » s'est-elle exclamée la première fois. « De la folie ? As-tu une autre solution ? Tu sais très bien comment est née cette folie, Mi. »

Il vient déjeuner deux fois par semaine, parfois trois. De temps en temps, le samedi ou le dimanche, il l'appelle pour le rejoindre dans un parc. Ou un hôtel, comme avant l'affaire, avant Lila, et il lui fait l'amour avec une brutalité qui inquiète de plus en plus Myriam. Le sexe a souvent été brutal avec Charles. Lui serrer le cou, pincer ses seins, frapper ses fesses, de plus en plus fort, ont toujours fait partie de ses pratiques. Elle a longtemps aimé ça, sans se poser trop de questions, il n'est pas son premier amant adepte de ces démonstrations virilistes.

Mais ça dérape. L'autre jour il lui a serré le cou beaucoup trop fort, elle a dû taper le matelas avec ses mains pour qu'il relâche la pression. Tout a changé depuis qu'il a des défaillances, totales ou partielles, lorsque ça prend trop de temps, pour bander ou pour jouir. Il s'agace, frappe de plus en plus fort, cogne, elle ressort parfois de la chambre avec des marques violacées sur les seins, le ventre, les cuisses, les fesses, le dos. Ces jours-là, il lui fait l'amour la peur au ventre, celle de ne plus pouvoir, d'être au bout du chemin. Quand vraiment ça ne vient pas, il invente des mises en scène, comme l'obliger à venir vers lui à quatre pattes, à ramper, à se bander les yeux, parfois il lui attache les mains, les pieds, ou les deux. La semaine dernière, il est arrivé avec un haut et une culotte en cuir rouge, elle l'a imaginé rentrer dans un de ces sexodromes minables vers la place Blanche et tourner dans les rayons au milieu d'autres grabataires, elle a eu honte pour lui, et pour elle. Quand elle lui demande pourquoi il fait ça, il se ferme, ou murmure, « J'ai envie, c'est tout, j'ai le droit, tu ne serais rien sans moi, ne l'oublie jamais ». Elle ravale alors ses pleurs, il n'a pas « le droit » mais il a raison, sans lui elle ne serait plus rien, entièrement entre ses mains.

Elle est persuadée qu'il ne fait plus l'amour qu'avec elle. Un jour, il y a longtemps, elle aurait vécu cette situation comme un triomphe, aujourd'hui elle se sent souillée. Adieu la concurrente, misérable victoire. Ne plus faire l'amour la rassurerait, il viendrait juste pour elle. Elle n'éprouve plus aucun plaisir, elle ignore s'il le sait, s'il s'en fout.

Elle passe donc presque tout son temps à l'attendre. À faire les courses et à préparer à manger. À ranger après son départ. À attendre ses appels. Il n'aime pas qu'elle sorte trop longtemps, qu'elle s'éloigne du quartier, qu'elle parle à des voisins, alors elle reste une ombre. Elle est certaine qu'il a fixé cette somme pour la limiter dans ses dépenses. De fait, elle ne peut rien faire, un cinéma coûte trop cher – il lui paie une plate-forme pour les séries, au moins elle reste dans l'appartement –, un resto aussi, elle a découvert un dépôt-vente avec des vêtements plutôt jolis et accessibles, le prix des cigarettes augmente trop vite. Elle repense parfois à la cave, aux sacs de billets, elle aimait surtout les verts, ceux de 100. Tout a été saisi, elle n'a jamais pensé à en planquer une partie ailleurs. C'est dur, et encore, elle n'a pas à se soucier de l'électricité, de l'eau, des charges, elle a de la chance. Il lui reste les parcs, ça ne coûte encore rien de s'asseoir sur un banc pour fumer. Lila ignore tout cela. « Papa Charles » n'est jamais là le soir, alors certains midis elle rentre déjeuner. « Papa Charles » a toujours autant de travail, vit souvent dans des villes loin de Paris, dans des pays étrangers, Lila s'en accommode même si Myriam voit la distance s'installer entre elles.

Soixante-dix euros pour quatre jours. Elle n'a rien fait d'extravagant, elle ne peut pas, elle a juste mal calculé la nourriture, acheté une doudoune pour Lila, ça a été fatal. Ils s'installent pour le café, elle choisit le canapé, tant pis pour la vue sur les arbres. Il regarde sa montre, « Faut pas que je traîne, grosse réunion, en plus de la fliquette de Monaco j'ai deux types dans l'entourage du ministre qui ont fait les cons, racket d'immigrés, il faut que je fasse le ménage.

— Ça veut dire quoi ?

— Que je les couvre, que j'invente une histoire, ou un vice de procédure, je ne sais pas encore...

— Charles...

— Quoi ?

— Je n'ai plus que 70 euros. On est le 27...

— Mi...

— Je sais, je sais... J'ai acheté une doudoune pour Lila...

— Non, tu ne peux pas dire "Je sais, je sais". Tu achètes la doudoune en début de mois et, ensuite, tu calcules jusqu'à la fin ! Tu l'as achetée cette semaine, ou la semaine dernière, c'est ça ? J'ai raison ou pas ?

— Oui...

— Bon. Ce n'est pas compliqué à comprendre, je ne suis pas une vache à lait, j'ai une famille, tu n'as pas oublié j'espère ? Et je ne serai pas éternel ! »

Charles vide son café, se lève, remet sa chemise en place dans son pantalon, renoue sa cravate. Il a besoin d'occuper ses mains. « Merde à la fin... »

Tout l'emmerde, ou presque. Sa dernière fixette est cette vague MeToo, cette sacro-sainte « libération de la parole », qui déferle sur la France depuis plusieurs années. Hier encore, une actrice a accusé un réalisateur d'avoir effectué une trentaine de prises d'une scène où elle devait l'embrasser, les seins à l'air, alors qu'elle n'était qu'une adolescente, il y a vingt-cinq ans. « Vingt-cinq ans, tu te rends compte, Mi ! Comme si elle avait trimballé un trauma depuis tout ce temps sans rien dire ! Et la présomption d'innocence, on en fait quoi ? » Charles est convaincu que les femmes ont entamé une guerre secrète contre les hommes, notamment ces femmes du cinéma, « ces intellos » qui évoluent dans un milieu dont les mœurs sont discutables, il s'estime bien placé pour le savoir. Alexandra, si elle traîne toujours dans cet univers, ne doit pas être en reste dans cette histoire. Parfois, dans la rue ou au bureau, Charles insulte dans sa tête les femmes qu'il croise, cela le détend vaguement.

Myriam, elle, se demande parfois si la brutalité de Charles au lit est un prélude. Elle a du temps, alors elle lit beaucoup, écoute des podcasts, regarde des documentaires et elle est effarée par le niveau de violence faite aux femmes. Elle ne découvre pas la lune, loin de là, mais elle reste stupéfaite. Myriam se demande comment elle réagirait si cela devait lui arriver un jour. En théorie c'est évident, mais beaucoup d'autres avant elles ont dit la même chose, se sont crues plus fortes qu'elles ne l'étaient, ont essayé de partir et l'ont payé très cher. Ou alors avaient-elles minimisé la perversité de leur conjoint, ou leur propre degré de soumission ? Elle pense souvent à la facilité avec laquelle elle a accepté le marché proposé par Jean-Do. N'a-t-elle aucune personnalité ? Elle ne le pense pas, sinon Charles ne serait jamais tombé amoureux. Jean-Do s'est-il montré plus menaçant que dans ses souvenirs ? L'argent était-il à ce point important ? Était-elle si amoureuse ? Voulait-elle se venger absolument de Charles ? Ou, à l'inverse, vivre une expérience hors norme, comme une sorte d'hommage à leur double vie qui venait de s'interrompre ? C'était un peu de tout cela. Elle a peut-être un profil à aimer se soumettre, à se glisser dans les pas d'un guide. L'absence de figure paternelle a pesé sur toute sa vie, elle l'a compris depuis longtemps. Et puis, en ce moment, elle n'a pas beaucoup le choix.

Mais elle conserve son atout majeur : en quelques mots, elle peut ruiner la carrière de Charles. Dans les magazines et sur les sites d'infos, elle a repéré les journalistes qui aimeraient apprendre que le patron de l'IGPN a payé son amende, que depuis des années il lui raconte les petits secrets de la police, piétine son serment de réserve, trahit sa femme, ses collègues, l'institution entière. Myriam a reconnu une ancienne journaliste de *Libé*, une petite brune particulièrement pugnace, qui boit souvent un café ou un pastis dans le quartier. Elle ne ferait que deux bouchées de la réputation de Charles.

Ne joue pas trop au con, se dit-elle lorsque, juste avant d'ouvrir la porte bleue, il laisse tomber un billet de 100 euros sur le petit meuble de l'entrée.

45.

Ces quelques secondes, une fois le verdict énoncé, ne se sont jamais effacées de la mémoire d'Aline. Deux ans, déjà, que le procès de Myriam Desmures s'est achevé, et ce long regard, car jamais un homme et une femme ne plongent ainsi dans les yeux de l'autre pendant aussi longtemps sans l'évidence de l'amour, ne cesse de la hanter.

Pendant des mois, elle a réfléchi, hésité, avant de choisir de ne pas en parler à Charles. C'était une décision étrange, elle en avait pleinement conscience. Celle du risque, du silence, de l'erreur. De la fuite, aussi. Mais, au fond d'elle, elle était persuadée que la messe était dite : Charles la trahissait, peut-être depuis longtemps, sans doute depuis la révélation de Jean Mortier et de sa pathétique dénégation. C'est Myriam Desmures qui était à Sèvres ce jour de fin août, elle en était désormais convaincue. Aline n'avait pas envie de s'humilier davantage, de quémander des explications qu'elle n'obtiendrait pas. Ou, pire, qui s'effaceraient dans les sables de ses dénégations. Depuis des années, elle savait à qui elle avait affaire, un expert de la rhétorique qui s'était si souvent vanté de ses qualités lors des interrogatoires. Elle avait lu quelques portraits de Charles dans la presse où sa science était mise en avant. C'était sa signature. Il pouvait faire craquer n'importe qui, paraît-il, et même s'il trônait tout en haut de la hiérarchie depuis quinze ans, il aimait encore donner un coup de main à ses collègues enquêteurs lorsqu'il s'agissait de faire exploser une défense coriace.

Aline a donc décidé de se faire son idée par elle-même. D'aller au-delà des mots. De se taire et d'agir. Il a d'abord fallu débusquer Myriam Desmures, ce qui n'a pas été simple. La presse l'a aidée en publiant, plusieurs mois après le procès, une enquête sur la « nouvelle vie » de la greffière, que le journaliste avait localisée « dans les parcs du nord-est de la capitale, où on peut parfois l'apercevoir, errant comme si elle ne savait plus où elle allait ». Aline a commencé à descendre de sa butte, deux ou trois fois par semaine, pour prendre le RER, puis le métro, avant d'arriver sur les hauteurs du 19e arrondissement. Retrouver Myriam a été plus compliqué que prévu. Des semaines durant, elle a arpenté le parc de Belleville, celui des Buttes-Chaumont, de la Villette, jusqu'à s'arrêter parfois dans des squares plus petits, le journaliste avait peut-être été imprécis. Au bout d'un moment, Aline s'est munie de plusieurs photos, certaines prises avant le procès, d'autres pendant, ainsi que celle publiée dans l'enquête sur la « nouvelle vie » de Myriam Desmures, tant elle ne parvenait pas à mémoriser une image stable. Se mêlaient le souvenir d'une belle jeune femme à la chevelure abondante, contrastant avec ce visage si pâle pendant les audiences, enfin les contours d'une silhouette courbée avançant sous une pluie fine quelque part autour d'elle, mais où ? Parfois, elle remarquait une femme aux cheveux noirs, épais ou bouclés, et commençait à la suivre sur quelques dizaines de mètres, entrait parfois dans le même magasin avant de faire demi-tour lorsque la personne présentait son profil ou son visage.

Et puis un jour, en fin d'après-midi, Aline l'a vue. Une certitude l'a traversée en apercevant une femme se lever laborieusement d'un banc, l'allure épuisée, et allumer une cigarette au mégot de la précédente. Tous les portraits de la greffière racontaient son addiction au tabac. Loin de triompher, Aline s'est sentie bête : en quoi était-elle vraiment avancée ? Il fallait encore vérifier l'identité de cette femme, connaître son adresse, oser l'approcher, lui parler, mais pour lui dire quoi ? Ce qui avait constitué depuis des semaines une petite excitation quasi quotidienne se révélait presque une déception, un jeu vain. En plein doute, Aline s'était, encore une fois, raccrochée à ce regard à la fin du procès, ces quelques secondes qui lui semblaient subitement une éternité. Son implacable verdict. Alors, l'énergie et la rage affluaient à nouveau dans ses veines. Il fallait qu'elle sache.

Elle a pris l'habitude de suivre Myriam Desmures deux à trois fois par semaine. Elle a vite découvert où l'ancienne greffière vivait, puisque ses trajets se finissaient invariablement à son domicile, dans un joli immeuble ancien en haut de la rue de Crimée, au 52, le long du parc des Buttes-Chaumont. Un jour, elle est rentrée dans le hall, a vu l'étiquette « M.D. » sur une boîte aux lettres. Elle a profité du passage d'un habitant pour emprunter l'escalier et tomber sur une porte bleue. Desmures était inscrit sur une étiquette blanche, elle a presque été surprise tant cette porte lui inspirait la clandestinité. Elle a pris peur et est vite redescendue, croisant une jeune femme qui l'a saluée avec un accent anglais, Aline n'a pas répondu. Au début, la sédentarité de Myriam Desmures lui a semblé logique, puisqu'au terme d'une promenade on rentre en général chez soi. Puis elle a été intriguée que Myriam ne se rende jamais nulle part. Elle la trouve toujours dans le parc des Buttes-Chaumont en train de marcher, ou fumant sur un banc, souvent le même, le regard fixe droit devant elle, indifférente aux promeneurs. Souvent, la greffière prend son téléphone, compose un numéro, attend quelques secondes puis jette l'appareil dans son sac. Pour en avoir le cœur net, Aline suit parfois Myriam lorsqu'elle quitte son appartement, mais c'est bien cela : la femme ne va nulle part sinon au supermarché, où elle n'achète presque rien, juste de quoi préparer un repas, avant de revenir chez elle, s'y enfermer ou ressortir pour retourner encore au parc. C'est tout. Elle semble vivre comme une prisonnière.

Aline hésite souvent à lui parler, puisqu'après tout elle n'est encore sûre de rien. Elle s'imagine se planter devant elle et lui dire « Bonjour, je suis Aline Perrière », ou « Bonjour, je sais qui vous êtes », ou encore « Bonjour, je suis Aline Perrière, je voudrais comprendre ». « Comprendre le rôle que vous jouez dans la vie de mon mari, depuis quand vous, avec votre silhouette de femme brisée, avec vos vêtements toujours noirs, usés, votre regard vide, vous lui apportez ce que je ne lui offre plus depuis longtemps. »

Mais elle ne parvient pas à passer à l'acte, pour des raisons confuses où se mêlent la certitude que la partie est perdue, et la peur de découvrir une réalité qu'elle devine sordide, le besoin de protéger sa propre dignité. Pourtant, elle ne réussit pas à se vivre seulement comme une épouse trompée, et l'étrangeté de cette femme est pour beaucoup dans cette impression que l'histoire va au-delà de cette banalité. Aline réalise aussi que le temps a passé si vite, le jour de sa retraite lui semble si proche. À trente ou quarante ans, elle se serait battue comme une lionne, aurait harcelé Charles, peut-être tout quitté du jour au lendemain, elle en aurait été capable. Septuagénaire, elle regarde tout cela avec une distance qu'elle découvre et qui l'étonne presque. Leur histoire est plutôt pathétique, certes, mais elle veut trouver la force d'aller jusqu'au bout.

Alors elle attend sur son banc, en se demandant souvent à quoi pensent tous ces gens assis sur les bancs autour d'elle. Parfois elle regarde des hommes jouer à la pétanque, dont un colosse qui semble être le patron du bar voisin, souvent il traverse la rue et s'engouffre dans l'établissement dont il ne ressort qu'un long moment plus tard. Pour tromper sa procrastination, elle dévore les nombreux articles sur la femme qui passionne la France : Jacqueline Sauvage, qui a abattu son mari de trois coups de fusil tirés dans le dos. « Les yeux fermés », a-t-elle précisé au juge d'instruction, le détail a amusé Aline. Surtout, cette femme qui a presque son âge a justifié son geste par quarante-sept ans à subir les violences de son mari, qui aurait aussi violé leurs trois filles. Aline repense à Simone Cambou et se réjouit, car le débat sur la légitime défense va repartir de plus belle. Pour Aline, qui se flatte d'avoir désormais une réflexion sur tous ces sujets tant elle a lu, et pas seulement la presse, les violences sexistes et sexuelles sont l'expression la plus pure de la nécessité d'une règle stable sur la légitime défense. « C'est le crime dont la dimension morale est la plus puissante. Une femme brutalisée, violée, ou même seulement trahie, a des droits », répète-t-elle souvent à ses copines d'audience.

Puis, une fin de matinée, se déroule ce qu'Aline attendait sans vraiment se l'avouer. Assise près d'une sortie du parc, elle voit Charles surgir d'une bouche de métro et s'engager, sans aucune hésitation, dans la rue de Crimée. Il marche comme un habitant du quartier, pressé, soucieux, sans regarder autour de lui, à la main une clé avec laquelle il ouvre la porte du 52, effaçant le moindre doute dans l'esprit d'Aline. C'est un mardi, note-t-elle machinalement, comme si cette petite information pouvait effacer le choc éprouvé. Aline hésite à attendre sa sortie, mais elle ne sent pas l'énergie de provoquer un esclandre là, dans ce quartier dont elle se perçoit brusquement comme une étrangère, bannie par cette histoire qu'elle pressentait et qui se matérialise. Elle réalise aussi que, obsédée par le mystère qu'incarne cette femme, elle en est presque venue à oublier la motivation de Charles. L'homme de loi, l'incorruptible policier qui triche avec tout le monde.

Ce n'est donc pas un banal adultère mais une double vie. La réalité reste la même, Charles aime une autre femme, et les modalités de cette trahison viennent de changer sous ses yeux. Charles déjeune avec une autre femme, puis dîne parfois avec elle, pendant ses « réunions ». Il ne lui fait plus l'amour, et tant mieux, mais le fait peut-être avec cette autre femme. Il ne lui parle plus d'Alexandra, il en parle peut-être avec cette étrangère. Avant, Charles commençait ses vacances avec elle, et il les finissait très probablement avec cette autre femme pendant ses « séminaires ». Étrangement, elle n'en éprouve pas une douleur plus grande que dans sa période de quasi-certitude, parce qu'il n'existait plus de place pour souffrir davantage. Elle songe en revanche que sa réponse sera différente, c'est désormais une évidence. Dans le lent mouvement de balancier qui la traverse depuis des années, entre lassitude et colère, cette dernière vient de retrouver toute sa place. Elle vient de comprendre son propre silence, ces dernières années, en fait elle attendait que la vérité soit complète, cette vérité qu'elle a dû venir chercher puisque Charles ne lui en a pas donné les clés. Mais, d'ailleurs, connaît-elle tout de cette histoire ? Que peut-elle encore découvrir ? Elle pense brièvement à Alexandra, qu'elle aimerait voir à ses côtés en cet instant. Elle décide aussi que l'heure de déménager a sonné, elle ne s'envisage plus vivre dans cette maison du mensonge, tant pis s'ils se rapprochent du 19e arrondissement, le mal est fait.

En se levant du banc, un léger vertige la saisit. Un promeneur lui demande si elle a besoin d'aide, elle le regarde mais ne sait pas quoi lui répondre.

Le soir même, Charles arrive dans la cuisine et lui annonce : « J'ai démissionné. »

46.

Charles s'installe au Mi-Chemin, le serveur lui apporte, sans un mot, son expresso, un croissant, *Le Parisien* et *L'Équipe*. À cette heure-là, normalement, il aurait ouvert son bureau, fait couler un café, allumé son ordinateur, et se serait plongé dans cette histoire de fuite d'informations par des policiers à des militants d'extrême droite, l'affaire qui secoue la police depuis des mois. Normalement. Mais c'est désormais vers le Mi-Chemin qu'il se dirige chaque matin.

Il se souvient de chaque minute de ce 8 janvier. De ce coup de fil de la place Beauvau lui indiquant que le ministre de l'Intérieur souhaitait le voir de toute urgence. Le pays était calme, Charles s'était demandé la raison de cette précipitation. Il se souvient du regard fuyant de Martel, le directeur de cabinet du ministre, à son arrivée, « Bonjour Charles, il t'attend. Il a peu de temps ». Cela avait été effectivement bref, moins de dix minutes conclues par la formule administrative habituelle dans ces cas-là : « Je te laisse en tirer toutes les conséquences. » Une commission disciplinaire allait, bien sûr, se réunir, Charles pourrait s'expliquer, il pourrait même faire appel mais il savait déjà que ce serait vain.

Il n'avait pas été victime d'un vaste complot ourdi par des hommes de l'IGPN. Il était toujours aussi respecté dans « sa » maison, sa réputation était intacte. La trahison était venue d'une petite main du Palais de justice. Depuis le procès, il avait redouté ce scénario, le seul qui aurait pu le faire chuter, il l'avait dit à Myriam, mais avec le temps la menace s'était évanouie de son esprit. Il faut croire qu'à son niveau de responsabilité et de pouvoir, des ennemis se terrent toujours quelque part, jusque dans les rouages d'une administration avide de traces, de formalisme, ce même respect des règles qu'il défendait depuis plus de quarante ans. Un jour, sans doute parce qu'il avait suivi le procès de Myriam, un employé du service comptable du Palais de justice s'était penché sur son dossier. Sans doute s'agissait-il aussi, en vertu d'un règlement quelconque, de le clore définitivement, ou de l'archiver. Cet employé avait relevé que l'amende de la greffière avait été en partie réglée par un chèque signé de Charles Perrière, ce même Charles Perrière qui venait de briller pour avoir fait tomber un groupe de flics qui alimentait en informations un islamiste radical soupçonné de préparer un attentat sur le sol français. Charles avait même, fait rarissime, obtenu le feu vert de Beauvau pour aller parader sur quelques plateaux de télé, défendant « l'honneur et l'intégrité de la police républicaine, le souci de l'intérêt général, le respect de la loi ». Il ne connaîtra jamais la motivation profonde de cet employé, mais cet homme avait transmis l'information au président du tribunal, qui l'avait fait suivre à l'Inspecteur général de la Justice qui, conscient de la gravité de la situation, avait appelé le directeur général de la police nationale qui, abasourdi, avait joint le cabinet du ministre de l'Intérieur qui, le 8 janvier, avait appelé Charles.

Pendant les dix minutes qui lui étaient accordées, Charles avait tout de suite compris qu'il ne pouvait pas échapper à la plus grande humiliation d'un homme de pouvoir : déballer son intimité, de surcroît devant un homme encore plus puissant. Il n'avait pas d'autre choix, même s'il avait perçu l'immense gêne de son interlocuteur qui l'écoutait impassible, comme s'il n'avait jamais voulu entendre cela. Il lui avait raconté les grandes lignes de sa relation avec Myriam, leur coup de foudre, son besoin de vivre en marge de ces règles qui enserrent chaque instant de sa vie, cette passion fragmentée, jusqu'à cette pause pendant laquelle Myriam avait rencontré Jean-Dominique Fratelli. C'est à cet instant qu'il avait compris qu'il était perdu. « Tu n'avais donc pas connaissance de son rôle dans ce trafic ? » avait interrogé le ministre. « Mais non ! Je n'ai fait que payer une partie de son amende, c'est tout ! » Dans l'absence de réponse et le regard scrutateur de son supérieur, Charles avait su. Dès le soir où Myriam lui avait raconté son histoire, il avait conscience que si son nom apparaissait, rien ne pourrait stopper la broyeuse. Personne ne le croirait. Pire, personne ne voudrait le croire, prendre le moindre risque pour le défendre. Il serait seul. Même Myriam n'avait pas eu besoin de le projeter dans cette lumière crue. Le ministre n'avait pas répondu à sa dénégation. « Je ne demande qu'à te croire mais, politiquement, tu comprendras que ta situation est désormais très délicate, Charles. Je te laisse en tirer toutes les conséquences. » L'homme avait consulté son téléphone, Charles n'avait plus qu'à se lever, sans jamais savoir si le ministre avait cru à sa version.

Tout est ensuite allé très vite : un rendez-vous, moins expéditif, chez le directeur de la police nationale, qui avait conclu que « si les faits sont privés, leur potentiel explosif en cas de révélation publique rend ta situation intenable, cher Charles. Nous allons tâcher de tout verrouiller avec la presse. Officiellement, nous allons t'affecter à une mission spéciale autour de l'antiterrorisme, histoire de passer la main en douceur à ton successeur » ; une commission disciplinaire qui, juridiquement, n'avait trouvé aucune base légale mais s'en remettait « à la décision de la hiérarchie ». Une semaine après le rendez-vous de la place Beauvau, Charles avait présenté sa démission en évoquant « des problèmes de santé ». Il avait refusé que sa garde rapprochée organise un pot de départ.

Avec Aline, les choses se sont installées assez rapidement, avec très peu de mots, sans longues discussions ni explications. Le soir où il lui a annoncé sa démission, Aline est demeurée relativement silencieuse, il en a été, sinon meurtri, en tout cas assez surpris. Il a mis cette réaction sur le compte du choc. Il a essayé de lui soutirer une réaction plus claire, mais c'était assez compliqué car lui-même était encore abasourdi par le déroulement de cette folle journée. Puis, au fil des jours, Aline l'a écouté ruminer contre la cabale interne qu'il avait dû inventer, ce coup de poignard dans le dos planté par un de ses adjoints, ces rumeurs de harcèlement moral qui n'avaient cessé d'enfler, puis celles de corruption de Charles par un caïd marseillais. Toute cette mécanique sournoise avait fini par intéresser une journaliste qui ne cessait de l'appeler, sa hiérarchie avait convoqué Charles pour une explication houleuse, très houleuse, au cours de laquelle il était sorti de ses gonds, ulcéré qu'on puisse ainsi remettre en cause sa probité. Mais le poison était distillé, les attaques n'avaient pas cessé, les marques de défiance non plus, voilà pourquoi, à quelques encablures de la retraite, il choisissait de démissionner.

Inventer cette fable l'a à peine aidé à surmonter la profonde injustice qu'il éprouve encore. Il a beau connaître les règles du pouvoir, dont le mur qui doit séparer vie professionnelle et personnelle, les éprouver est une expérience cruelle. Il a sauvé Myriam d'une dérive sociale inéluctable, sans lui elle serait à la rue ou sous un pont, peut-être pire. D'une certaine façon, il a mis sa propre vie en danger et voilà comment on l'a remercié. Lui aussi est une victime, même s'il ne pourrait jamais en convaincre quiconque. Aline, elle, profite pleinement de sa retraite. Chaque jour, elle enchaîne des visites dans des musées, des cafés avec ses copines, dont sa « nouvelle bande du Palais » avec laquelle elle écume les procès, en plus de sa lecture avide de romans noirs. Sans doute trouve-t-elle, dans cette débauche d'énergie, un moyen pour éviter de ruminer sur l'absence d'Alexandra. À vrai dire, Aline ne lui parle plus de grand-chose, et c'est une réalité qui lui a sauté à la figure une fois sa démission posée.

Il s'est donc habitué à se lever tôt, seul, puis à la regarder partir sur le coup des 11 heures, revenir vers 19 heures, en général avec des courses pour le repas qu'elle prépare malgré tout avec soin. Le seul moment qu'ils partagent consiste à regarder ensuite un film ou un documentaire, souvent Charles s'endort devant et Aline rejoint sa chambre. Il a commencé à prendre la direction du nord-est de Paris tous les jours, après le déjeuner et le café qu'il prend parfois chez José, pour passer « chez lui », ou « chez Myriam », ou « chez nous », il se perd dans les formules.

Petit à petit, la vieillesse prend sa place. Mais pas toute la place, il lui reste son petit espace plein de sa grande aventure. Personne, dans le 15e arrondissement, ne peut deviner où se dirige ce septuagénaire à l'allure fatiguée, qui marche lentement vers le métro, y plonge en se tenant à la rampe, quémande une place assise en cas d'affluence. Aucun habitant du 19e arrondissement ne sait davantage d'où arrive ce vieux monsieur, chaque après-midi, mais sans doute est-il lui-même du quartier, un de ces habitants très discrets, puisqu'en approchant du bel immeuble qui longe le parc il plonge avec assurance une main dans sa poche pour en extraire une clé. Charles jubile de cette duplicité, se régale de son secret, mais il mesure qu'une mécanique s'est mise en marche, celle de la peur, de la fin, tout ce langage de la vieillesse. Et son corps, quand va-t-il l'abandonner ? Sa prostate, surtout elle, son foie aussi, son estomac, son cœur, jusqu'à quand tiendront-ils ? Il n'a aucune réponse, évidemment, c'est absurde de se poser toutes ces questions, mais à partir d'un certain moment elles surgissent, c'est tout, et rarement Charles a ressenti une telle impuissance devant ces pensées qui reviennent par vagues, impossibles à endiguer.

Puis il va affronter l'autre mécanique qui l'obsède, qu'il ne parvient plus à stopper. Plus jeune, il a connu des pannes, un manque de désir brutal, inexplicable, un coup de fatigue qu'il savait passager. Jamais il ne s'interrogeait sur ses capacités, d'ailleurs quelques heures plus tard tout revenait à la normale. Mais cette fois ce n'est pas normal. Quand cela arrive, il sent un vide au plus profond de lui, comme si certains organes s'étaient arrêtés de fonctionner, c'est d'ailleurs la réalité mais, pire, il perçoit son impuissance à réagir. Il peut alors se concentrer, passer en revue ses plus excitants phantasmes, mobiliser les tréfonds de sa photothèque mentale érotique, rien n'y fait. Rien. Rien.

Au début, il a surtout ressenti de l'abattement, une immense fatigue, un peu d'ironie, aussi, face à la fatalité. Puis, un jour qu'il ramollissait seconde par seconde, visualisant avec une incroyable précision son sexe se rétractant, il avait fouetté Myriam plus fort que d'habitude, d'abord pas pour lui faire mal, plutôt comme s'il avait frappé le premier objet à sa portée. Puis, son sexe ayant définitivement renoncé, il avait frappé encore, et encore, cette fois la colère était bien là, le besoin d'un défoulement physique aussi, avec au final une vague satisfaction d'avoir palpé de la chair, d'avoir malgré tout vécu quelque chose. De ne pas être mort.

C'est désormais devenu une habitude, ou presque. Même quand il ne connaît pas de défaillance, car cela arrive encore,

Charles a besoin de ses instants de violence qui forment un tout avec le sexe. Avec le temps, l'humiliation qu'il lit dans les yeux de Myriam a ajouté une dimension de plaisir supplémentaire. Avant, c'était de la domination consentie, elle lui a même parfois confié qu'elle aimait cette position de soumission car elle faisait partie de leur relation, c'en était même un pilier. Elle savait que le plaisir de Charles passait par ce prolongement physique de la nature de leur relation, et cela participait de sa propre satisfaction. Aujourd'hui, elle ne peut plus lui échapper, socialement anéantie, financièrement dépendante. Le sexe n'est plus qu'un moment pour lui, il est devenu un monstre d'égoïsme et il en jouit. La violence qui l'accompagne est une compensation à son déclin physique, bientôt sa déchéance, il ne se sent même plus coupable de faire appel à ce subterfuge.

Charles replie les journaux, la mort de Michel Drucker l'ennuie profondément, puis règle son café. L'image de Myriam à quatre pattes lui traverse l'esprit, mais ce sont ses mains qui se serrent.

47.

Cette fois, Alexandra emprunte l'ascenseur, appuie énergiquement sur la sonnette, son cœur ne bat pas à tout rompre lorsque la porte s'ouvre, dévoilant Aline, en robe verte, « Pfff… j'ai rangé de vieilles affaires ce matin, je l'ai retrouvée, je la portais le jour de ses cinquante ans, elle me va encore ! » rigole-t-elle en embrassant sa fille. « Une taille de jeune fille, donc ! » « Oh non, je maigris, regarde, elle flotte de partout, enfin bref… Rentre, rentre. » Elles sont seules, Aline a appelé Alexandra lorsque Charles a pris « la route du nord », comme dit Aline, après le déjeuner.

« Tu as visité l'appartement, l'autre jour ? » « Non, juste le salon. » « Viens, je te montre. » Les deux femmes longent un long couloir, les murs crème sont couverts de photos des enfants, Aline n'en dit rien, Alexandra connaît son habitude. « Ma chambre… » « Ah, ta chambre… » Sa mère arbore un petit sourire gêné. « Oui… je me suis dit "à quoi bon ?" peu après notre arrivée, il y a un moment où il faut regarder les choses en face, c'est tout. Et puis je dors mieux, lui aussi… voilà. » La pièce sent le propre, tout est impeccablement rangé, jusqu'à la pile de romans, des noirs d'après les tranches, posée sur la table de nuit. Dans un angle, Alexandra aperçoit un joli fauteuil framboise qui s'accorde aux rideaux pourpres. « Mais on dirait une chambre d'hôtel, dis donc, c'est superbe ! » s'enthousiasme-t-elle.

Aline la guide jusqu'à la chambre de Charles, dont la porte est fermée. Aline l'ouvre, Alexandra est subitement mal à l'aise, dans la peau d'une intruse. Un parfum de poussière et de miel la prend à la gorge, présent sans être franchement gênant, l'odeur d'un vieil homme, des années qui s'envolent, songe-t-elle avec un vague dégoût. Les placards sont ouverts, dévoilant des cintres avec des chemises blanches, des pantalons et des vestes sombres, grises ou noires, « Il a gardé tous ses habits de boulot, "son uniforme" comme il dit, il les porte tous les jours ou presque… », soupire Aline, Alexandra a l'impression qu'elle parle d'un enfant. Près de la fenêtre, un petit bureau sur lequel repose un ordinateur fermé. « Il écrit ? » « Pfff, je n'en sais rien. Quand il ne regarde pas la télé, il s'enferme parfois ici, je l'entends marcher de long en large, il parle tout seul, mais je n'ai aucune idée de ce que ça donne. De toute façon ça intéressera qui, les mémoires d'un vieux flic ? » « Ce sont ses archives, là ? » demande Alexandra en désignant des boîtes en carton posées au-dessus d'une armoire. « Oui, il y en a plein la cave aussi. Tu te souviens, il écrivait souvent le soir, à la maison… Allez, viens. »

Aline leur prépare un thé, Alexandra découvre une jolie cuisine, accueillante, bien rangée, puis elles s'installent dans le salon. Dans le canapé, la trace du corps de Charles a creusé le tissu, Alexandra prend place à l'autre bout, Aline dans un fauteuil. « Alors, il t'a parlé de ma visite ? » « Non, pas un mot ! J'ai joué à celle qui ne savait rien, j'ai juste demandé si tout allait bien, ce qu'il avait fait de son après-midi, rien. Mais il avait sa tête des mauvais jours. » Alexandra raconte l'échange bref, violent, qui a ponctué leurs retrouvailles, comment il l'a congédiée dès qu'elle a abordé l'existence d'une autre femme. « C'est donc ça, la fin de la confiance dont tu m'as parlé l'autre jour… Tu peux me le dire, maintenant. Vas-y, maman. » Alexandra découvre qu'elle n'a pas encore dit « maman » depuis le jour où elle a abordé sa mère devant le fleuriste. Elle découvre aussi qu'Aline a la peau davantage creusée qu'elle ne l'avait remarqué en voyant ses sillons se remplir de larmes, sans un bruit. Aline, dont les épaules s'affaissent brusquement, passe ses mains sous ses yeux, se lève et se rend dans la cuisine à la recherche d'un mouchoir. Elle reprend place, redresse le buste, « Oui, c'est ça ». « Depuis quand ? » demande Alexandra, douloureusement avide d'informations, elle voudrait déjà tout savoir. « Je ne sais pas exactement, mais je l'ai découvert il y a onze ans. » Les années de distance reprennent leur place, un épais sentiment de culpabilité envahit Alexandra.

« Ce n'est pas qu'une banale histoire d'adultère : ton père mène une double vie. » « Quoi ? » Aline lui raconte tout : sa passion pour les faits divers, son habitude de se rendre à certains procès avec son groupe de copines, la fascination pour l'histoire de « la greffière, tu n'en as pas entendu parler ? » mais ça ne dit rien à Alexandra, le procès et la nuque de Charles qui surgit dans son champ de vision, cette dizaine de secondes à la fin de la dernière audience, ce regard, « un coup de poignard, l'instant où j'ai compris », sa recherche de Myriam Desmures, ses filatures, et Charles qui, un midi, sort du métro, marche comme un propriétaire vers cet immeuble d'où sort chaque jour « cette femme abîmée, perdue, comme cloîtrée dans ce quartier ».

« Onze ans… mais ça continue ? Une double vie depuis tout ce temps ! »

Alexandra se lève, ne tient plus en place.

« Peut-être que ça dure depuis plus longtemps encore, tout est possible…

— Mais je ne comprends pas, tu ne lui as rien dit ?

— Tu ne sais pas tout, Alexandra. C'était l'époque où il a démissionné. Il m'a d'abord raconté des bêtises, puis un article a levé le voile, il avait payé une partie de l'amende de Myriam Desmures. Il a été viré, en fait. Il m'a d'abord raconté des bobards, mais quand l'article a paru, je lui ai seulement demandé si c'était vrai : il m'a dit "Oui", c'est tout. Je crois qu'il avait surtout honte, voir ainsi sa carrière détruite, sa réputation salie à jamais l'a plongé dans une sorte de dépression, pendant deux ou trois ans environ. Il s'est enfermé dans le silence. Et moi aussi.

— Vous n'en avez jamais parlé depuis ?

— Jamais. Tu sais, Alexandra, j'avais déjà mis un mouchoir sur mes doutes, sur la trahison dont je t'ai parlé l'autre jour, lorsque j'ai découvert un été qu'il avait passé du temps avec une autre femme. J'ai accepté de vivre avec un homme en qui je n'avais plus entièrement confiance. Cela peut te sembler bizarre, je le sais bien, mais c'est peut-être aussi une affaire de génération : j'ai toujours envisagé ma vie avec Charles, jusqu'au bout et quoi qu'il arrive… Et puis c'était aussi une question de dignité pour moi. Je n'avais que deux solutions : rester en me taisant, ou partir. Mais tout quitter à presque soixante-dix ans, ou pire, après, tu te rends compte de ce que cela représentait ? M'installer dans un deux-pièces avec ma pension de prof ? Tomber dans la précarité, la pauvreté peut-être, à cet âge-là ? Tu imagines ? J'ai choisi, comme un vœu de silence. En fait, je vis presque seule depuis vingt-cinq ans.

— Tu penses qu'il a pu avoir un enfant avec cette femme ?

— Aucune idée, mais tu l'imagines avoir eu un gamin à plus de cinquante ans ?

— Pas vraiment… Tu en as parlé à Virgile et Anouk ?

— Non… Je n'ai jamais voulu les mêler à tout ça, hors de question. Les choses étaient déjà assez compliquées, et puis… »

Et puis il y avait déjà moi, songe Alexandra en se tordant les mains.

« Et m'en parler, tu y as pensé ? »

Aline s'efforce de sourire.

« Je ne savais même pas où tu vivais, ou plutôt que tu vivais à quelques kilomètres de nous… »

Aline laisse passer un silence, semble hésiter, mais elle perçoit qu'une complicité nouvelle s'est désormais installée entre elles. Elle peut faire confiance à sa fille. Elles peuvent aller jusqu'au bout.

« Tu sais, Alexandra, je t'ai toujours soutenue contre ton père, je lui ai souvent fait le reproche de ce qui s'est passé, de sa réaction stupide lors de l'histoire de Cannes. Mais j'ai, aussi, toujours pensé que c'était à toi de faire le premier pas, comme une sorte de cohérence : tu avais choisi de partir, c'était à toi de revenir. Pour moi, cela ne pouvait pas se passer autrement. Alors, avec tout ça, je me suis habituée à une forme de solitude. Mais j'ai profité de la vie, tu sais. Pour oublier.

— Et sa santé ? Il ment aussi ?

— Non… Pour un monstre d'égoïsme, c'est le plus important, tu sais bien. Et puis c'est difficile à dissimuler, au bout d'un moment j'aurais remarqué sa fatigue, trouvé ses médicaments. Mais au début, c'est vrai, je n'ai pas cru à cette histoire de cancer, alors je l'ai accompagné chez le médecin pour en avoir le cœur net. C'était bien ça et, pour être honnête, figure-toi que j'ai été… soulagée, comme si la maladie pouvait régler tout ça. C'est horrible comme réaction, je sais bien. Et puis, même si tous ces nouveaux traitements sont incroyables, même si la prostate chez un vieux est un grand classique, la pitié m'a rattrapée. Mais je ne lui ai rien montré ! Aujourd'hui, je crois qu'il va s'en sortir et… je ne sais plus quoi en penser.

— Mais comment peux-tu rester silencieuse si tu penses qu'il se rend chez cette femme tous les jours ou presque ?

— À quoi ça peut servir de hurler maintenant ? Le mal est fait, et depuis longtemps. Il m'a fallu du temps pour apprivoiser la trahison, j'ai appris à vivre avec…

— Tu es certaine qu'il sait que tu sais ?

— Certaine, non, mais je pense que oui. Lui aussi s'est enfermé dans le silence, il me fuit depuis si longtemps. Son voyage à Bangkok a finalement été son message le plus clair.

— Qu'est-ce qu'il est allé fabriquer là-bas ?

— Aucune idée…

— Tu attends quoi, maintenant ?

— À ton avis ? »

48.

Aline a évité un mardi, le jour où elle a vu Charles rentrer au 52, rue de Crimée. Elle a choisi un jeudi, au hasard. C'est un jour gris, venteux, le ciel est d'ardoise, le parc presque désert, seuls quelques vieux Asiatiques déplient leurs membres en silence. Il est 11 h 15, Aline sait qu'elle n'aura pas beaucoup à attendre. Elle a choisi un banc situé près de l'entrée, en haut du parc, elle ne pourra pas louper Myriam Desmures.

L'ancienne greffière ne tarde effectivement pas à apparaître, un filet à commissions vide à l'épaule droite, une cigarette dans la main gauche, les bras croisés devant son long gilet noir. Elle n'hésite pas et s'installe sur le banc tout près de la grille. Elle écrase son mégot sous sa basket, sort de son filet un magazine et un stylo, semble entamer des mots croisés. Aline est surprise que Myriam Desmures trouve une activité tant elle s'est habituée à la voir ne rien faire, les yeux dans le vide, pas même distraite par les passants, les cris des enfants et des joueurs de pétanque.

Aline attend. De sentir la colère prendre sa place. De mesurer sa distance et sa proximité avec Myriam Desmures, qui suçote le bout de son stylo sans jeter le moindre regard autour d'elle. De choisir ses mots. Elle revoit Charles rentrer au 52. Elle l'entend hurler « fête de gouines ! » Elle pense à Alexandra, si belle et si fragile sur la scène du Festival de Cannes.

Aline se lève en même temps qu'une bourrasque de vent qui la fait vaciller un instant. Le calme revenu, elle effectue d'un pas assuré les quelques mètres la séparant du banc de Myriam Desmures. « Vous n'attendez personne, je peux ? » La greffière relève la tête, étonnée, « Non… Oui.

— Vous ne l'attendez plus car vous savez à quelle heure il va venir, c'est ça? Charles est un homme d'habitudes, c'est vrai… »

Une nouvelle bourrasque accueille ses mots mais, au regard de Myriam Desmures, Aline sait que le vent ne les a pas emportés. La greffière pose son magazine et son stylo sur le banc, pousse un long soupir.

« C'est donc vous. Je me doutais qu'un jour… je n'ai jamais réussi à vous représenter. Parfois, un simple prénom suffit à imaginer un visage, mais je ne sais même pas comment vous vous appelez… »

Le ton n'est pas agressif, plutôt fataliste.

« Aline.

— C'est joli, ça devait être assez rare à votre époque, sans vouloir vous offenser…

— Oh vous ne me vexez pas, à un ou deux ans près je connais aussi votre âge. Je sais presque tout de vous.

— Alors, pourquoi êtes-vous ici ?

— Figurez-vous que je ne sais pas très bien… Je vous ai déjà vue. J'étais à votre procès…

— Je sais.

— Je vous ai écoutée, d'ailleurs j'ai trouvé la peine sévère. Pour le reste, j'ignorais encore tout. Et j'ai vu ce que je n'aurais pas dû voir…

— C'est-à-dire ?

— Vos regards, à la toute fin de l'audience, et le geste de Charles…

— Une femme sait, dans ces cas-là…

— Voilà.

— Vous n'avez jamais eu envie de le quitter ?

— Pas vraiment… J'ai ressenti la trahison, la souffrance, mais notre vie de couple était déjà bien avancée, beaucoup d'illusions s'étaient déjà envolées, vous savez. À la limite, j'aurais préféré qu'il me quitte, cela aurait été plus simple…

— C'est drôle, j'en rêve, ou plutôt j'en ai rêvé pendant vingt ans, mais, si cela vous rassure, ou vous console, il n'a jamais été près de le faire…

— Pourquoi, à votre avis ?

— Même s'il ne me l'a jamais dit, il n'a jamais cessé de vous aimer, et de vous respecter, j'ignore si cela vous console. C'est la principale raison. Et puis il a toujours envisagé notre histoire comme une aventure différente, vous avez dû le comprendre…

— Pas vraiment… Vous savez, jusqu'à ce que je découvre sa double vie, il y a quelques semaines, je ne savais pas ce qui se passait. J'ai même parfois imaginé que c'était fini, même si je n'y croyais pas trop, sinon il se serait davantage rapproché de moi.

— Non, cela ne s'est jamais fini… tout comme cela n'a jamais vraiment commencé. En tout cas pour moi…

— Vous l'avez toujours aimé ?

— Toujours.

— N'avez-vous jamais envisagé de lui dire stop ?

— Si, une fois, nous nous sommes d'ailleurs séparés, vous ne le saviez pas ?

— Comment l'aurais-je su ?

— C'est vrai. Mais c'était plus fort que nous, depuis le départ notre histoire nous a dépassés, même s'il ne le reconnaîtrait jamais. Le contrôle, toujours le contrôle, alors qu'en réalité il n'a jamais maîtrisé grand-chose…

— Comme beaucoup d'hommes…

— Comme trop d'hommes…

— Cela fait un moment que je vous suis et vous observe, vous semblez si malheureuse…

— À ce point ?

— Oui

— Je n'ai surtout plus d'avenir, après une vie de quête… Depuis le procès, je suis entièrement entre ses mains, et même lui n'a plus beaucoup de perspectives, alors…

— Sa maladie l'inquiète-t-elle ?

— Ça oui, beaucoup.

— Parle-t-il parfois de sa mort ?

— Non, jamais…

— L'espérez-vous, parfois ?

— Non… mais elle approche, c'est évident.

— Que ferez-vous ensuite ?

— Il faudra bien que je retrouve un travail, je n'aurai pas le choix… Mais à cinquante-neuf ans…

— Vous êtes jeune…

— … Et usée.

— Je ne vous sens pas en colère… pourquoi ?

— Le temps, madame Perrière, ces années m'ont dévorée à petit feu, que puis-je encore faire face à un homme affaibli mais qui s'occupe encore de moi ? S'il m'abandonne aujourd'hui, je ne serai plus rien. Alors, que faire ?

— Je ne sais pas… Je vais vous laisser, il ne va plus tarder, non ?

— Il sera devant la porte dans trois minutes.

— Je vais passer par le bas du parc… au revoir madame Desmures.

— Au revoir Aline. Vous savez, je vous attendais depuis longtemps.

— Pourquoi ?

— Pour être certaine que vous existiez vraiment. »

49.

Dominique reconnaît de loin sa haute silhouette, même si elle lui semble cette fois légèrement voûtée. Charles Perrière avance plus lentement que la première fois, mais Dominique n'a pas oublié la vivacité avec laquelle il avait saisi le bras de Myriam Desmures, la tenant fermement, comme un objet qu'on rapporte à la maison, comme si elle lui appartenait. Il détonne toujours légèrement dans ce quartier avec sa veste en velours noir et ses chaussures bien cirées, il ressemble toujours à un homme des beaux quartiers en visite dans le nord-est de la capitale. Le vent se lève et il s'arrête, la tête légèrement en arrière, les yeux fermés, semblant savourer le moment.

Dominique quitte son banc et lui emboîte le pas. Pour sa première enquête loin de son bureau, elle n'aurait jamais imaginé autant marcher, attendre, réfléchir pendant des heures, envisager mille hypothèses en regardant Myriam Desmures elle-même perdue dans ses pensées. Dominique se sent toujours aussi déraisonnable, peut-être ne va-t-elle aboutir à rien. Mais, depuis ses premières filatures, elle a la conviction que ce n'est pas du temps perdu, qu'une histoire douloureuse unit ces deux êtres, bien plus complexe que ce que Myriam a consenti à lui raconter. La conviction que cette femme a besoin d'aide ne l'a jamais quittée, et que de cet homme elle ne sait toujours presque rien. En lisant les quelques articles qui lui ont été consacrés après de belles affaires réalisées par l'IGPN, ou dans celui qui a signé sa chute peu après le procès de « la greffière », Dominique a compris qu'une grande partie de la vie de Charles Perrière n'a jamais été racontée. On peut ainsi passer des décennies au sommet de l'appareil policier et rester dans une forme d'ombre, insaisissable. Le pouvoir projette dans la lumière autant qu'il protège, songe Dominique alors que Charles traverse la rue hors du passage piéton, semblant subitement sûr de son choix.

« Monsieur Perrière ? » Charles s'arrête, pivote lentement, à la recherche de la voix. Dominique trottine pour le rattraper. « Bonjour monsieur, Dominique Bontet. J'aimerais vous parler quelques instants, s'il vous plaît. » Charles l'examine de la tête aux pieds, Dominique arbore un de ses ensembles habituels, pantalon et veste noirs, pull beige, bottines noires. « Me parler de quoi, madame ? » C'est stupide, mais Dominique n'a pas envisagé cette question. Aborder cet homme dans la rue lui fait perdre ses repères. Derrière son bureau, les pieds nus caressant la moquette, elle sait que le rapport de forces joue dès les premières secondes en sa faveur. Là, elle n'est qu'une femme qui aborde un homme. Un vieil homme. « De votre vie. » La réponse a jailli, Dominique a pris soin de son intonation, presque douce. Charles reste pensif puis finit par lâcher : « De ma vie ? Comme des mémoires ? C'est amusant, je suis en train d'écrire les miennes, enfin j'essaye... Mais, vous savez qui je suis? » « Oui. » Dominique a repris un ton ferme, sans appel, et avance d'un pas. « Bon, puisque j'ai du temps... Rentrons, vous allez d'abord me dire qui vous êtes, et m'expliquer ce que vous cherchez. » « Salut Charles ! » lance le patron alors qu'ils pénètrent dans le bar presque vide, seules deux tables sont occupées par un homme et une femme, chacun devant son ordinateur portable. « Salut José, tenez, on va se mettre là. » Charles connaît le lieu, choisit une table à l'angle, près de la fenêtre. Il commande un café, Dominique un thé, José les sert en observant Dominique qui, elle, pense à la science de l'interrogatoire prêtée à Perrière.

« Alors, qui êtes-vous, madame... ?

— Bontet. Dominique Bontet. Je suis juge d'instruction, ici, à Paris. Mais je viens aujourd'hui à titre personnel... »

Charles repose la tasse qu'il était en train de porter à ses lèvres : « Et que me vaut l'honneur de l'intérêt d'une juge ? Si c'est pour mon affaire, c'est de l'histoire très ancienne, et vous devez savoir qu'il n'y a eu aucun développement judiciaire, d'ailleurs il ne pouvait y en avoir aucun. Je n'ai rien fait d'illégal. Je ne comprends pas votre démarche.

— Je sais, monsieur. Je ne travaille dans aucun cadre judiciaire, mais Myriam Desmures est venue dans mon bureau, il y a quelques semaines. Elle m'a parlé de votre relation...

— Myriam ? »

Charles a changé de ton, si brusquement que Dominique le revoit, saisissant en un éclair le bras de Myriam.

« Nous nous sommes revues, à plusieurs reprises, tout simplement parce que cette femme souffre tant que ne je me suis pas résolue à la laisser seule. Elle marche sur un fil, en permanence. Je vais être transparente, monsieur: Myriam Desmures cherche à porter plainte contre vous. Je ne vois aucun motif possible, mais sa douleur m'obsède. J'ai envie de comprendre comment une femme peut passer les deux tiers de sa vie à attendre un homme, à vivre ainsi en pointillé. J'ai envie de comprendre comment un ancien haut responsable policier peut s'embarquer dans une telle histoire. L'amour, j'imagine… mais cela ne peut être l'unique motif. En résumé, votre histoire me fascine. J'ai tout lu sur Myriam, mais je ne sais pas tout. J'ai besoin d'entendre votre version. »

Charles la regarde avec intensité, semblant s'arrêter sur chaque détail de son visage: « Vous êtes une drôle de juge, madame, j'hésite à me lever tout de suite et à vous laisser à vos interrogations. » Charles laisse planer un silence, tripote sa petite cuillère, sous la table Dominique tape du pied. « Mais votre démarche m'amuse, et je n'ai plus grand-chose à perdre, ni à gagner d'ailleurs. Comme je vous le disais tout à l'heure, j'essaye d'écrire mes mémoires, pour mettre mon passé en ordre. J'ai passé ma vie au secret, c'est long, presque cinquante ans à savoir tant de choses sans pouvoir rien dire, vous en savez sans doute quelque chose dans votre métier. Disons que je suis d'humeur à la confession, vous avez de la chance. Et puis, je suis malade, je l'ai appris il y a quelques semaines. Je vais peut-être m'en tirer, mais cette expérience m'a fait beaucoup réfléchir, je sais que tout peut s'arrêter en quelques mois, à mon âge c'est possible. Je l'avais déjà compris mais cette fois je le vis, ça change tout. Et puis je n'ai plus grand monde à qui parler… Alors vous vous intéressez à notre histoire ? J'aime Myriam depuis trente ans. J'aime ses différences, sa solitude, elle a presque toujours vécu sans famille, mais sans doute le savez-vous, j'aime aussi sa forme de folie. Elle m'a permis de vivre des moments uniques. Je l'ai rencontrée alors que la vie m'ennuyait, c'est presque aussi simple que cela. Vous devez un peu connaître mon parcours, si vous avez bien fait votre travail. J'ai été puissant, très puissant, et très jeune. D'une certaine manière, nos métiers sont proches : nous jugeons le comportement d'autres personnes, nous sanctionnons leurs erreurs d'après des règles, des textes, mais aussi d'après notre vision de la société, du monde. En une décision nous pouvons changer le cours d'une vie, et même de plusieurs, c'est une lourde charge, mais si grisante, ne trouvez-vous pas ? Je ne saurais l'expliquer, mais dès mes études le respect de la loi par ceux qui sont chargés de la faire respecter m'est apparu comme un pilier de notre société, un facteur de cohésion indispensable. C'était le chemin que je devais suivre. Mais maintenir cet ordre des choses est un travail épuisant, une vague qui revient sans relâche : vous sanctionnez un collègue, et le soir même on vous rapporte la déviance d'un autre, et il faut tout reprendre à zéro. Je vous le dis, madame la juge : notre police est en partie infiltrée par des éléments extérieurs, des activistes politiques, surtout d'extrême droite, mais surtout par les trafiquants de drogue. Ils soudoient tout le monde : douaniers, policiers, magistrats, greffiers, même des élus, tout le monde ! C'est presque un État dans l'État, très peu de gens mesurent l'influence de certains réseaux criminels dans notre police, et peut-être dans notre justice, regardez l'histoire de Myriam, c'est d'ailleurs d'une incroyable ironie, n'est-ce pas ? J'ai passé ma vie à lutter contre ce fléau, et j'ai chuté parce que j'ai aidé une greffière corrompue. Comme Al Capone et ses impôts, sauf que je n'ai rien fait d'illégal, je voulais juste aider la femme que j'aime ! Je lis dans vos yeux que vous me prenez pour un vieux con, un peu gâteux, mais gardez mes mots en mémoire : notre État est en train de pourrir de l'intérieur. Nous n'aurons plus le loisir d'en parler dans vingt ans, mais vous y penserez, j'en suis certain. Mais revenons à Myriam. Elle m'est apparue, parce que, oui, c'était quelque chose de l'ordre d'une révélation : j'étais au sommet, en couple avec ma femme, Aline, père de trois enfants, même si un violent affrontement m'a opposé à notre fille aînée, Alexandra, qui s'est éloignée de nous. C'était de ma faute, Aline m'en a toujours voulu et elle a raison. Aline et Alexandra ont renoué il y a peu, Alexandra est aussi venue me voir mais pour me reprocher l'existence de Myriam, et je la comprends, j'ai écourté l'entretien car ça allait mal se passer. Bref, en apparence tout allait bien, en réalité la déprime me dévorait depuis des années, cette répétition des jours, des attitudes, des problèmes à régler et, malgré mon poste, cette impression d'échouer, de voir une institution dévorée au cœur de ses entrailles, prête à s'écrouler. Myriam m'est apparue comme l'unique voie pour m'échapper. Il y avait l'amour, bien sûr, mais aussi l'opportunité de bâtir une nouvelle vie. J'aurais pu quitter ma femme sur le champ, me direz-vous, mais cela aurait été médiocre, banal. C'était un amour orgueilleux. Je voulais bien autre chose qu'un adultère, et seule une personnalité comme celle de Myriam pouvait permettre la construction d'une authentique double vie…

— Mais elle, souhaitait-elle vivre ainsi ? »

Dominique n'a pas pu attendre la fin du monologue, la colère la gagne.

« Je ne l'ai jamais obligée à rester. Le temps que Myriam a passé avec ce type en est la meilleure preuve, on voit où ça l'a menée… C'est une femme fragile, influençable, elle a besoin d'un cadre, de règles, de régularité. Ce Fratelli l'a bien compris, d'ailleurs, mais il a injecté du poison dans leur jeu, il n'a fait qu'utiliser Myriam. Comme moi, me direz-vous ? Restez en place, madame, je vois que je vous énerve à faire les questions et les réponses, mais ici vous n'êtes pas la juge. Vous vouliez des confessions, eh bien les voilà, et ensuite vous ressortirez de ma vie. Oui, j'ai utilisé Myriam pour bâtir mon projet fou d'une double vie, mais je l'ai aimée et aidée, contrairement à Fratelli. Elle est ressortie tellement brisée par cette épreuve qu'ensuite je me suis occupé d'elle, madame. Je sais, notre histoire est étrange, peut être dérangeante, mais n'oubliez pas de me regarder aussi comme un aidant : sans moi, Myriam aurait sombré, aujourd'hui elle serait à la rue. À la sortie du procès, elle n'avait plus un sou. Alors je l'ai remise sur pied, j'ai payé une partie de son amende, je lui ai acheté un appartement, assez grand pour elle et Lila, car vous connaissez l'existence de Lila, n'est-ce pas ? Oui, bien sûr. Et j'ai commencé à leur virer de l'argent, d'abord chaque semaine pour que Myriam apprenne à gérer, ne fasse pas n'importe quoi, puis tous les mois. Laissez-moi continuer, madame, je connais vos questions, je lis dans vos yeux. La vie s'est installée ainsi. Myriam n'avait aucune perspective de travail sinon un petit emploi de service, vous l'imaginez à la caisse d'un supermarché ou en train de nettoyer des bureaux le matin ? Elle n'aurait pas tenu une semaine. Je ne l'ai empêchée de rien, il faut bien vous mettre cela dans le crâne, et si elle vous raconte l'inverse, ne la croyez pas. Si elle avait voulu reprendre des études, postuler à des emplois qualifiés, elle aurait pu. Je ne l'ai pas vraiment encouragée, c'est vrai, mais parce qu'il s'agissait du principe fondamental de notre relation, vous comprenez : la liberté de chacun. J'ai toujours posé cette règle comme intangible : je restais libre de poursuivre ma vie conjugale, et Myriam libre d'accepter ce fonctionnement, ou de partir. À chaque moment Myriam pouvait tout arrêter, me dire : "Charles, je n'en plus de t'attendre, je reprends ma liberté." Certes, dans les années qui ont suivi son procès, c'était plus compliqué, mais, avant, elle aurait pu retrouver son autonomie financière et s'envoler. Elle avait cette liberté, vous comprenez ? Elle ne l'a pas prise. Alors voilà, les années ont filé. Nous passions d'abord un peu de temps ensemble, deux ou trois fois par semaine, puis j'ai démissionné, enfin j'ai été contraint de démissionner, vous l'avez bien compris. D'ailleurs il ne faut pas regarder l'histoire d'un seul côté : j'ai aussi beaucoup perdu. J'aurais pu laisser Myriam s'endetter à vie pour payer son amende, mais je ne supportais pas cette idée, elle ne méritait pas cela, alors j'ai joué, mais j'ai perdu, je pensais vraiment que ce chèque allait rester enterré dans les arcanes judiciaires. J'ai joué de malchance, sans ce petit employé scrupuleux, j'aurais fini ma carrière comme je l'ai menée : au sommet. Après mon départ, j'ai connu un long moment compliqué, pour moi aussi tout s'effondrait, c'était une première fin de vie. À un moment, j'ai pensé que j'allais m'éloigner de Myriam, reprendre une vie normale, une existence de retraité paisible. Mais la peur de l'ennui, encore elle, m'a envahi, et m'a même réveillé. À quoi bon avoir pris tous ces risques, fait tous ces efforts pour bâtir une double vie si elle n'allait pas à son terme ? Alors nous avons continué, et j'ai même commencé à venir tous les jours par ici, je reste l'après-midi, nous parlons, nous nous tenons compagnie, comme des petits vieux, pensez-vous, mais c'est bien plus que cela : je ne fais pas que briser la solitude Myriam, je lui apporte mon expérience, la richesse de ma vie, je lui commente l'actualité par exemple, nous parlons de Lila aussi, c'est une enfant qui a grandi dans des conditions particulières, avec une mère qui s'est peu à peu détachée d'elle. Au fond, je pense que Lila a surtout été un moyen de chantage pour Myriam, un atout pour me retenir, c'est un des points sur lesquels elle m'a le plus déçu. Je suis allé voir Lila à Bangkok pour ses vingt ans, c'était étrange, bien sûr, elle me connaît très peu, mais avec le temps elle a accepté la situation. Elle fait sa vie, elle a un bon travail, mais je l'aide aussi de temps en temps. Voilà, je ne sais pas pourquoi je vous raconte tout cela, mais puisque j'ai commencé, autant aller jusqu'au bout. Sans moi, Myriam ne serait plus rien, ne l'oubliez pas, trop de temps a passé pour qu'elle retrouve du travail. Je déjeune souvent, Myriam cuisine très bien. Je ne reste presque jamais dîner, c'est une règle que j'ai toujours respectée. Je crois que Myriam est plutôt heureuse, elle a un toit, de l'argent. En fait, tout est assez simple, vous voyez : je suis un homme qui a deux vies, deux femmes, deux familles, deux maisons, c'est à la fois simple et extraordinaire par rapport aux critères que la société définit, mais qui est-elle cette société, pour nous dicter ce qu'on doit faire ? Dans mon travail, j'ai toujours été d'une intransigeance folle : si on fait respecter la loi, on doit la respecter. Mais je me fichais, et d'une façon aussi absolue, de la vie privée des policiers qui défilaient dans mon bureau, à partir du moment où ils n'avaient pas vendu leur cul ou celui de leur femme à ces criminels qui les corrompaient. Je me suis octroyé le même droit, la même liberté. Et la règle a toujours existé pour Myriam. Pour cette raison, je ne comprends pas pourquoi elle est venue vous voir. Je suis même surpris qu'elle ait accepté de vous parler à plusieurs reprises. Il faut croire qu'elle aussi avait besoin de se confesser ?

— Que sait votre femme ? »

D'instinct, Dominique sent qu'elle ne doit pas rentrer dans le débat, elle connaît ce genre d'homme, capable de vous persuader qu'un mur blanc est noir. Poser des questions, ne pas changer de cap.

« Ne me dites pas que vous l'avez rencontrée ? Non… bon. Vous allez donc devoir me faire confiance, tout comme je vous fais confiance pour ne rien lui dévoiler de ce que je vous dis, de toute façon vous êtes totalement hors procédure, cela ne servirait à rien, je démentirais vous avoir parlé. Aline est une femme extraordinaire, d'abord : droite, et même d'une droiture absolue, courageuse, généreuse. Vous allez sans doute trouver cela étonnant, mais j'ignore si elle connaît ma situation. Il y a quelques années, elle a eu un doute, peut-être même plus qu'un doute, sur l'existence d'une autre femme, c'était lors d'un été où je me suis retrouvé là où je ne devais pas. J'ai menti, elle n'a rien pu prouver, et elle s'en est contentée, ou en a donné l'impression, car notre relation n'a dès lors plus été la même. Je suis un salaud, c'est ce que vous pensez, je lis dans vos yeux. Mais être un salaud n'aurait-il pas été de quitter Aline ? De répéter ce schéma vieux comme le monde, banal, médiocre, indigne ? Qu'en pensez-vous, il va bien falloir que vous donniez votre opinion à un moment ! Mais vous l'avez compris, j'espère : notre histoire avec Myriam n'est pas de l'adultère. Je vais vous faire une confidence : le sexe n'a jamais été central, cela comptait, bien sûr, mais sans plus. C'est une aventure intellectuelle. Davantage pour moi, j'en conviens, puisque je suis celui qui a pleinement vécu cette double vie dont je rêvais, pourtant je suis persuadé que Myriam a pleinement profité de cette relation particulière. Elle a pu souffrir de l'attente, évidemment, mais elle a toujours su que je ne changerais pas d'avis, ce qui ne l'a pas empêchée d'espérer. Alors l'arrivée de Lila a permis de combler cette attente, le déséquilibre inhérent à notre relation. Myriam voulait absolument devenir mère, le désir a grandi au fil des années, alors je lui ai offert Lila, c'est déjà beaucoup, non ? D'ailleurs je ne vous demande qu'une chose, madame : ne parlez jamais de Lila à Aline, car si je n'ai qu'une certitude, c'est qu'elle ignore son existence, et je sais que cela la détruirait. Ensuite, tout est allé très vite : le procès, l'installation de Myriam dans l'appartement, ma dépression, et puis cette régularité que nous avons retrouvée. Et puis le temps a vite filé. Et maintenant la maladie… et vous. Mais alors, que vous a raconté Myriam ? C'est quoi cette histoire de plainte ?

— Rien. Elle voulait vous attaquer pour abandon de famille, cela n'a aucun sens d'après ce que vous me dites…

— Aucun, sauf si elle fait allusion à mon manque de présence auprès de Lila, mais pénalement…

— Cela ne tient pas debout, c'est évident. Pour le reste, je ne sais pas… c'est peut-être à vous de me le dire ? »

Dominique lâche un rire nerveux, inattendu, place une main devant sa bouche.

« Mais de quoi parlez-vous, madame… comment déjà ? je n'arrive pas à retenir votre nom.

— Bontet. Dominique Bontet. Je ne parle de rien, monsieur, mais j'ai constaté combien Myriam est éteinte, perturbée, en colère contre vous, je me pose des questions, c'est mon métier. D'ailleurs, je ne m'explique pas pourquoi elle ne quitte pas le quartier, elle traîne toujours dans le parc d'à côté…

— Je n'en sais rien, vous n'avez qu'à le lui demander.

— Cela ne vous gêne-t-il pas qu'elle apparaisse si malheureuse ?

— Mais qu'en savez-vous, au fond ?

— Je sais qu'elle aura passé trente ans à vous attendre, que votre relation a tout l'air d'une emprise, connaissez-vous ce mot, monsieur Perrière ?

— Évidemment, et je vois surtout qu'il est mis à toutes les sauces, impossible d'ouvrir un magazine sans en entendre parler, c'est ridicule. Une invention de psy, c'est tout. J'en ai vu un, vers la cinquantaine, il ne m'a été d'aucune utilité, je peux vous l'assurer. Du blabla, tout ça…

— Vous ne répondez pas vraiment à ma question…

— Mais de quoi me parlez-vous, à la fin ? Vous voulez savoir si j'ai une forte influence sur Myriam? Mais oui, madame, depuis le début, et c'est même le cœur de notre relation. Le moteur, même. J'ai toujours fixé les règles, et Myriam, oui, je peux le dire, aimait les suivre. Je vous le répète, c'est une femme fragile qui a besoin d'un cadre, et je suis un homme qui a besoin de rassurer, et même de dominer, oui madame. Si vous rencontrez Aline, un jour, vous comprendrez bien des choses. Elle est forte, trop forte pour moi, c'est comme si elle étouffait quelque chose en moi, mais ça ne m'a jamais empêché de l'admirer et de l'aimer. J'ai toujours eu besoin d'elle, mais j'avais besoin d'autre chose, est-ce illégal, madame la juge ? Vous vous rendez compte jusqu'où nous sommes allés, nous nous connaissons depuis à peine une heure… vous devez être une sacrée bonne juge d'instruction, madame. »

Dominique sourit, mais d'un sourire las. Des visages d'hommes lui apparaissent, par dizaines, ces hommes qui ont défilé dans son bureau pendant des décennies, fourbes, lâches, charismatiques, puissants, geignards, menteurs, perdus, manipulateurs, vicieux, qui se fondent dans les traits de Charles Perrière, déjà debout, « Myriam m'attend, je suis déjà très en retard, elle va s'inquiéter ».

50.

Dominique n'a trouvé le sommeil que dans la lumière grise de l'aube, et pourtant elle ne ressent pas la fatigue, plutôt une forme d'excitation artificielle. Elle fume deux cigarettes sur le parvis désert du Palais en observant des laveurs de carreaux en train de se harnacher avant d'entamer l'ascension du bâtiment, puis elle se dirige vers l'ascenseur vitré. Son bureau est en désordre, elle n'a pas eu l'énergie, hier soir, de ranger après avoir préparé son interrogatoire du jour, peut-être le dernier de sa carrière. Elle rassemble les feuillets dispersés, jette des gobelets de cafe a la poubelle, remet le Code pénal dans l'angle à gauche, place la chaise en face d'elle à la bonne distance, fait couler un café. Puis elle ouvre, une nouvelle fois, le dossier Aline Perrière. Elle a une demi-heure devant elle.

Dominique a sursauté lorsque, hier, le procureur André Baroncelli lui a tendu le dossier lors de leur point quotidien : « Un cas rare, madame Bontet : assassinat d'époux commis hier par une femme de quatre-vingts ans, dénommée Aline Perrière. Pour une fin de carrière, c'est presque un cadeau, d'autant que vous ne deviez plus avoir d'affaires jusqu'à votre départ. Mais je crois vraiment qu'elle est pour vous. Le type n'était pas n'importe qui, vous verrez. La presse n'est pas encore au courant, mais ça ne saurait tarder. Soyez vigilante. Voici mon réquisitoire. » Dominique est devenue blanche en découvrant l'identité de la victime et de la meurtrière. « Ça va ? » lui a soufflé une collègue. « Oui, oui, j'aurais dû davantage manger ce matin… » Dominique a hésité un instant, se sentant comme un tueur avant de tuer, un voleur avant de voler, tous ceux sur le point de franchir la frontière de l'illégalité. Pour avoir rencontré Charles Perrière, elle ne devait pas accepter ce dossier. Elle a regardé André Baroncelli en réfléchissant à deux mille à l'heure : Charles Perrière ne risquait plus de révéler leur entretien à qui que ce soit. Et s'il l'avait déjà fait auprès de Myriam Desmures, pourquoi celle-ci la dénoncerait, et auprès de qui ? « Parfait, je m'en occupe. » Après tout, le destin s'en mêlait : après des mois d'enquête solitaire, de hors-piste judiciaire, cette affaire devait donc la rattraper un jour. Finalement, elle avait eu un sacré flair en s'intéressant à Myriam Desmures. Ses mots et ces heures d'enquête solitaire devenaient enfin concrets.

Dominique s'est souvent demandé à quoi ressemblait Aline Perrière. Elle l'imaginait plus grande, peut-être parce que Charles Perrière est plutôt imposant. Elle découvre une petite femme, élégante dans son tailleur crème. C'est la première chose que Benjamin Revillard, le capitaine de police qui a entendu Aline en garde à vue, lui a confié tout à l'heure : « Je n'ai jamais vu une prévenue aussi classe. Et aussi directe. Un assassinat bouclé en une heure… enfin, à première vue, mais je ne crois vraiment pas qu'elle ait menti. Je vous laisse juge, madame la juge. » Un rigolo. Aline s'est présentée au commissariat du 15e, la veille en fin de matinée. D'après le procès-verbal du capitaine, elle a sagement attendu son tour, assise sur un banc pendant près d'une demi-heure. Au guichet, elle a déclaré qu'elle souhaitait rencontrer un officier pour lui parler de « faits graves ». Lorsque le brigadier Jérôme Pujol, mal réveillé, lui a demandé d'être plus précise, Aline a répliqué : « D'un assassinat. » Lorsque le brigadier, agacé, a exigé qu'elle soit plus explicite encore, Aline a soupiré : « D'un assassinat que j'ai commis. Cette nuit. Je m'appelle Aline Perrière. » Pujol a alors décroché son téléphone.

Les deux policiers qui encadrent Aline, qu'ils ont évité de menotter, semblent des géants inutiles, tout comme l'avocat commis d'office, maître Anthony Lafarge, un jeune homme long et maigre au point qu'il semble perdu dans sa robe. « Bonjour, madame Perrière, prenez place, ici. » Dominique se lève, contourne son bureau et désigne la chaise, prise d'envie de saisir la main de la vieille dame pour l'aider. « Bonjour, madame la juge », souffle Aline en s'asseyant, lissant sa jupe au passage. Les policiers prennent place de part et d'autre de la porte, Dominique est à deux doigts de leur demander de partir. Elle est bien plus nerveuse que face aux dizaines d'auteurs de féminicides qu'elle a croisés dans sa carrière.

« Madame Perrière, j'ai été saisie de votre dossier par le réquisitoire du procureur de la République de Paris. D'après les premiers éléments en ma connaissance, vous vous êtes présentée hier matin, le 9 mars, à 10 heures, au commissariat de police du 15e arrondissement de Paris. Vous avez déclaré au capitaine de police Benjamin Revillard être l'autrice de l'assassinat de votre époux, monsieur Charles Perrière, âgé de soixante-dix-neuf ans, la nuit précédente. Vous avez également affirmé que vous l'avez étouffé pendant son sommeil à l'aide d'un oreiller. Le capitaine Revillard vous a alors entendu sous le régime de la garde à vue, au cours de laquelle vous avez répété vos déclarations. Est-ce exact, madame ?

— Oui.

— Avant d'en arriver aux faits, j'aimerais aborder quelques éléments liés à votre identité et à votre personnalité. Vous vous appelez bien Aline Perrière, née le 12 avril 1945 à Meaux, mariée à Charles Perrière, né le 1er juillet 1946 à Boulogne-Billancourt ?

— Oui.

— Vous avez longtemps exercé la profession d'enseignante, c'est bien cela ?

— Oui. C'est un choix que j'ai effectué jeune. J'étais bonne élève, à l'époque où l'enseignement était une orientation assez évidente pour un profil comme le mien, avec la sécurité de l'emploi à la fin des études. J'ai un temps songé à devenir avocate, puis j'ai renoncé, mes parents ne me soutenant pas vraiment dans cette démarche. Mais je ne regrette rien : j'ai toujours adoré mon métier, l'histoire, la matière que j'enseignais, le contact avec les jeunes.

— Quand avez-vous rencontré votre mari ?

— Vers la fin de mes études. Charles achevait aussi les siennes, des études de droit à l'issue desquelles il visait à entrer dans la police. Comme commissaire, rien d'autre, et plus particulièrement à l'Inspection générale de la police nationale, un corps qui le fascinait. C'était assez étonnant pour un jeune homme de son âge, mais selon lui la solidité d'un État commençait dans le respect des lois par ceux qui sont chargés de les faire appliquer.

— Vous avez tous les deux commencé votre vie professionnelle, puis vous avez eu un premier enfant, Alexandra, puis deux autres, Virgile et Anouk, c'est bien cela ?

— Oui, c'est bien ce que j'ai expliqué au policier qui m'a interrogée hier. Nous avons vécu quelque temps à deux, dans un appartement que Charles avait acheté avec l'aide de ses parents. Puis Alexandra est arrivée assez vite. Ce furent des années merveilleuses, exaltantes, pleines d'amour, voilà pourquoi nous avons un peu attendu avant d'avoir Virgile, puis Anouk. Nous avons vendu l'appartement dans le 15e arrondissement de Paris, et nous avons emménagé dans une belle maison à Sèvres, dans laquelle nous sommes restés jusqu'à il y a une dizaine d'années, lorsque nous sommes revenus dans Paris.

— Comment décririez-vous en quelques mots la personnalité de Charles Perrière ?

— C'est… c'était un homme d'une grande intelligence, déterminé à réussir, aimant le pouvoir, même s'il habillait ce penchant derrière de nombreux principes, ce qui ne veut d'ailleurs pas dire qu'il n'y croyait pas, mais disons qu'ils étaient bien utiles pour justifier sa fermeté, sa maniaquerie, son goût pour l'ordre. Voilà pour l'homme public. L'homme privé était en revanche beaucoup plus fragile, même s'il faisait tout pour le dissimuler. Mais avec moi, il ne pouvait pas toujours tricher, je savais qu'il avait des moments de faiblesse, de découragement, de duplicité.

Nous en avons tous. En revanche, j'ignorais qu'il était à ce point déchiré, double. Mais nous y reviendrons, je suppose.

— Oui, tout à fait. Merci pour ces premiers éléments, madame, sur lesquels nous reviendrons plus tard. Passons aux faits pour lesquels je vous entends aujourd'hui. Vous êtes ici entendue dans le cadre d'un interrogatoire de première comparution, en vue de votre possible mise en examen pour assassinat, avec préméditation. Vous êtes assistée par maître Lafarge, commis d'office. Je vous rappelle que vous avez le droit de garder le silence. Je répète donc ma question : maintenez-vous vos déclarations en garde à vue ?

— Oui, madame la juge.

— À quelle heure se sont déroulés les faits ?

— Vers minuit et demi.

— Pouvez-vous me décrire la scène ? Comment avez-vous agi précisément ?

— J'ai attendu que Charles soit profondément endormi. Le plus souvent, il a un bon sommeil, mais cette fois j'avais ajouté un somnifère dans le verre d'eau qu'il boit toujours avant d'aller se coucher. Quand j'ai pensé qu'il était endormi, j'ai aussi entrouvert la porte pour que la poignée ne fasse pas de bruit. Dans l'après-midi, j'avais aussi huilé les gonds car parfois cette porte couine un peu, selon la température. Une fois la porte entrouverte, j'ai attendu dans le salon. J'ai regardé la télé, un documentaire sur les grands fauves d'Afrique.

— Que vous disiez-vous alors ? Je vais être plus précise : avez-vous hésité à commettre votre geste ?

— Non.

— Et ensuite ?

— Vers minuit et demi, donc, je me suis dirigée vers la chambre de Charles. Nous faisons chambre à part depuis une dizaine d'années. Je n'ai pas allumé le couloir, je connais l'appartement par cœur. J'ai poussé la porte et j'ai attendu deux ou trois minutes, le temps de m'assurer qu'il dormait vraiment. C'était le cas. Il était allongé sur le dos, avec le pyjama que je lui avais offert pour ses cinquante ans. Je savais qu'il gardait toujours un deuxième oreiller à côté de lui.

— Et puis ?

— J'ai contourné le lit. J'avais réfléchi à mes gestes, je préférais être sur le côté gauche pour avoir plus de force. Je suis très en forme, madame, je fais encore un peu de sport. Je me suis mise à genoux sur le lit, j'ai saisi l'oreiller, je l'ai placé doucement sur le visage de Charles avant d'appuyer de toutes mes forces.

— Combien de temps cela a-t-il duré ?

— Trois ou quatre minutes, je dirais.

— Ne redoutiez-vous pas la force physique de votre mari ? D'après le rapport d'autopsie, il était bien plus grand et puissant que vous ?

— Oui, mais le traitement médical qu'il prenait depuis des semaines l'avait beaucoup affaibli. Il souffrait d'un cancer de la prostate, enfin d'un début de cancer comme il disait, qui a été pris à temps. Il semblait tiré d'affaire mais il avait perdu beaucoup de force. Et puis les somnifères que j'avais ajoutés dans son eau ont aussi eu de l'effet.

— S'est-il débattu ?

— Un peu, au début, avec ses jambes, mais cela s'est vite arrêté. Et avec mes genoux je bloquais son bras droit. Sa main gauche, en revanche, s'est un temps agrippée à mon poignet, j'ai un instant songé à tout arrêter, c'était une impression horrible, comme s'il me voyait à travers l'oreiller. Puis il a cessé de bouger.

— Qu'avez-vous alors ressenti ?

— Du soulagement.

— Qu'avez-vous fait ensuite ?

— J'ai reposé l'oreiller. Je n'ai pas regardé Charles, ou à peine. C'était quand même un moment très dur, madame, je n'allais pas rester le contempler et lui fermer les yeux. Je suis retournée dans le salon, je me suis préparé un thé et j'ai attendu le matin.

— Vous êtes restée seule toute la nuit ?

— Oui, mais j'ai quand même fini par m'endormir vers 5 ou 6 heures. Je me suis réveillée à 9 heures, je me suis préparée et je suis allée au commissariat.

— Était-ce une décision subite ? Je veux dire, d'aller au commissariat ?

— Non. Tout était prévu.

— Depuis quand ?

— Ah, c'est une bonne question, madame la juge. Depuis longtemps et depuis quelques jours à la fois.

— Comment ça ?

— Mon mari menait une double vie. Il n'a jamais quitté le foyer familial mais il voyait très régulièrement une autre femme, et même quotidiennement ces derniers temps. Il la rencontrait dans un appartement, qu'il payait peut-être d'ailleurs, je n'en sais rien, c'est un détail. Ce n'était donc pas un adultère banal, classique.

— Comment êtes-vous certaine de cette situation ?

— Cela va sans doute vous étonner, mais je tiens ces faits de la bouche de cette femme, que j'ai rencontrée il y a quelques jours. Elle s'appelle Myriam Desmures. Vous devez vous en souvenir, c'est “la greffière”, vous voyez ? Je suis une passionnée de faits divers, j'ai tout lu sur cette histoire, au point que je me suis rendue à son procès. Je me doutais déjà depuis quelques années que Charles avait une histoire avec une femme, lorsqu'un voisin les a surpris chez nous, un été. Charles a nié, je ne l'ai jamais vraiment cru, mais avec le temps, j'ai laissé filer. Mais, j'y reviens, lors de la dernière audience du procès de Myriam Desmures, j'ai eu la surprise de découvrir Charles dans la salle. Il ne m'a pas vue, et j'ai saisi un regard entre lui et Desmures, un de ces regards qui ne trompent pas et que je n'ai pas réussi à oublier. Alors, un peu après le procès, j'ai commencé à la suivre, elle vit dans le nord-est de Paris, vers les Buttes Chaumont, et un jour j'ai vu Charles rentrer dans cet immeuble.

— C'était quand, tout cela ?

— Il y a onze ans. Deux ans après le procès, voilà c'est ça.

— Et depuis tout ce temps, vous n'avez rien fait d'autre ? Vous ne lui en avez pas parlé ?

— Non, madame la juge. Je l'ai suivie plusieurs fois, pour être totalement sûre de la situation. Mais une fois cela établi, il ne me restait qu'une seule décision à prendre, enfin… avant celle d'hier : partir ou rester. J'ai choisi de rester. À presque soixante-dix ans, je ne me voyais pas repartir de zéro, ou presque. J'ai pris une décision bourgeoise, confortable, presque facile, je dois l'avouer, et je n'en ai pas toujours été fière. Mais, au moins, l'unité de la famille a été préservée. Nous avons trois enfants, je vous le rappelle. Et puis une dizaine d'années, ça file vite vous savez, d'autant plus avec nos vies à la fois si réglées, pleines d'habitudes, et en même temps totalement séparées, il pouvait se passer des semaines sans que je sache précisément ce qu'il avait fabriqué. C'était aussi l'époque où Charles a dû démissionner, vous devez connaître l'histoire, je suppose. Il a plongé dans une dépression assez sévère, il est devenu inaccessible, silencieux. Et comme j'avais fait mon choix, nos silences se sont rejoints, en quelque sorte. Et puis, mais vous êtes trop jeune pour y penser, il y a un âge dans la vie où ces choses-là, je veux dire l'adultère, deviennent moins importantes. Pas dérisoires, je n'irais pas jusque-là, encore moins avec un tel scénario, mais secondaires, oui. L'essentiel est de continuer à vivre, d'avancer, de regarder devant. C'est en tout cas ainsi que j'ai vécu cette période : soit je profitais de la vie, soit je plongeais dans la solitude, peut-être une forme de précarité.

— Vous disiez que votre décision remontait aussi à quelques jours, quel a été l'acte déclencheur de votre geste ?

— Je ne souhaite pas m'exprimer sur ce point.

— La double vie que menait votre mari est-elle la raison de votre geste ?

— Pas seulement, puisque je vous ai expliqué la connaître depuis plusieurs années déjà.

— Il y a donc autre chose, qui s'est passé récemment ?

— Oui.

— Mais vous ne souhaitez pas en parler, c'est bien cela ?

— C'est bien cela.

— C'est embêtant, madame Perrière. Vous comprenez que pour mener et clore cette instruction, il est important que je connaisse les motifs exacts qui ont motivé votre décision ?

— Je comprends.

— De même, à l'audience, il sera très important que la cour comprenne précisément votre geste.

— Oui.

— Il vous sera encore possible d'éclairer les magistrats et les jurés, le savez-vous ?

— Oui, je vais y réfléchir d'ici là.

— Prenez le temps de la réflexion, c'est très important pour l'appréciation des juges. »

Un bruit attire l'attention des deux femmes qui tournent la tête vers la vitre. Les laveurs de carreaux, hilares, lèvent leurs pouces.

« Myriam Desmures vous a-t-elle révélé un élément nouveau, important, lors de votre rencontre ?

— Pas grand-chose, en réalité. Je me suis assise à côté d'elle, sur "son" banc, je me suis présentée, elle a tout de suite compris. Elle semblait un peu ailleurs, dans son monde. Elle m'a dit qu'elle se doutait bien que je viendrais un jour, mais qu'elle n'avait plus rien à raconter, et qu'elle se doutait que je savais tout, ou presque. Cela va peut-être vous surprendre, madame la juge, mais je n'avais, moi non plus, rien de particulier à lui dire. Ses aveux tacites, et l'image de Charles ouvrant la porte du 52, rue de Crimée, me suffisaient. En fait, je l'ai réalisé plus tard, j'étais déjà dans la suite, je venais de prendre ma décision. Il n'y avait plus de place, ni de temps, pour les mots. Il fallait juste terminer cette histoire. Je tenais enfin mon "Pourquoi", je suis sûre que vous comprenez ce que je veux dire, j'ai lu vos interviews, madame…

— Il n'y avait donc pas d'autre raison à ce "Pourquoi ?".

— Je ne souhaite pas m'exprimer sur ce point. »

Dominique saisit son verre d'eau et se bascule légèrement

dans son fauteuil. Elle sait ce qui lui arrive au léger tremblement de ses mains : l'envie de casser les codes de la procédure. L'aveu si direct d'Aline Perrière et son évidente intelligence viennent d'installer une forme de confiance entre les deux femmes, assez proche de celle qu'elle a pu ressentir au contact de Myriam Desmures, comme si elle les avait déjà placées dans l'analyse de son geste. Dominique boit une gorgée, se redresse, pose les mains sur son bureau, se fie à son instinct.

« Je vais vous faire une confidence, madame Perrière, qui ne changera pas votre dossier et n'y figurera sans doute même pas. Il y a quelques mois, j'ai rencontré Myriam Desmures. Je l'ai convoquée après qu'elle m'a adressé par courrier une plainte avec constitution de partie civile. Elle est venue dans ce bureau, elle était assise à la même place que vous. Elle était à la fois instable, très agitée, et en même temps précise, cohérente même si elle ne m'a pas tout dévoilé, loin de là…

— Pour quel motif avait-elle déposé plainte ?

— Harcèlement moral, mais j'ai vite senti qu'il y avait autre chose. J'ai longtemps cherché, j'ai compris toute la passion et la souffrance qu'avait provoquées cette histoire, et notamment cette double vie, mais je viens enfin de trouver autre chose…

— Pardon ?

— Il y a quelques jours, sans doute peu après votre rencontre, Myriam Desmures a souhaité me voir, alors que jusqu'ici depuis sa première plainte, je devais toujours prendre l'initiative. Je l'ai longtemps suivie dans les parcs, moi aussi. Je vous avertis, madame Perrière, c'est difficile : votre mari contraignait Myriam Desmures à des pratiques sexuelles particulièrement dégradantes, violentes, qu'on peut qualifier de sadomasochistes, je ne pense pas indispensable de rentrer dans les détails. Cela a commencé il y a environ cinq ans, puis la violence n'a cessé d'augmenter. J'ai une longue expérience en la matière, elle m'a décrit des scènes avec beaucoup de précision, et avec une forme de détachement que je sais reconnaître. Ce n'est pas une affabulatrice.

— Mais pourquoi ?

— C'est important, les "pourquoi ?", vous voyez… Parce qu'il "en avait le droit", Myriam Desmures a souvent répété cette formule. D'après elle, le cœur de leur relation, depuis le début, tenait à cette domination de Charles Perrière. Elle n'a pas parlé d'emprise, mais cela y ressemble fortement. Elle m'a expliqué que Charles Perrière avait fixé les règles de leur relation, les moments où ils se voyaient, leurs sujets de conversation, dont l'interdiction de parler de sa famille. Et, par-dessus tout, l'impossibilité qu'un jour ils forment un vrai couple. Ces dernières années, il a estimé qu'il pouvait faire "ce qu'il voulait d'elle", elle l'a souvent dit, d'où ces pratiques. Et puis, avec le temps, la vieillesse, sa dépression après la démission, la crainte de ses défaillances sexuelles, Myriam Desmures a aussi beaucoup insisté sur ce point, l'a fait basculer dans cette violence. Pourtant, sans entrer dans les détails, il ne souffrait pas particulièrement de défaillances, mais les jours où cela arrivait, ses pratiques étaient encore plus… déviantes, je dirais.

— C'était donc pour cette raison qu'elle est venue vous voir la première fois ?

— Oui. D'ailleurs ces derniers temps, il a commencé à la soupçonner de parler "à des gens", disait-il, il avait l'impression qu'elle gardait des choses pour elle, qu'elle voulait le quitter. Elle avait beau lui expliquer que même si elle l'avait souhaité, elle dépendait totalement de lui, il ne la croyait pas et continuait à la frapper. Il a commencé à lui interdire totalement de quitter le quartier, voilà pourquoi elle traînait toujours aux Buttes-Chaumont.

— A-t-elle déposé une nouvelle plainte ?

— Oui, hier. Pour "violences conjugales, harcèlement moral et sexuel".

— À mon tour de vous faire une confidence, madame la juge. Lorsque j'ai rencontré Myriam Desmures, j'espérais trouver une femme dans un tel état de rage qu'elle serait capable de commettre le geste que j'ai commis. Mais je n'ai senti chez elle que du désespoir. J'ai alors décidé de prendre sa place, en quelque sorte. »

Pour le dernier dossier de sa carrière, Dominique vit une première : elle admire la prévenue qui se trouve devant elle, et dont les yeux brillent. Elle en a vu des purs salauds, des abrutis, des pervers, des vicieux, des minables, cette immense majorité d'hommes qui n'en étaient pas vraiment. Elle a rencontré des connes et des vicieuses, aussi. Et là, comme déposée par le destin, cette femme qui la regarde avec l'air de lui dire : « Vous voyez bien que je n'ai pas si mal agi, au fond ? » Dominique repense à sa rencontre avec Charles Perrière, et à une des certitudes qui a guidé sa vie : on ne sait jamais tout de l'autre, on n'en sait même pas grand-chose. L'envie d'écrire des romans noirs lors de ses vieux jours la titille parfois, et à chaque fois la même idée de titre lui vient en tête : *On ne sait rien de toi.* Comment bien des fois, en regardant le dos d'un prévenu quittant son bureau, menotté, entre deux gendarmes, s'est-elle dit cela ?

Le doute l'a effleurée dans les derniers instants de son entretien avec Charles Perrière, ou encore le jour où elle a noté la vivacité de son geste pour agripper le coude de Myriam et ne plus le lâcher. Mais elle a été trompée par l'épaisseur du personnage, ses longues explications sophistiquées, la passion, malgré tout sincère, qu'il a éprouvée pour cette femme si fragile, précisément choisie pour ses faiblesses par ce prédateur. Elle n'a pas réussi à voir en l'ancien directeur de l'IGPN un cogneur de femme, un de ceux dont le langage, à un instant, n'est plus que la force physique, l'envie d'humilier et de détruire. Son âge l'a abusée, aussi, tant la violence entre personnes âgées est encore un tabou. Mais l'impossible n'existe pas. Dominique pense aussi, une nouvelle fois, aux preuves et au silence dans les affaires de violences conjugales. Sans la plainte de Myriam, Charles Perrière aurait été enterré avec l'image d'un homme ayant placé une femme sous son emprise, c'est tout. Certains auraient parlé d'une femme faible, d'autres de l'intérêt qu'elle avait eu à vivre aux crochets de Charles, d'autres, encore, auraient parlé du charisme d'un homme puissant. Dominique regarde Aline, son corps frêle, ses fines mains, elle essaye de l'imaginer serrant le cou de Charles Perrière.

« J'ai une question, madame Bontet…

— Oui ?

— Connaissez-vous l'histoire de Jacqueline Sauvage ?

— Bien sûr…

— Ne pensez-vous pas qu'elle aurait dû être acquittée dès son premier procès, pour légitime défense ?

— Cette notion est toujours délicate à interpréter… et se faire justice soi-même n'est jamais la solution préférable, surtout dans un pays qui dispose d'une "vraie" Justice…

— En tout cas, si Myriam Desmures se trouvait aujourd'hui à ma place, j'aurais espéré qu'elle en bénéficie, afin que l'histoire de Mme Sauvage serve à quelque chose. Je tenais à le dire, surtout après ce que vous venez de me révéler. Je tiens aussi à préciser que j'ai parfaitement conscience de ne pouvoir prétendre à aucune excuse.

— Ce sera au tribunal d'en juger, madame. Nous n'en sommes pas là. Revenons à ce qui nous occupe aujourd'hui, madame : quelle place avait votre fille Alexandra dans votre vie ?

— En grande partie celle d'un vide. Alexandra a disparu pendant vingt-cinq ans, en raison d'un affrontement avec son père qui n'a jamais accepté son homosexualité. Je n'ai jamais pardonné à Charles, c'est un reproche qui a gonflé, mûri. Il y a quelque temps, Alexandra est revenue vers moi, et ce retour a réveillé ma colère contre Charles. Cela a pesé dans ma décision, j'ai réalisé combien il avait gâché ma vie, et celle d'Alexandra.

— Nous poursuivrons une autre fois, madame, mais j'ai une dernière question : avez-vous agi seule, madame Perrière ?

— Oui. Je savais que l'oreiller était de bonne qualité. »

51.

La sonnerie signalant le début de l'audience s'interrompt. Le silence remplit la cour d'assises prise d'assaut par la foule, seuls les pas et les bruissements des robes des magistrats sont audibles. Par les hautes fenêtres pénètrent des rayons de soleil qui dessinent de longues stries sur le parquet et dans lesquelles volent des petites poussières. Une latte craque lorsque Aline se lève dans le box des accusés et se rapproche du micro. Elle porte le tailleur bleu marine qu'Alexandra lui a apporté dès son placement en détention, quatre mois plus tôt, à la prison de la Santé. En raison de l'âge de l'accusée et de ses aveux, le parquet général, sous la pression de Dominique Bontet, a accéléré la procédure et permis la tenue du procès en un temps record, juste avant la coupure des vacances judiciaires. En attendant que les six jurés, qui viennent d'être tirés au sort, s'installent, Aline pivote légèrement et jette un rapide regard vers la salle. Derrière son avocat sont assises, au premier rang du public, ses copines de « la bande du Palais », dont celles qui ne pleurent pas lui font un petit signe de la main. Juste derrière elles ont pris place Alexandra et Juliette, leurs doigts enlacés, Virgile, visage de marbre, et Anouk, blanche comme sur le point de défaillir.

« Madame Perrière, vous êtes jugée aujourd'hui pour l'assassinat de M. Charles Perrière, votre époux, dans la nuit du 8 au 9 mars 2025, par étouffement à l'aide d'un oreiller. Vous vous êtes présentée le lendemain matin, le 9 mars donc, au commissariat du 15ᵉ arrondissement de Paris, où vous avez déclaré être l'autrice des faits. Est-ce exact, madame ?

— Oui, monsieur le juge. »

La voix d'Aline, qui a gardé les mains croisées dans le dos, est puissamment diffusée par le micro.

« Bien, vous pouvez vous rasseoir. Nous allons procéder à la lecture de l'acte d'accusation, puis aux auditions des différents témoins, avant les réquisitions de monsieur l'avocat général, et enfin, la plaidoirie de votre avocat. »

Anthony Lafarge se lève alors du banc des avocats, une feuille à la main, ses lunettes dans l'autre. À sa grande surprise, Aline Perrière n'a pas choisi de le remplacer par un ténor du barreau, alors, au fil des semaines, il a pris de l'assurance. Lors de leur premier entretien en prison, la vieille dame lui a clairement laissé entendre qu'elle ne se faisait aucune illusion sur son avenir judiciaire, « N'essayez pas de me convaincre, jeune homme, c'est peine perdue, si je puis dire… En revanche, j'ai une requête. Non, deux, en fait. »

Voilà pourquoi le jeune avocat, après avoir chaussé ses jolies lunettes en écaille, interpelle la cour : « Monsieur le juge, ma cliente pense que les témoignages de madame Bontet, juge d'instruction, ainsi que celui de madame Myriam Desmures, citée dans le dossier, sont de nature à éclairer la cour par les éléments nouveaux qu'ils apporteront. Voici le courrier dans lequel madame Perrière formule sa demande. » « Cela ne changera rien, maître, je le sais très bien, lui a aussi expliqué Aline, mais leurs témoignages vont apporter toute la lumière sur mon affaire. Et puis ce sont deux femmes remarquables, chacune à sa manière. Elles ont le droit d'être entendues. En tout cas, je le souhaite. »

Le silence est tel que le public peut entendre les froissements de la lettre que le président déplie et entreprend de lire. Au bout de quelques instants, il fait passer le document à l'avocat général qui le lit à son tour. « Qu'en pensez-vous, monsieur l'avocat général ? » interroge le président. Le magistrat, Philippe Rancière, se lève, chausse ses lunettes : « Monsieur le juge, mesdames, messieurs les jurés, l'audition de la juge d'instruction qui a mené l'enquête n'est pas une démarche inhabituelle. En l'espèce, elle l'est encore moins compte tenu des éléments nouveaux que madame Bontet semble en mesure d'apporter, du moins si j'en crois ce courrier. Et, puisque ces éléments sont en lien avec des faits que madame Desmures pourrait nous expliquer, je suis favorable à ces deux auditions. » La salle, déjà impatiente et curieuse, bruisse.

Le président consulte à voix basse ses deux assesseurs puis reprend la parole :

« Maître, en vertu de mon pouvoir discrétionnaire, j'accède à vos demandes. Compte tenu de l'importance de ces éléments, ces auditions auront lieu après la lecture de l'acte d'accusation, l'interrogatoire de la prévenue et l'audition du capitaine de police Benjamin Revillard, qui devraient nous occuper toute la matinée. Si les nouveaux témoins sont disponibles, nous les entendrons cet après-midi, cela vous semble-t-il possible, maître ?

— Je le pense, monsieur le juge.

— Bien, nous entendrons ensuite les témoins initialement prévus, avant les réquisitions de l'avocat général, et la plaidoirie de la partie civile. »

À cet instant, le public ignore tout de la passe d'armes qu'a eue Dominique avec Philippe Rancière, lors de ces échanges informels qu'ont parfois le parquet général et l'instruction avant une audience aux assises. C'était un matin, il y a quelques jours. Dominique tournait dans son bureau comme un lion en cage, lisant et relisant les interrogatoires d'Aline, puis elle s'était décidée à pousser la porte de Rancière, convaincue que la violence de Charles Perrière à l'encontre de Myriam Desmures ne pouvait être passée sous silence, ce qu'elle avait exposé à l'avocat général.

« Dominique, je reste persuadé que divulguer ces informations à l'audience n'aidera pas Aline Perrière. Certes, Charles Perrière va apparaître sous un jour plus sombre, mais puisque son épouse n'était pas au courant, cela ne peut pas rentrer dans des circonstances atténuantes ou une quelconque légitime défense.

— Philippe, je viens à l'instant de joindre la plainte pour violences conjugales, harcèlement moral et sexuel déposée par Myriam Desmures au dossier, vous allez donc devoir en tenir compte dans vos réquisitions. Puisque Aline Perrière ignorait ces faits au moment d'agir, et que cette ignorance ne peut pas fonder une légitime défense, pourquoi les passer sous silence devant la cour ?

— Cela va compliquer les débats, la presse va se jeter dessus, vous allez me mettre sous une pression inutile alors que l'action publique est déjà éteinte en raison de sa mort...

— Mais raison de plus pour les révéler publiquement, l'opinion a aussi le droit de savoir qui était le salopard qu'Aline Perrière a tué ! Philippe, ce n'est tout de même pas la même chose d'assassiner un authentique salaud et juste un pauvre type, vicieux et violent, non ?

— En droit, Dominique, c'est la même chose, puisque Aline Perrière n'a pas prémédité son geste en raison de ce fait. Elle n'était donc pas en situation de légitime défense.

— Je sais très bien qu'elle n'était pas en situation de légitime défense, mais j'espère quand même que la cour transformera cette information en une sorte de circonstance atténuante, même indirecte. »

Dominique était ressortie déprimée du bureau de Rancière. Il ne lui restait qu'une arme à utiliser, légale mais délicate, celle qu'elle repoussait au maximum en raison de son devoir de neutralité. Anthony Lafarge, qui avait décroché dès la première sonnerie, s'était vite montré conciliant. Dominique avait senti qu'il était flatté qu'elle l'appelle, elle n'avait pas eu besoin de beaucoup de mots pour le convaincre de l'importance de son témoignage, ainsi que de celui de Myriam. « Aline va bien ? » avait-elle conclu l'appel. « Elle lit beaucoup. Elle attend. »

Aline n'a « rien à ajouter » après la lecture détaillée de l'acte d'accusation. Elle a gardé les mains croisées sur les genoux, impassible. Anouk a beaucoup pleuré, Virgile l'a accueillie au creux de son épaule, Alexandra et Juliette se tiennent toujours par la main, sur celle d'Alexandra une bague brille par instants.

Avant même que le magistrat ne l'y invite, Aline se lève, lisse son tailleur, comme pressée d'en finir avec son interrogatoire. Guidée par le magistrat, elle raconte d'une voix monocorde sa rencontre avec Charles, leurs trente belles premières années à Sèvres, la vie de famille, l'exercice passionné de son métier d'enseignante, puis les soupçons d'adultère, la découverte de la double vie de Charles, même si elle ne donne pas de détails et que le président n'insiste pas, frustrant une partie du public, les années de silence, enfin l'acte qu'elle décrit avec précision. Elle ne dit pas un mot sur Myriam Desmures, dont elle ne prononce même pas le nom, ni sur la rupture avec Alexandra.

À la dernière question du président de la cour, « Madame, avez-vous agi seule ? », Aline lâche un « Oui » d'une voix forte et claire, la même dont elle vient d'user pour décrire sa vie, avec concision et sobriété. Quelques murmures traversent la salle, comme si une partie du public avait jugé la question incongrue.

Le récit de Benjamin Revillard n'apporte rien de nouveau, si ce n'est qu'il répète à plusieurs reprises ne jamais avoir « vu un tel dossier » dans sa carrière. Personne ne comprend ce qu'il sous-entend, à l'exception d'une poignée de personnes qui savent que madame Revillard mère a quatre-vingts ans.

À l'heure du déjeuner, le public quitte la salle d'audience un peu sur sa faim, impatient d'écouter les deux témoins de l'après-midi.

À 14 heures, Dominique s'accroche à la barre derrière laquelle elle vient de prendre place. Elle est si nerveuse que ses mains glissent sur le bois usé. La veille, elle a eu une longue conversation avec Antoine. « C'est ton dernier dossier, ça tombe bien. Je ne t'ai jamais vue pencher aussi fort du côté de l'accusé, Dom, c'est un signe. Je sais que l'affaire est très particulière, mais penses-y quand même. Demain, tu vas aux assises avec l'idée d'atténuer la peine de la personne que tu as mise en examen pour assassinat, c'est spécial quand même, non ? Après, tu tires tes dernières semaines et on met les voiles, d'accord ? La Tanzanie et Zanzibar, qu'est-ce que tu en dis ? Contempler les girafes te fera du bien. »

Le président de la cour interroge Dominique sur les quatre auditions d'Aline, d'abord l'interrogatoire de première comparution après sa garde à vue, puis les trois autres pendant sa détention provisoire. Dominique surveille ses mots, son intonation, prête attention à ne pas parler trop vite. Fait rare pour une si grande connaisseuse de ses dossiers, elle a préparé jusque tard dans la nuit des bristols qu'elle consulte de temps en temps, cela lui permet de rester concentrée. Avec régularité, elle marque une pause, respire. Elle colle aux faits, répète « je cite » lorsqu'elle relate les aveux d'Aline. Au fil des minutes, Dominique perçoit l'électricité qui s'installe dans son dos. Cette histoire de femme trahie qui tue son mari est presque trop simple, et

Dominique ne fait pas mieux qu'Aline qui, par la sobriété de ses réponses, ses aveux répétés, sa dignité, ne leur en a pas donné pour leur argent. On la croirait impatiente d'en finir, d'être condamnée, de disparaître pour toujours derrière la porte du box des accusés, encadrée par deux gendarmes. Sa forme physique a presque effacé son grand âge, un des attraits du dossier.

Dominique demande un verre d'eau à un appariteur au costume élimé. Elle connaît l'importance de l'information capitale qu'elle s'apprête à révéler, et dont le caractère encore secret relève d'un petit miracle. Profitant du délai bref entre l'assassinat et le procès, André Baroncelli et Dominique Bontet sont parvenus à limiter les fuites dans la presse. Et si des journalistes ont eu vent de la double vie de Charles avec Myriam, aucun n'a décroché la dernière information de l'affaire.

Dominique mesure donc parfaitement l'enjeu de ses mots alors qu'elle commence à évoquer la personnalité de la victime : « … Je souhaite par ailleurs, monsieur le juge, attirer votre attention, ainsi que celle de la cour, sur des faits qui n'ont pas encore été rendus publics, et que je qualifierais d'importants dans l'appréciation du geste de madame Aline Perrière, et de sensibles, compte tenu du profil de la victime. Depuis des années, Charles Perrière menait une double vie avec madame Myriam Desmures. Cela a été bien établi dans le dossier, et le caractère d'emprise psychologique exercé par Charles Perrière est indéniable. Mais il se trouve que cette deuxième compagne, si je puis dire les choses ainsi, m'a révélé être victime, depuis plusieurs années, de pratiques sexuelles violentes, particulièrement dégradantes et répétées de la part de monsieur Perrière.

Elle me l'a révélé juste avant l'assassinat. En revanche, Aline Perrière ignorait ces faits lorsqu'elle a agi, nous ne sommes donc pas dans la jurisprudence Jacqueline Sauvage, j'en ai bien conscience. J'estime néanmoins nécessaire d'apporter à votre cour ces informations sur la personnalité de la victime. Madame Desmures a donc récemment porté plainte pour violences conjugales, harcèlement moral et sexuel contre monsieur Charles Perrière, pièce que j'ai jointe au dossier. Je vous remercie donc d'avoir accepté de l'entendre comme témoin. »

Le président laisse passer quelques secondes de silence, essuie ses lunettes, puis reprend la parole en se tournant vers Aline : « Je comprends, madame, que vous ne souhaitiez pas vous étendre sur certains aspects de votre vie privée avec monsieur Perrière. J'ai expliqué succinctement dans mon exposé préalable la double vie que menait votre mari, et qui explique en partie votre geste, mais en partie seulement. Je ne souhaite pas à cette audience aborder certains détails, qui figurent dans vos interrogatoires. Cependant, j'aimerais savoir si vous aviez connaissance des informations nouvelles révélées ce jour par madame Bontet ?

— Pas avant qu'elle ne me les dévoile lors de mon interrogatoire de première comparution.

— Avez-vous été surprise ?

— Oui, bien sûr. Charles n'a jamais fait preuve d'une quelconque violence à mon égard.

— La connaissance de ces pratiques n'a donc pas pu influencer votre geste ?

— Non… puisque je répète que je les ignorais.

— Vous ne souhaitez donc pas éclairer davantage la cour sur d'autres raisons, en marge de la double vie que menait votre mari, qui vous auraient poussée à agir ainsi dans la nuit du 8 au 9 mars ?

— Non.

— C'est bien noté. Mais sachez, madame, que je reste sur cette impression que vous n'avez pas tout dit à la cour. »

Dominique ressent un sentiment qu'elle n'avait jamais connu dans sa carrière : la trahison. Lors des trois interrogatoires qui avaient suivi celui de la première comparution, Aline lui avait promis qu'elle réfléchissait, et qu'il lui semblait finalement important de donner tous les éléments lors de son procès. « Pourquoi ne pas le faire maintenant ? » avait insisté Dominique. « C'est lourd à porter, madame la juge, et même à formuler. Je ne souhaite le faire qu'une fois. Pardonnez-moi… et cela ne changera pas grand-chose à ma peine », avait murmuré Aline, dont la douce voix avait contrasté avec son inflexibilité. Alors, depuis son siège qui colle à sa chemise trempée de sueur, Dominique ne peut pas s'empêcher de tourner la tête et de lancer un regard lourd de reproches à Aline, qui ne cille pas. Pour le dernier dossier de sa carrière, Dominique sait qu'elle n'obtiendra pas son « Pourquoi ? ».

La foule frémit lorsque le président de la cour appelle Myriam, et gronde lorsque l'ancienne greffière, qui sort d'une petite pièce attenante à la salle d'audience, se dirige vers la barre. Une grande partie du public a assisté au procès de Myriam, quelques années plus tôt, et semble presque heureuse de retrouver une vieille connaissance, comme un membre de la famille qu'on a perdu de vue. La veille, Dominique a laissé un message à Myriam pour l'inciter à soigner sa présentation, « c'est important pour la crédibilité de votre témoignage ». Myriam est élégante, toute vêtue de noir, le public y voit un signe ambigu de deuil. La salle bruisse de chuchotements, « Qu'est-ce qu'elle va bien pouvoir encore nous raconter ? » dit une femme à sa voisine, le président rétablit le calme. Les mains pendantes le long du corps, elle répond sobrement aux questions du magistrat lorsqu'il plante le contexte des faits en l'interrogeant sur sa relation avec la victime, sa durée, sa nature, ses modalités, décrivant peu à peu « une histoire d'amour passionnée » qui a dérivé vers une relation « d'emprise totale ». Même sur le point central de son audition, Myriam indique, clinique : « Je confirme que ces dernières années, monsieur Perrière s'est montré violent. Il m'obligeait à avoir des rapports sexuels particulièrement brutaux, à travers des mises en scène humiliantes, dégradantes, violentes. Cela suivait parfois des petits incidents domestiques, une attitude, même parfois un simple regard qui lui déplaisait. C'était de plus en plus régulier, et même presque quotidien sur la fin.

— Pourquoi n'avez-vous pas déposé plainte plus tôt, madame ?

— Je dépendais totalement de Charles Perrière, monsieur le juge. Sans lui, je serais à la rue depuis longtemps. Depuis ma condamnation, je suis sans ressources, et je n'ai aucune famille en mesure de m'aider. J'y ai pensé, bien sûr, mais je n'osais pas. Sauf ces dernières semaines, et surtout après ma rencontre avec la juge Bontet. Puisque Charles Perrière m'avait pour ainsi dire interdit tout contact avec l'extérieur, je n'avais pas trouvé d'oreille attentive. Ma vie s'était réduite à faire les courses, passer le temps sur un banc dans le quartier, et attendre à la maison. Puis, un jour, ma colère a été telle que j'ai adressé une lettre à madame la juge Bontet, dont j'avais entendu parler lors de l'affaire Sénéchal[1] et dont j'avais lu une interview dans la presse. J'ai aimé la façon dont elle parlait de la Justice, c'est tout. Je tiens à préciser que la juge Bontet ne m'a pas incitée à porter plainte, je l'ai décidé toute seule. C'est une femme d'une grande écoute, je tiens aussi à le dire. »

Anouk se lève et quitte la salle, la démarche incertaine, accompagnée de Virgile. Le président autorise les appariteurs à distribuer des bouteilles d'eau aux jurés, Virgile et Anouk reprennent place en se tenant la main. Juliette chuchote à l'oreille d'Alexandra, qui hoche la tête.

Les jours précédant l'audience, elles aussi ont eu un long débat sur ce qu'Alexandra allait, ou pas, expliquer à la cour. Longtemps, elle a pensé ne rien dire sur la raison de sa séparation avec ses parents. Puis elle a fini par se rallier aux arguments de Juliette, « Tu n'as rien à cacher, Alex, tu n'as pas à avoir honte de quoi que ce soit : tu es lesbienne, ton père t'a rejetée, tu dois le dire. C'est une des plus grandes blessures qu'un parent puisse infliger à un enfant, c'est tout ». Elle raconte donc les belles années de l'enfance, sa passion grandissante pour la mode puis, plus tard, les images, « qui sont devenues mes mots », l'incompréhension qui s'installe avec son père, elle résume les

1. *On dirait des hommes*, La Manufacture de livres, 2023.

affrontements de Londres et de Cannes, puis sa décision de couper les ponts. Mais après la révélation de la violence de son père et le témoignage de Myriam Desmures, les explications d'Alexandra rencontrent peu d'écho dans le public, dont elle perçoit l'attention faiblir, deux ou trois personnes quittent d'ailleurs la salle, elle entend leurs pas sur le parquet. Elle se sent si seule, comme face à une injustice, comprend que dans la salle des gens n'en ont cure de l'homophobie, même celle d'un père. La violence dont a été victime une femme hétérosexuelle compte toujours plus que celle subie par une homosexuelle, MeToo a tout écrasé depuis des années, songe-t-elle. Elle appuie pourtant sur ses mots, essayant de leur donner une puissance qu'elle n'avait pas prévue, « Mon père a nié mon existence, il a voulu m'effacer de sa vie », mais elle devine dans son dos des regards indifférents, croit entendre des bâillements, comme si elle s'éloignait du sujet. Alexandra s'interrompt, le président la remercie. En regagnant sa place, elle s'arrête un bref instant, pivote, regarde sa mère quelques secondes, qui lui sourit.

Le public, mais aussi la cour, semble épuisé lorsque Virgile se lève pour témoigner. Le président a demandé à ce que les grandes fenêtres situées en hauteur soient ouvertes, il fait une chaleur poisseuse, des éventails ont été sortis, les visages sont rougis par l'intensité des récits et des révélations.

À son tour, Virgile, en pantalon de toile beige et chemise bleu ciel, raconte l'histoire de la famille Perrière. Il sait que beaucoup de choses ont déjà été dites, ne rentre pas dans les détails. Le magistrat, lui aussi conscient du risque de répétition, insiste sur les relations entre les enfants, entre Aline et Charles. Virgile prend une longue inspiration, pose les mains des deux côtés de la barre comme s'il voulait éviter de tomber : « Vous savez, monsieur le juge, combien cette histoire est douloureuse pour toute notre famille, mais peut-être encore davantage pour Anouk et moi. Nous n'avons découvert la double vie de notre père qu'à la lecture du dossier d'instruction, il y a quelques semaines, dans les bureaux de notre avocat. J'imagine que vous mesurez le choc de cette révélation, presque aussi fort que celui de la mort de notre père, et de l'acte de notre mère. Le sentiment de tromperie, de trahison est gigantesque. Contrairement à Alexandra, nous avons toujours gardé des relations régulières avec nos parents. Nous les voyions trois ou quatre fois par an, avec nos propres familles, ou tous ensembles. Jamais aucune allusion n'a été faite sur cette situation. J'avais personnellement ressenti que s'était installée une forme de distance entre ma mère et mon père, mais je l'avais mise sur le poids des habitudes, de l'âge. Alors, si je ne peux pas vous éclairer sur les faits, j'aimerais ajouter encore un mot, qui n'engage que moi : à la trahison s'ajoute la colère, particulièrement à l'égard de ma mère. La colère de nous avoir trompés, bien sûr, mais aussi celle, et je parlerais plutôt de dégoût, à l'égard d'un tel acte : on ne se fait pas justice soi-même, maman, c'est indigne. Je sais que tu as beaucoup lu sur ces sujets, que depuis des années tu arpentes les tribunaux comme celui-ci. Tu nous as souvent parlé de Jacqueline Sauvage, tu avais fini par juger qu'elle aurait dû bénéficier de la légitime défense. Mais, maman, te rends-tu compte de ce qu'elle a vécu en comparaison de toi ? Comment as-tu pu considérer que ta souffrance appelait la même réponse ? Et pourquoi as-tu choisi d'ajouter à ta souffrance la nôtre, et sans jamais nous avoir mis dans la confidence ? Je souffre pour toi, maman, évidemment, mais je ressens aussi une immense déception. Celle d'une vie. Je n'ai rien à ajouter, monsieur le juge. »

En se dirigeant vers sa place, Virgile serre furtivement la main d'Anouk qui se dirige à son tour vers la barre. Les mots de Virgile ont réveillé la salle qui bruisse à nouveau de chuchotements. Seule Aline semble imperturbable, le seul geste qu'elle s'autorise par instant est de tourner l'unique bague qu'elle porte au doigt.

Anouk revient encore plus brièvement que Virgile sur l'histoire familiale, ponctuant certaines phrases d'un « Comme vous l'a expliqué mon frère » définitif. Le président de la cour n'insiste pas beaucoup, conscient de l'inutilité de revenir sur certains épisodes. Il l'aiguille plutôt vers la découverte récente de la double vie de Charles Perrière : « Cela a évidemment été un choc immense pour moi aussi. J'ajouterai à ce qui a déjà été dit par Virgile qu'il vous faut mesurer l'image de papa dans notre famille. Ce n'est sans doute pas à vous, monsieur le juge, que je vais apprendre la dimension morale, la rectitude absolue qu'a toujours incarnée pour nous un directeur de l'Inspection générale de la police nationale : l'homme qui veillait au bon comportement des policiers, vous imaginez ! Même lorsqu'il a pris sa retraite, papa a représenté à mes yeux la justesse, l'ordre, la sécurité. J'ai sans doute été naïve, nous l'avons tous été, et l'espacement de nos rencontres ne nous a pas aidés à ouvrir les yeux. La découverte de sa double vie a été un choc incroyable, même si je ne partage pas l'avis de mon frère sur la loi du talion. Je n'ai pas d'avis là-dessus, je ne veux rien savoir de plus. Mais j'ai quand même quelque chose à ajouter, monsieur le juge, je m'en voudrais pour le reste de mes jours si je ne le dis pas aujourd'hui. Notre mère n'est pas la seule personne qui avait une, ou plusieurs bonnes raisons d'en vouloir à notre père. Personne dans cette salle, ou presque, n'est au courant d'un épisode qui ne fait l'objet que de quelques lignes dans le dossier d'instruction, et que notre mère a pris soin d'éluder pendant son interrogatoire : pendant vingt-cinq ans, notre sœur, Alexandra, a rompu avec nos parents. Pas une lettre, pas un coup de téléphone, rien. Le vide. Nous n'en avons quasiment jamais parlé avec nos parents, mais nous en connaissons tous la cause : le rejet d'Alexandra par notre père, qui n'a jamais accepté son mode de vie, professionnel et personnel. Je ne sais pas ce qui s'est passé dans la nuit du 9 mars, mais je voulais dire que nous ne le saurons sans doute jamais. C'est tout, monsieur le juge. »

Des dizaines de regards se tournent simultanément vers Alexandra. Tétanisée, elle ne semble plus savoir où regarder, s'accrochant brièvement aux yeux de Virgile, qui semble à son tour perdu, puis à ceux de Juliette, qui lui murmure quelques mots à l'oreille.

Même le président de la cour semble accuser le coup, farfouillant dans sa poche pour en extraire un mouchoir en tissu avec lequel il s'essuie le front.

« Madame, vos propos, particulièrement ambigus et tardifs, seront portés aux minutes de cette audience. Mais sachez qu'en aucun cas ils ne peuvent signifier une poursuite de l'enquête, c'est bien clair ?

— Oui, monsieur le juge, j'en ai bien conscience. Je souhaitais néanmoins que cet élément d'information soit bien clair pour tout le monde.

— Je ne dirais pas que vos propos aient apporté de la clarté. Je vous prie de regagner votre place, et vous remercie pour le reste de votre témoignage. »

Lorsque Anouk s'assoit sur le banc des témoins, les places d'Alexandra et de Juliette sont vides.

La salle écoute d'une oreille distraite deux anciens collègues de l'IGPN qui tentent de convaincre les magistrats de « la probité de Charles, son extraordinaire dévouement à l'État et à l'intérêt général ». « Il est difficile de croire à tout ce qu'on a entendu ici », lâche un policier, transpirant dans son costume.

Il est tard lorsque Philippe Rancière entame son réquisitoire. « Beaucoup de choses ont été dites aujourd'hui, peut-être trop dans une enceinte où l'on doit s'attacher aux faits et au droit, particulièrement du côté du ministère public », sont ses premiers mots. Il tient sa promesse et déroule un long récapitulatif du dossier, s'attardant à peine sur les déclarations et les révélations de l'audience. Froid comme une lame, il conclut que « l'accusée n'étant pas en situation de légitime défense, je requiers dix ans de prison à l'encontre de madame Aline Perrière ». « Je ne retiens aucune circonstance atténuante », ajoute-t-il, provoquant le seul sourire de l'accusée. Un profond silence accueille ses mots.

Anthony Lafarge plaide l'acquittement d'Aline pendant presque une heure, mais, malgré ses efforts, le public retient surtout son manque d'expérience et son incapacité à rebondir sur les révélations de la journée. Il reste collé au dossier d'instruction, s'embourbe dans un long et confus développement sur la légitime défense. Tout le monde soupire de soulagement quand il se rassoit.

52.

Un jour, plusieurs semaines après le procès, un passant parisien croise quatre femmes. Il ignore tout d'elles, mais chacune attire son attention. Il les observe quelques secondes, puis poursuit son chemin.

La première est attablée à une terrasse de café, près de la place de la Bastille. Un verre de vin blanc est posé devant elle, à côté une cigarette en équilibre sur un cendrier déjà bien rempli. La femme consulte un dossier, une main en coupe sous le menton. Elle semble réfléchir intensément, par instants elle annote les feuillets, boit une gorgée, tire une bouffée. L'arrêt maladie brutal d'une collègue, on lui a attribué l'affaire. Puis, subitement, elle croise ses mains derrière la tête, étend ses jambes, soupire longuement. Dominique Bontet a beau, depuis des jours, retourner le sujet mille fois dans sa tête, elle doit s'avouer vaincue : elle ne voit pas comment ouvrir une information judiciaire contre un certain Julien Maréchal, visé par une plainte déposée par son épouse, Violaine, pour violences conjugales. La victime présumée a été internée dans un établissement psychiatrique quelques jours après le dépôt de sa plainte, un médecin a pondu un rapport doutant de ses facultés mentales. Dominique a pourtant vu ses marques violacées, sur les jambes, le ventre, le visage. Elle a entendu la morgue de Julien Maréchal, elle a vu l'ombre de ses sourires, la défiance dans ses yeux. Mais c'est foutu, avec une telle plaignante, elle n'ira pas au bout. Elle va prononcer un non-lieu. Avec l'extinction de l'action publique causée par la mort de Charles Perrière, il s'agit de son deuxième échec consécutif. Elle se demande où vit Myriam Desmures, elle est passée plusieurs fois dans le parc, elle a frappé à sa porte, en vain. Dominique songe qu'il est temps de raccrocher. Encore trente jours, et c'est la retraite. Les larmes lui montent aux yeux, le passant détourne les siens.

La deuxième femme marche d'un pas décidé dans une rue du Marais. Quelques mètres derrière elle, une autre femme trottine, peinant à la rattraper. Alexandra s'arrête, se retourne, les deux femmes éclatent de rire, se prennent les mains, s'enlacent, s'embrassent. Alexandra irradie de bonheur lorsque Juliette découvre l'endroit où son amoureuse l'emmène. « Oh… la cachottière ! » crie Juliette avant de mettre ses mains devant sa bouche. Les deux femmes poussent la porte d'une agence de voyages, le patient poursuit son chemin en souriant.

La quatrième est assise sur un muret à la sortie du métro quai de la Rapée, juste au-dessus de la morgue de Paris. La fixité de son regard interpelle, rien ne semble exister autour d'elle. Elle porte un pantalon en velours gris, des baskets blanches et sales, une doudoune verte et usée. Myriam Desmures n'a pas mis longtemps à être expulsée de son logement. Peu avant, elle a appris que sa plainte a été classée sans suite, le caractère violent de Charles n'ayant pas été prouvé. Elle songe parfois à Lila, se demande si sa fille est inquiète, mais elle n'a plus aucun moyen de la joindre. À ses pieds brille dans un rayon de soleil un cendrier en aluminium au fond duquel reposent trois pièces de vingt centimes et une cigarette. Le passant s'agenouille et dépose une pièce de deux euros. Myriam dit « merci ».

Le passant finit par longer les hauts murs de la prison de la Santé. Il n'y apercevra pas Aline Perrière qui, à cet instant, est plongée dans une édition usée de *Au-delà de cette limite, votre ticket n'est plus valable*. La responsable de la bibliothèque s'étonne souvent de voir tressauter les épaules de la plus vieille détenue de la prison, qui flotte dans une robe verte – un des deux seuls vêtements, avec un pyjama d'homme bleu, qu'elle accepte de porter – qu'elle lave tous les deux jours, et dont l'unique demande pendant son procès, purger sa peine à La maison en paix, a été refusée. La cour d'assises a condamné Aline à huit ans de détention. La semaine prochaine, elle aura quatre-vingt-un ans, sans doute ses enfants viendront-ils la voir. Alexandra, c'est certain, elle passe chaque jour.

ÉPILOGUE

Aline désigne la huitième latte du couloir, qui craque à chaque passage, Alexandra braque le faisceau lumineux de son iPhone et rejoint sa mère sans un bruit. Aline a beau connaître par cœur l'appartement, elle a arpenté la zone pour vérifier le moindre détail. Dans l'après-midi, elle a huilé les gonds de la porte pour la rendre parfaitement silencieuse, ce qui ne l'a pas empêchée, plus tôt dans la soirée, de l'entrouvrir.

Alexandra est arrivée un peu avant minuit. Elles se sont étreintes longuement avant de s'installer dans le salon. Aline leur a servi un thé. Elle n'a allumé que les petites lampes posées sur les meubles. Par la fenêtre elles ont observé la pleine lune, gonflée, d'un jaune très pâle, presque blanc. Aline, sans un mot, contemple l'écran de la télévision.

C'était un de ces soirs, quelques jours plus tôt, où Charles traînait tard, comme de plus en plus souvent. Depuis son lit, Aline l'entendait faire des allers-retours entre le salon et la cuisine, parfois il retournait dans sa chambre, la même latte gémissait sous ses pas. Le plus souvent Aline finissait par s'endormir. Mais pas ce soir-là. Même après son dernier passage, quand elle avait entendu la chasse d'eau et la porte de la chambre se refermer, elle avait continué à tourner dans son lit. La soif avait fini par la convaincre.

Sur la table de la cuisine étaient posés une bouteille d'eau et le verre de Charles, qui depuis toujours buvait consciencieusement deux verres avant de se coucher. Aline s'en était servi un puis s'était installée dans le salon. Sur l'écran que Charles avait laissé allumé, la marque Samsung clignotait. Aline n'a jamais aimé le gaspillage, elle en a même horreur. Ce soir-là, elle avait saisi la télécommande et avait appuyé sur le bouton « OK », le plus évident pour retrouver le menu principal et tout éteindre, ça, au moins, elle l'avait assimilé avec le temps. Mais l'écran ne s'était pas éteint. Bien sûr, elle n'avait pas tout de suite compris. Mais que comprendre face au visage d'une jeune femme soufflant un baiser depuis sa paume en murmurant « À bientôt, papa » ? Derrière elle, une pagode scintillait dans le soleil alors que de lourds nuages parsemaient le ciel. Un vent léger agitait les fins cheveux noirs de la jeune femme, ses dents étaient superbes, ses lèvres délicates, du reste de son corps Aline ne voyait que les épaules bronzées, mais elle devinait une silhouette gracile, une forme de grâce irradiante. Seule une légère tristesse, traduite par ses mots, assombrissait un peu son visage.

Bangkok, donc, c'était l'évidence. Mais elle avait eu besoin de temps avant que la réalité ne l'envahisse. La ronge, la dévore. Elle s'était sentie fondre, disparaître, comme aspirée dans un trou. Avec la flèche de gauche, elle avait rembobiné le film, avec celle du milieu elle avait lancé les images.

La violence du choc l'avait surprise. Avec les années, elle pensait que sa carapace était plus solide. Onze ans, déjà, qu'elle connaissait la double vie de Charles, et qu'elle avait choisi de rester. La souffrance des débuts s'était muée en un bloc froid qu'elle avait rangé quelque part en elle, un peu à côté du cœur. Elle avait su trier ses souvenirs, ouvrir de nouvelles perspectives. Elle avait lutté pour conserver sa dignité, parfois être fière d'elle. Le retour d'Alexandra avait même ressemblé à une forme de consécration, la reconnaissance de tous ses efforts pour ne pas lâcher, la preuve qu'elle méritait l'attention des autres, et surtout de sa fille. Elle avait appris à revivre.

Et ce film la tuait.

Elle l'avait regardé en entier, d'une traite. Une heure, environ, en état de sidération, qu'aucune image n'avait atténuée. Lila, puisque sur une scène il l'avait appelée « Lila, ma chérie ! » était omniprésente, depuis la scène de rire avec ces vendeurs dans un centre commercial jusqu'aux adieux. Lila au restaurant, mangeant une glace, essayant des vêtements, marchant le long du fleuve qui traversait Bangkok, Lila rêveuse dans le soleil couchant, allongée dans un canapé, sans doute chez elle. Aline avait reconnu de nombreux quartiers de cette ville qu'elle avait tant aimée, mais aucun souvenir ne parvenait à dominer les images qui se suivaient comme un tapis de bombes. Puisque Lila était partout, Charles n'était nulle part, pas une fois il n'apparaissait, à peine entendait-on parfois sa voix, entièrement accaparé à choisir le meilleur angle, la bonne lumière. À rendre belle la troisième femme de sa vie.

Aline avait éteint l'écran et passé une partie de la nuit dans le salon. Elle avait par moments entendu les ronflements de Charles. Vers 5 heures, il s'était levé pour aller aux toilettes, elle avait éteint la petite lampe, mais il était rentré dans sa chambre. Elle avait fini par somnoler pendant deux heures. Au matin, elle l'avait trouvé dans la cuisine en train de finir son petit-déjeuner. Une belle lumière baignait la pièce, intense comme celle du film. Elle avait repensé au jour où un rire nerveux l'avait saisie à la sortie de l'hôpital. Cette impression de libération.

Hier, lorsque Aline a demandé à Alexandra de passer, « C'est très urgent », Aline a tu sa connaissance de l'existence de Lila, qui sera son dernier secret, son « pourquoi ». Elle ne dira rien à la police, au juge, pendant son procès, elle veut garder pour elle cette blessure ultime. Elle ne saurait l'expliquer, mais c'est de la honte qu'elle éprouve, celle de savoir que Charles a donné naissance à une autre vie. Elle ressent dans cette révélation la négation de sa propre vie de mère, et de celle de toute leur famille. Si la colère pousse à agir, la honte se cache, voilà pourquoi elle se taira pour toujours.

Peut-être Alexandra découvrira-t-elle un jour la vie de cette jeune fille, peut-être cherchera-t-elle plus tard à rencontrer Myriam Desmures, mais ce sera après. De toute façon, Alexandra était prête, ce n'était plus la peine de lui infliger ce nouvel épisode, elle était déjà pleine de colère. Une dernière fois, Alexandra lui a raconté se revoir silencieuse aux cinquante ans de son père après l'affrontement de Londres, furieuse après celui de Cannes, acide lors de leurs retrouvailles manquées. Cet homme, son père, ne lui a fait presque que du mal. Il a essayé d'entraver sa vie et nié son identité. Toute sa vie, il a tant œuvré pour qu'elle n'existe pas pleinement. Alors, lorsque Aline lui a parlé de son projet, Alexandra a ressenti l'impérieux besoin d'agir, en ayant pleinement conscience de la frontière qu'elles allaient franchir.

Alors, Alexandra s'avance sereine dans ce couloir.

Aline pose un doigt sur sa bouche, Alexandra hoche la tête. La porte est bien restée entrouverte, les gonds pivotent sans un bruit. Charles dort sur le dos. Les deux femmes prennent position, chacune sait ce qu'elle doit faire.

L'une pose ses mains sur les chevilles de Charles. L'autre enjambe son torse. Dans la lumière jaune que projette un lampadaire, elles se regardent, convaincues d'être justes

REMERCIEMENTS

Je tiens à remercier Pierre Fourniaud pour son écoute et sa confiance, ainsi que tous les collaborateurs de la Manufacture de livres qui ont travaillé sur ce roman ; l'équipe de Trames, pour son soutien ; Angélique Joyau, pour l'engagement des éditions Pocket dans l'aventure de *On dirait des hommes*.

Les libraires et organisateurs des salons littéraires, acteurs si dévoués et si importants dans la vie d'un livre.

Ma famille et mes proches, pour leur attention et leurs encouragements réguliers, c'est très précieux.

Olivier Mathé, pour la précision de ses conseils.

DU MÊME AUTEUR

Déraison d'État, Denoël, 2012

Courir dans la neige, Les Escales, 2017

Les Âmes frères, Stock, 2020

On dirait des hommes, La Manufacture de livres, 2023
et Pocket (prix Claude Mesplède 2023,
prix Nouvelles Voix du Polar 2024)

ILS ONT COLLABORÉ À CE LIVRE :

PIERRE FOURNIAUD
DIRECTION ÉDITORIALE ET COORDINATION

ANNE LE TILLY
CORRECTION

TOMEK GAYRAL
RELECTURE

BRUNO RINGEVAL
COMPOSITION

DONATA JANSONAITĖ
IMPRESSION

ALEXANDRE BLOMME
RELATIONS PRESSE

LES ÉQUIPES DU CDE ET DE LA SODIS
DIFFUSION ET DISTRIBUTION

AGENCE TRAMES
CESSIONS DE DROITS

LES LIBRAIRES
COMMERCIALISATION ET PROMOTION

DÉPÔT LÉGAL : FÉVRIER 2025
IMPRIMÉ EN UE